A Faint Cold Fear Thrills Through My Veins
William Shakespeare

Zu diesem Buch

Der Privatdetektiv Pepe Carvalho kann sich endlich wieder einmal Gedanken um einen komplizierten Fall machen. Seine Lust, ständig treulosen Ehefrauen nachzuspionieren, hatte schon stark nachgelassen. Außerdem mußte er lange auf so einen lukrativen Auftrag warten. Carvalho zweifelte schon, ob er es finanziell schaffen würde, mit 50 Jahren «auszusteigen».

Ähnliche Überlegungen und eine «midlife-crisis» müssen den Unternehmer Stuart Pedrell veranlaßt haben, allen Reichtum hinter sich zu lassen, um wie Gauguin in der Südsee zu leben. Über ein Jahr hatte man nichts von ihm gehört, und nun taucht er wieder auf. Durch Zufall wurde Pedrell auf einem Baugelände der Trabantenstadt San Magín gefunden – erstochen. Offensichtlich hat er keinen Tag in der Südsee verbracht. In seinen Taschen findet sich nur ein Zettel mit der Gedichtzeile: «Mich bringt keiner mehr in den Süden.»

Dieses literarische Indiz hilft Carvalho überhaupt nicht weiter. Zu allem bekommt er auch noch Schwierigkeiten mit seiner Freundin Charo, die sich sträflich vernachlässigt fühlt.

Bei den Nachforschungen muß Carvalho feststellen, daß alles viel komplizierter ist, als die Polizei vermutet.

Was hat Pedrell ein Jahr lang getan?

Das herauszufinden ist gar nicht einfach. Und mit der Lösung dieses Problems hat der Privatdetektiv noch nicht das Motiv der Tat aufgedeckt.

Als Carvalho den Fall endlich im Griff hat, kann er sich nur noch über sein Honorar freuen.

Manuel Vázquez Montalbán wurde 1939 in Barcelona geboren. Nach dem Studium der Geisteswissenschaften und Journalistik war er bei verschiedenen Zeitschriften als Redakteur tätig. Zur Zeit ist er Chefredakteur der Wochenzeitung «Por Favor», außerdem arbeitet er für zahlreiche Zeitschriften als freier Mitarbeiter.

Ende der sechziger Jahre wurden von Manuel Vázquez Montalbán Gedichtbände und umfangreiche Essays zu politischen Themen veröffentlicht. Seine Kriminalromane wurden ins Englische und Französische übersetzt. In dieser Reihe liegen vor: Carvalho und der tote Manager (Nr. 2680), Carvalho und der Mord im Zentralkomitee (Nr. 2717), Carvalho und die tätowierte Leiche (Nr. 2732), Die Vögel von Bangkok (Nr. 2772) und Die Rose von Alexandria (Nr. 2816).

Manuel Vázquez Montalbán

Tahiti liegt bei Barcelona

Deutsch von
Bernhard Straub

rororo

Rowohlt

rororo thriller
Herausgegeben von Bernd Jost

19.–21. Tausend Februar 1988

Deutsche Erstausgabe
Veröffentlicht im Rowohlt Taschenbuch Verlag GmbH,
Reinbek bei Hamburg, Januar 1985
Die Originalausgabe erschien bei Editorial Planeta, Barcelona,
unter dem Titel «Los mares del Sur»

Redaktion Peter Hetzel
Umschlagentwurf Manfred Waller
Umschlagbild Ulrich Mack
Satz Bembo (Linotron 202)
Gesamtherstellung Clausen & Bosse, Leck
680-ISBN 3 499 42698 6

Hauptpersonen

José ‹Pepe› Carvalho	muß einen Fall lösen, der mit einem literarischen Indiz beginnt, sich aber als ziemlich kompliziert herausstellt – diese Tatsache hält ihn aber nicht davon ab, weiterhin seinen kulinarischen Gelüsten nachzugehen, deshalb soll
Biscuter	– Carvalhos Mädchen für alles – die chinesische Kochkunst erlernen, weil sie so gesund ist ...
Charo	hat ganz andere Sorgen, sie fühlt sich von Carvalho vernachlässigt – in jeder Beziehung.
Carlos Stuart Pedrell	wollte sich seinen Traum wahrmachen und in der Südsee leben – wie Gauguin –, aber er wird erstochen aufgefunden, in Barcelona.
Jaime Viladecans Riutorts	ist ein Anwalt im klassischen Sinne, der über alles Bescheid weiß und dafür sorgt, daß die Westen seiner Auftraggeber weiß bleiben.
Jésica Pedrell	trauert auch unter Drogeneinfluß um ihren Vater und entwickelt intensive Gefühle für Carvalho.
Planas Marqués de Munt	sind beide Geschäftspartner von Stuart Pedrell, aber von vollkommen unterschiedlicher Persönlichkeit.
Ana Briongos	hatte als letzte eine Beziehung mit Pedrell.
Bleda	die neue, junge und hübsche Freundin Carvalhos, ist eine Hündin, mit der sich Charo nicht so recht anfreunden kann.

«Los, gehen wir!»

«Ich gehe keinen Schritt, das macht nur müde.»

«Ich bring dich in Gang, aber anders, als du denkst!»

Loli zog ihre Pausbacken hoch, um zu grinsen, und pustete sich ein Löckchen aus der Stirn wie Olivia Newton-John.

«Du bist ja heiß!»

«Heute bist du fällig, Kleiner.»

Bocanegra, das «Schwarze Maul», erhob sich auf seine O-Beine. Das besternte Gewölbe des Lokals schimmerte fluoreszierend um seinen Kopf. Er zog sich die Hose hoch und wankte zum Tresen. Die dort stehende Laokongruppe entpuppte sich als ein Paar, das aus einem Gewirr von Armen und Zungen auftauchte.

«Ternero, auf geht's! Deine Schwester und ich wollen los!»

«Arschloch! Jetzt hast du mich voll rausgebracht!»

Peca, die «Sommersprosse», hatte die abgewetzte Zunge schon zurückgezogen und versuchte gegen die Unterbrechung zu protestieren.

«Okay. Selbst schuld, wenn ihr nicht Auto fahren wollt.»

«Auto fahren? Bocanegra, verarsch mich nicht schon wieder. Ich will heute nacht meine Ruhe.»

«Ich hab ein Auge auf einen blauen CX geworfen, super!»

«Ein Jaguar CX! Das ist was anderes!»

«Ein CX!» schwärmte Peca mit verschleiertem Blick.

«Außerdem hat er Telefon. Ist eher 'ne Hotelsuite als ein Auto. Wir können darin einen Vierer abziehen, daß die Reifen singen!»

«Das ist nach meinem Geschmack!» lachte Ternero, das «Kalb».

«Ich ruf meine Alte an und sag ihr: Hör mal, ich bin gerade am Ficken in einem CX!»

«Geht mit Loli raus und wartet auf mich an der Ecke bei der Kartonfabrik.»

Bocanegra überquerte die Tanzfläche unter den Blitzen der Lichtorgel. Seine Schenkel empfingen Stromstöße von der weißen Fläche, Stromstöße, die sein schwarzes Kraushaar knistern ließen.

«Immer stehst du da, Alter, wie ein Briefkasten», sagte er im Vorbeigehen zu dem Portier.

«Kannst mich ja ablösen, dann geh ich rein und mach einen drauf, du Penner.»

Bocanegra verschmolz mit der Dunkelheit, je mehr er sich von der blinkenden Leuchtreklame des Tanzlokals entfernte. Seine Hand in der rechten Hosentasche befingerte den Dietrich, der ihn am Sack drückte, und kratzte liebevoll seine Eier. Locker schlenderte er zu dem CX, steckte den Dietrich ins Schloß, und die Tür sprang auf, gut geölt wie eine Safetür.

Die Karre riecht nach reicher Votze! dachte Bocanegra. Wahnsinn! Havannas! Eine Pulle Whisky!

Er öffnete die Motorhaube, schloß mit einer zärtlichen Bewegung die Drähte kurz und setzte sich mit der Würde und Eleganz des Eigentümers hinters Steuer. Dann machte er sich an den Whisky, steckte sich eine Zigarre an, fuhr los und schlug beim Abbiegen an der nächsten Kreuzung so scharf ein, daß die Reifen quietschten. Durch einen Tunnel aus alten Ziegelsteinen gelangte er zu der Ecke, wo Loli, Peca und Ternero ihn erwarteten. Loli verschmolz mit ihrem Sitz, als sich die drei Türen schlossen.

«Beim nächstenmal sagst du mir vorher Bescheid! So ein Auto ist eine Nummer zu groß für uns. Das paßt nicht zu uns!»

«Vielleicht paßt es nicht zu dir. Ich wirke wie ein Gentleman.»

«Ach nee, Bocanegra!» sagte Peca aus dem Hintergrund und lachte.

«Bald muß ich Visitenkarten verteilen, wenn sie ihn im Modelo ganz groß rausbringen!»

«Wenn du Visitenkarten verteilst, dann nur, weil du gerne Visiten bekommst.»

«Himmel, was für ein Auto! Wo fahren wir hin?»

«Wir vögeln heute in Vallvidrera.»

«Ich bumse lieber im Bett.»

«Am besten ist es mit Fichtennadelduft», sagte Bocanegra, nahm eine Hand vom Steuer und schob sie in Lolis Ausschnitt, um eine ihrer großen, festen Titten zu drücken.

«Fahr bloß nicht ins Zentrum von San Andrés, es wimmelt von Bullen.»

«Ruhig Blut! Diese Typen riechen, wer Nerven hat. Ihr müßt so cool sein, als wärt ihr in diesem Wagen geboren.»

«Was rauchst du, Bocanegra? Du wirst noch ins Bett machen. Bist noch zu jung für diese Havannas.»

Bocanegra nahm eine Hand von Loli und drückte sie dorthin, wo sein Schwanz die Hose ausbeulte.

«Und für diese Havanna bin ich alt genug?»

«Schwein!» Loli lächelte, aber ihre Hand zuckte zurück, als hätte sie ein stromführendes Kabel berührt. Ternero beugte sich vor und konzentrierte sich auf die Straße.

«Fahr bloß nicht ins Zentrum, Mensch. Es wimmelt von Kontrollen.»

«Spiel dich nicht so auf, Kerl!»

«Das hat mit Aufspielen überhaupt nichts zu tun.»

«Ternero hat recht», bemerkte Peca. Aber Bocanegra wollte auf die Ramblas von San Andrés und erreichte sie bei der Plaza del Ayuntamiento.

«Deine Mutter ist eine ...» Der ohnmächtige Aufschrei Terneros ließ Bocanegra grinsen.

«Passiert schon nichts. Alles unter Kontrolle!»

«Schau! Da stehen sie!»

Loli hatte den Streifenwagen an der Rathausecke entdeckt.

«Ganz ruhig bleiben ...»

Bocanegra hob die Augenbrauen, um sorglos auszusehen, und fuhr an der Streife vorbei. Die schiefe Dienstmütze bewegte sich und ein gelbes Profil erschien im Licht der Straßenlaterne, die Brauen ebenfalls hochgezogen. Die dunklen Augen darunter schienen sich zu verengen.

«Er hat dich scharf angesehen!»

«Die gucken immer gleich. Sie verzeihen einem gerade noch, daß man lebt. Setz ihnen eine Mütze auf und schon glauben sie, die Welt gehört ihnen.»

«Jetzt fahren sie hinter uns her!» schrie Peca, der nach hinten blickte.

Bocanegra sah in den Rückspiegel, da tauchten die gelben Scheinwerfer und das Blaulicht des Streifenwagens auf.

«Ich hab dich gewarnt, du Idiot, du blöder Wichser!»

«Ternero, halt die Fresse oder ich schlag sie dir ein! Die müssen uns erst mal kriegen.»

Loli kreischte auf und umklammerte Bocanegras Arm. Mit dem Ellbogen schleuderte er sie in die Ecke.

«Da haben wir's! Er gibt Gas, dieser Drecksack! Halt an, du Arsch, stop, wir müssen zu Fuß abhauen – oder willst du, daß die schießen?»

Der Streifenwagen schaltete Sirene und Blaulicht ein, um den CX zu stoppen.

«Ich muß ihn abhängen!»

Bocanegra gab Gas, und die Welt flog bedrohlich auf die Kühlerhaube zu, als wollte sie wachsen und dem Wagen entgegenkommen. Er bog in eine Seitenstraße ein und saß in der Falle. Das Heck eines Kleinwagens versperrte dem CX die Durchfahrt, der knallte dagegen und Loli schlug mit dem Gesicht gegen den Handschuhkasten. Bocanegra setzte zurück und krachte mit dem Heck gegen etwas, das mit fürchterlichem, metallischem Kreischen antwortete. Er hörte es jedoch kaum, so taub waren seine Ohren vom Geheul der nahen Sirene. Als er wieder auf der Hauptstraße fuhr, flatterten seine Arme so sehr, daß der Wagen ins Schleudern kam und links und rechts gegen die parkenden Fahrzeuge knallte, bis er das Steuer wieder unter Kontrolle hatte und anhielt. Die Hecktüren flogen auf, Ternero und Peca sprangen ins Freie.

«Halt! Halt, ihr feigen Schweine!» Bocanegra hörte näher kommende Schritte. Loli weinte hysterisch, Nase und Mund blutverschmiert, ohne sich von ihrem Sitz zu rühren. Als Bocanegra mit erhobenen Händen ausstieg, traf ihn ein heftiger Schlag mit dem Knüppel.

«An diesen Ausflug wirst du dich noch erinnern! Hände aufs Wagendach!»

Er wurde abgetastet. Das gab ihm Zeit, aus seiner Betäubung zu erwachen und wahrzunehmen, daß ein paar Meter weiter Ternero der gleichen Prozedur unterzogen wurde und Peca vor einem anderen Polizisten die Tasche öffnete.

«Das Mädchen ist verletzt!»

Bocanegra zeigte auf Loli, die ausgestiegen war und mit der Kehrseite zum Streifenwagen immer noch Blut und Wasser heulte. Der Polizist blickte einen Moment auf Loli, und Bocanegra versetzte ihm einen harten Schlag. Er warf sich vorwärts und rannte los, daß seine Absätze beinahe am Hintern anschlugen. Trillerpfeifen, abgerissene Verwünschungen hinter ihm. Er bog mehrmals ab, ohne den Lärm der Verfolger aus den Ohren zu verlieren. Stoßweise füllte feuchte, abgestandene Luft seine Lungen und brannte. Gasse auf Gasse ohne eine einzige offene Hoftür. Hohe Ziegelmauern, nackt oder mit sandigem, nachgedunkeltem Zement verputzt. Plötzlich rannte er hinaus auf die Hauptstraße von San Andrés, und es schien, als ob alle Scheinwerfer dieser Welt auf ihn gerichtet seien, als er abrupt stehenblieb. Einige Meter entfernt blickte ein Posten verwundert aus dem Wachhäuschen der Kaserne. Bocanegra sprang auf die Fahrbahn und spurtete über die hellerleuchtete Straße, hinüber zu dem freien Gelände, das dort verschwommen zu erkennen war. Er mußte kurz anhalten, weil er fast erstickte, ließ einen fahren und übergab sich beinahe, so brannten und stachen seine Lungen.

Eine verzierte alte Holztür, durch Sonne und Wind geborsten, sperrte eine Baustelle ab. Bocanegra konnte an den Rissen und Kanten Halt finden, erreichte den oberen Rand und versuchte sich hochzuziehen. Das Gewicht seines Körpers war zu schwer für seine gestreckten Arme, und er fiel zu Boden. Darauf trat er einige Schritte zurück, nahm Anlauf und schnellte hoch. Es war ein Kampf zwischen dem schwankenden Holz und dem Körper, der es überwinden wollte. Endlich bekam er den oberen Rand zu fassen und wuchtete sich in einer letzten, verzweifelten Anstrengung hinüber, um auf der anderen Seite einen lehmigen Abhang hinabzupoltern und sich dabei immer wieder an nicht sichtbaren Steinen zu stoßen. Er kam auf die Knie und fand sich am Grund einer Baugrube zwischen Kellermauern wieder. Die Holztür stand über dem Abhang und blickte auf ihn herab wie auf einen Eindringling. Seine Augen tasteten sich durch die brüchige Dunkelheit und entdeckten, daß die Baustelle schon lange verlassen war. Alle Glieder begannen zu schmerzen, die er sich bei seinem jähen Sturz angeschlagen hatte, er konnte keinen Muskel mehr bewegen, und kalter Schweiß der Verzweiflung drang aus seinen Poren. Er suchte nach einem Winkel, wo er sich verstecken konnte, wenn sie kämen. In diesem Augenblick entdeckte er ihn, wie er dalag, den Kopf auf einen Haufen Ziegel gebettet, die offenen Augen auf ihn gerichtet und die Hände zu marmornen Schnecken verkrampft.

«Gott verdammt!» schrie Bocanegra mit einem Schluchzen. Er näherte sich dem Menschen und hielt einen Schritt vor ihm inne. Offensichtlich war er tot. Sein Blick war nicht mehr auf ihn gerichtet, er schien vielmehr wie gebannt auf die alte Tür zu starren, als sei sie seine letzte Hoffnung gewesen, bevor er starb. Von der anderen Seite der Tür ertönten nun wieder Trillerpfeifen, das Quietschen der Bremsen, die Stimmen der Verfolger. Der Tote und Bocanegra schienen gemeinsam ihre Hoffnung auf die Tür zu setzen. Plötzlich begann jemand dagegenzutreten. Bocanegra fing an zu weinen, ein hysterischer Laut drang aus seinen Eingeweiden. Er ging zu einem Steinhaufen, um sich zu setzen und das Unausweichliche zu erwarten. Dabei blickte er auf den Toten und beschimpfte ihn:

«Scheißtyp! Du hast mich reingelegt, Bastard. Du hast mir gerade noch gefehlt!»

«Wir Privatdetektive sind Barometer der öffentlichen Moral, Biscuter. Ich sage dir, diese Gesellschaft ist verfault. Sie glaubt an nichts.»

«Ja, Chef.»

Biscuter gab Carvalho recht, nicht nur weil er erriet, daß dieser betrunken war, sondern auch weil er immer bereit war, die katastrophale Lage der Dinge festzustellen.

«Drei Monate, ohne eine Peseta verdient zu haben. Kein Ehemann auf der Suche nach seiner Angetrauten. Kein Vater auf der Suche nach seiner Tochter. Kein alter Bock, der Beweise für die Treulosigkeit seiner Frau haben will. Etwa weil die Frauen nicht mehr von zu Hause davonlaufen? Oder die Mädchen? Nein, Biscuter. Sie tun es mehr denn je. Aber heute kümmert es die Väter und Ehemänner einen Dreck, ob sie davonlaufen. Die Grundwerte sind verlorengegangen. Haben Sie nicht auch für die Demokratie gestimmt?»

«War mir egal, Chef.»

Aber Carvalho meinte gar nicht Biscuter. Er befragte die grünen Wände seines Büros, oder jemand, der auf der anderen Seite des Schreibtischs saß. Es war ein Schreibtisch aus den vierziger Jahren, dessen Firnis nachgedunkelt war, vollgesogen von 30 Jahren im Halbdunkel dieses Büros auf den Ramblas. Er leerte noch ein Glas gekühlten Wein, und ein Kälteschauer lief ihm den Rücken hinunter. Kaum hatte er sein Glas auf den Tisch gestellt, wollte Biscuter nachschenken.

«Es reicht, Biscuter. Ich gehe ein wenig an die frische Luft.»

Er trat hinaus auf den Treppenabsatz, wo ihm der Lärm und die Gerüche des großen Mietshauses entgegenschlugen. Das Geklapper der Absätze und der Kastagnetten aus der Tanzschule, das pedantische Klick-klick des alten Bildhauers, der Dunst der Abfälle, der sich in 30 Jahren abgelagert hatte, der klebrige Staub auf den Rahmen der Oberlichter, die mit ihren rhombischen dunklen Augen den Treppenschacht überblickten. Er lief in Sprüngen die Treppe hinab, gestärkt oder angetrieben von der Energie des Alkohols, und begrüßte dankbar den Ansturm der frischen Luft auf den Ramblas. Der Frühling spielte verrückt. Es war kalt und neblig an diesem Märznachmittag. Nach ein paar Schritten und tiefen Atemzügen erholten sich sein umnebeltes Gehirn und seine strapazierte Leber.

Er hatte 1 200 000 Pesetas auf der Bank, fest angelegt mit 5 Prozent Zinsen. Wenn es so weiterging, würde er nie genug verdienen, um sich mit 50 oder 55 Jahren vom Geschäft zurückzuziehen und von den Zinsen leben zu können.

«Wir Privatdetektive sind so nützlich wie die Lumpensammler. Wir holen aus dem Abfall das Verwertbare heraus, oder was bei näherer Betrachtung vielleicht gar kein Abfall ist.»

Keiner hörte seinem Vortrag zu. Die Regentropfen trieben ihn im Laufschritt in die Calle Fernando, zu den überdachten Schaufenstern von Beristain. Dort standen schon drei Straßenmädchen, die Kochrezepte austauschten. Aus dem Laden trat ein winziger Junge mit einem enormen Hockeyschläger. Sein Vater begleitete ihn und fragte ein übers anderemal:

«Meinst du, er hat die richtige Größe für dich?»

«Ja, Mensch, ja doch», antwortete der Junge, erbost über die väterlichen Zweifel. Carvalho verließ den Schutz der Markise und rannte zu dem Feinkostgeschäft, wo er immer seinen Käse und seine Wurstwaren kaufte. Noch einmal hielt er an, angelockt von dem Gebell der kleinen Hunde, die im Schaufenster einer Zoohandlung im Stroh umhertollten. Er deutete mit dem Finger auf die Schnauze eines frechen Schäferhundwelpen, dessen Hinterpfoten von zwei kleinen Foxterriern attackiert wurden. Dann öffnete er die Hand, um dem Tier durch die Scheibe Wärme zu geben oder Kontakt aufzunehmen. Von der anderen Seite leckte das Hündchen die Scheibe, um Carvalhos Hand zu erreichen. Unvermittelt wandte er sich ab und ging den Rest des Weges zu seinem Feinkostgeschäft.

«Das gleiche wie immer!»

«Ich habe heute eingelegte Lende und gepökelte Preßwurst.»

«Geben Sie mir zwei von jedem.»

Der Angestellte verpackte die Sachen mit routinierter Sorgfalt.

«Der Schinken aus Salamanca ist auch nicht mehr das, was er einmal war.»

«Da haben Sie recht. Sie verstehen was davon. Was wird heute nicht alles als Salamanca-Schinken verkauft!»

Carvalho verließ das Geschäft mit einem Paket, das verschiedene Käsesorten und Salamanca-Schinken fürs Abendessen enthielt, dazu eine kleine Portion besonders guten Jabugo-Schinken «gegen die Depressionen». Seine Stimmung hatte sich gebessert, als er die Zoohandlung erreichte. Der Besitzer war gerade dabei abzuschließen.

«Und der Hund?»

«Welcher?»

«Der im Schaufenster!»

«Das war voll von Hunden.»

«Der kleine Wolf.»

«Das war eine Hündin. Ich hab sie alle drinnen, nachts sperre ich sie weg in Käfige, sonst schlagen sie mir noch das Schaufenster ein, nicht um die Hunde zu klauen, sondern um damit irgendeine Schweinerei anzustellen. Die Menschen sind grausam.»

«Ich kaufe die Hündin.»

«Jetzt gleich?»

«Jetzt gleich.»

«8000 Pesetas», sagte der Besitzer, ohne die Tür wieder aufzuschließen.

«Für dieses Geld können Sie mir doch keinen guten Schäferhund verkaufen!»

«Er hat keinen Stammbaum. Ist aber ein einwandfreies Tier. Sie werden es schon sehen, wenn Sie ihn mitnehmen. Sehr mutig. Ich kenne den Vater, und die Mutter gehört einem Schwager von mir.»

«Der Stammbaum interessiert mich nicht.»

Auf einem Arm trug er den Hund, am anderen baumelte eine Tüte voll Käse, Wurst, Hundefutter in Dosen, Knochen, Läusepulver, eine Bürste, alles, was Herr und Hund zu ihrem Glück brauchen. Biscuter war verblüfft von der Hündin, die selbstsicher auf den Hinterbeinen stand, ihre ellenlange Zunge heraushängen ließ und ihre überdimensionalen Ohren abstellte, so daß sie an die Tragflächen eines Jagdbombers erinnerten.

«Sieht aus wie ein Hase, Chef. Soll ich sie hier bei mir behalten?»

«Ich nehme sie mit nach Vallvidrera. Sie würde dir hier alles vollmachen.»

«Übrigens, da war ein Anruf für Sie. Ich habe den Namen notiert.»

Jaime Viladecans Riutorts, Rechtsanwalt. Während er die Telefonnummer notierte, gab er Biscuter den Auftrag, ihm etwas zum Abendessen warm zu machen. Er hörte ihn in der kleinen Kochnische hantieren, die er auf dem Flur vor der Toilette improvisiert hatte. Biscuter summte zufrieden vor sich hin, während das Hündchen versuchte, das Telefonkabel durchzubeißen. Sein Telefonpartner hatte zwei Vorzimmerdamen, um Distanz zu schaffen und die Bedeutung seiner Position zu unterstreichen. Endlich meldete er sich mit der Stimme eines englischen Lords und dem Akzent eines Zuhälters von der Avenida Diagonal.

«Die Angelegenheit ist sehr delikat. Wir sollten uns persönlich darüber unterhalten.»

Sie vereinbarten einen Termin, er legte auf und ließ sich zufrieden in seinen Drehsessel fallen. Biscuter breitete eine Serviette vor ihm aus und brachte ihm sein dampfendes Abendessen. Das Hündchen wollte auch seinen Teil haben. Carvalho legte ihm ein Stückchen Fleisch auf ein Zeitungsblatt.

«Es stimmt tatsächlich. Manchmal kommt Geld ins Haus, wenn man es am wenigsten erwartet.»

Viladecans trug eine hauchdünne Goldkrawatte und Manschettenknöpfe aus Platin. Sein Äußeres war untadelig, selbst die kahle Stelle auf seinem Kopf, ein ausgetrocknetes und poliertes Flußbett zwischen Uferböschungen von grauem Haar, das er anscheinend beim besten Friseur der Stadt, vielleicht des ganzen Kontinents, schneiden ließ. Dies erklärte die Vorsicht, mit der die Hand des Rechtsanwalts ein übers anderemal über das verbliebene Gestrüpp strich, während seine Zungenspitze genießerisch zwischen den fast geschlossenen Lippen hin- und herglitt.

«Ist Ihnen der Name Stuart Pedrell bekannt?»

«Er kommt mir bekannt vor.»

«Er muß Ihnen aus verschiedenen Gründen bekannt sein. Die

Pedrells sind eine angesehene Familie. Die Mutter war eine hervorragende Pianistin, obgleich sie nach ihrer Eheschließung nur noch auf Wohltätigkeitsveranstaltungen öffentlich auftrat. Der Vater war ein Großindustrieller schottischer Herkunft, sehr bekannt vor dem Krieg. Jedes der Kinder ist eine Persönlichkeit für sich. Sie werden von dem Verleger gehört haben, dem Biochemiker, der Pädagogin oder dem Schiffsingenieur. Ich will mich mit Ihnen über den Schiffsingenieur unterhalten.»

Er zeigte Carvalho eine Reihe sauber aufgeklebter Zeitungsausschnitte: «Leiche eines Unbekannten auf dem Trinidad-Gelände gefunden», «Toter als Carlos Stuart Pedrell identifiziert», «Wegen angeblicher Polynesienreise vor einem Jahr Abschied von der Familie».

«Angeblich? Hatte er das nötig?»

«Sie wissen doch, wie Journalisten mit der Sprache umgehen. Die Nachlässigkeit in Person.»

Vergeblich versuchte Carvalho, sich die Nachlässigkeit in Person vorzustellen, aber Viladecans war bereits dabei, ihm die Sachlage zu schildern, wobei er seine Hände mit den Fingerspitzen aneinanderlegte, Hände, die die beste Maniküre der kapitalistischen Welt erhalten hatten.

«Also, es geht um folgendes: Mein Freund, ein enger Freund, wir kannten uns von unserer gemeinsamen Schulzeit bei den Jesuiten, hatte eine innere Krise. Einige Männer, vor allem Männer von der Sensibilität meines Freundes Stuart, leiden sehr darunter, wenn sie die vierzig erreicht haben, fünfundvierzig geworden sind und – ach! – schon auf die fünfzig zugehen. Nur so erklärt es sich, daß er Wochen und Monate von der Idee besessen war, alles hinter sich zu lassen und nach Polynesien auf irgendeine Insel zu fahren. Der Plan nahm plötzlich Gestalt an. Er brachte seine Geschäfte in Ordnung und verschwand. Wir alle waren der Meinung, er sei nach Bali, Tahiti oder Hawaii gefahren, was weiß ich, und selbstverständlich nahmen wir an, die Krise sei nur vorübergehend. Monate vergingen, und wir standen vor einer ausweglosen Situation. Deshalb führt die Señora Stuart Pedrell heute die Geschäfte. Und nun kam im Januar diese Nachricht: Die Leiche Stuart Pedrells tauchte auf dem verlassenen Trinidad-Gelände auf, erstochen, und wir wissen heute mit Sicherheit, daß er Polynesien nie gesehen hat. Keiner weiß, wo er war und was er während dieser Zeit gemacht hat, aber genau das müssen wir unbedingt wissen.»

«Ich erinnere mich an den Fall. Der Mörder wurde nicht gefunden. Wollen Sie auch den Mörder?»

«Na ja. Wenn Sie auch den Mörder finden, um so besser. Aber was uns wirklich interessiert ist die Frage: Was tat er in dieser Zeit? Verstehen Sie, es sind eine Menge Interessen im Spiel.»

Durch die Sprechanlage wurde die Ankunft von Señora Pedrell gemeldet. Fast im gleichen Moment ging die Tür auf und eine Frau von 45 Jahren erschien im Büro. Sie trat ein, ohne ihn eines Blickes zu würdigen, und präsentierte die reife Schlankheit ihrer Figur, als sei sie die einzige Person im Raum, die Beachtung verdiente. Viladecans stellte sie einander vor, doch das benutzte die braunhäutige Frau, deren großflächige Züge die ersten Spuren des Alters verrieten, nur dazu, um die Distanz zu Carvalho zu betonen. Ein flüchtiges «Sehr erfreut», mehr verdiente der Detektiv nicht, und Carvalhos Antwort darauf war, ihr so direkt auf den Busen zu starren, bis sie begann, nervös an ihrer Bluse zu nesteln, auf der Suche nach einem aufgegangenen Knopf.

«Ich habe Señor Carvalho über alles unterrichtet.»

«Sehr gut. Viladecans wird Ihnen gesagt haben, daß mir Diskretion überaus wichtig ist.»

«Dieselbe Diskretion, mit der der Fall veröffentlicht wurde. Wie ich aus diesen Ausschnitten ersehe, ist nie ein Foto Ihres Gatten erschienen.»

«Kein einziges.»

«Warum?»

«Mein Mann ging auf dem Höhepunkt einer Krise. Er war nicht Herr seiner selbst. Wenn er gute Laune hatte, was einem Wunder gleichkam, hängte er sich an jede Frau und erzählte ihr die Geschichte von Gauguin. Er wollte selbst Gauguin sein. Alles hinter sich lassen und in die Südsee fahren. Alles, das heißt mich, seine Kinder, seine Geschäfte, seine gesellschaftliche Welt, alles. Ein Mann in diesem Zustand ist eine leichte Beute für jede beliebige Frau, und wäre der Fall breitgetreten worden, hätten Tausende versucht, die Situation auszunutzen.»

«Haben Sie das mit der Polizei abgesprochen?»

«Sie haben getan, was sie konnten. Ebenso das Außenministerium.»

«Es bestand die Möglichkeit, daß er wirklich in die Südsee gefahren war.»

«Er ist nicht gefahren.»

«Nein. Er ist nicht gefahren», erwiderte sie mit einer gewissen Befriedigung.

«Das scheint Sie zu erfreuen.»

«Ein wenig. Ich hatte diese Geschichte satt. Geh doch endlich! sagte ich mehr als einmal zu ihm. Der Reichtum erdrückte ihn.»

«Mima ...» Viladecans versuchte, sie zu unterbrechen.

«Die ganze Welt fühlt sich vom Reichtum erdrückt. Genauer gesagt, die ganze Welt außer mir. Als er weg war, lebte ich auf. Ich habe gearbeitet. Ich habe seine Arbeit gemacht, besser als er selbst, denn ich habe keine Gewissensbisse dabei.»

«Mima, vergiß nicht, es geht hier um andere Dinge.»

Aber Carvalho und die Witwe fixierten einander, als fürchteten sie die Fähigkeit des anderen, aggressiv zu werden.

«Sie empfanden, sozusagen, eine gewisse Zärtlichkeit für ihn.»

«Machen Sie sich ruhig lustig, wenn Sie wollen. Eine gewisse Zärtlichkeit. Aber sehr wenig. Diese Geschichte hat mir klargemacht, daß niemand unersetzlich ist. Und noch etwas Schlimmeres: Daß wir die Position, die wir einmal erreicht haben, nicht mehr aufgeben wollen.»

Carvalho war verwirrt von der dunklen Leidenschaft in ihren schwarzen Augen, in den beiden Falten, die zu einem reifen und weisen Mund führten.

«Was genau wollen Sie wissen?»

«Was mein Mann während eines Jahres tat, während dieses Jahres, als wir ihn in der Südsee glaubten und er Wer-weiß-wo war und Wer-weiß-was für Dummheiten machte. Ich habe einen erwachsenen Sohn, der nach dem Vater geraten ist, mit dem erschwerenden Umstand, daß er einmal mehr Geld erben wird als sein Vater. Zwei andere Söhne, die gerade dabei sind, um ihren Anteil zu prozessieren. Eine Tochter, die seit der Entdeckung der Leiche ihres Vaters nervenkrank ist. Ein kleines Kind, das mir die Jesuiten wegnehmen wollen ... Ich muß über alles die genaueste Kontrolle behalten.»

«Was wissen Sie bis jetzt?»

Viladecans und die Witwe blickten einander an. Der Anwalt antwortete an ihrer Stelle: «Dasselbe wie Sie.»

«Hatte der Tote nicht irgend etwas bei sich, was die Nachforschungen erleichtern könnte?»

«Seine Taschen waren leer. Nur dies wurde gefunden.»

Die Witwe hatte ein zerknittertes Blatt Papier aus der Handtasche genommen, das schon durch viele Hände gegangen war. Jemand hatte mit Kugelschreiber den italienischen Satz darauf geschrieben:

«Più nessuno mi porterà nel sud.»

«Ich kenne Sie überhaupt nicht.»

Er hatte kurze Haare, trug einen dunklen Anzug ohne Krawatte und eine Sonnenbrille mit sehr dunklen Gläsern, die sich stark von dem hellen Teint seines jugendlichen Gesichts abhoben. Trotz seiner Schlankheit wirkte er etwas schmierig.

«Wenn es bekannt wird, daß ich Ihnen diese Information gebe, bin ich als Polizist erledigt.»

«Der Señor Viladecans ist sehr einflußreich.»

«Sein ganzer Einfluß kann mich nicht retten. Man hat sowieso schon ein Auge auf mich, wegen politischer Aktivitäten.»

«Sind Sie ein Roter?»

«Nein, davon will ich nichts wissen. Ich bin Patriot.»

«Ich verstehe. Waren Sie an der Untersuchung des Falles Stuart Pedrell beteiligt? Sagen Sie mir alles, was Sie wissen.»

«Ich weiß wenig. Zuerst hielten wir es für ein Komplott von Schwulen. Es kommt sehr selten vor, daß ein reicher Typ verschwindet und ein Jahr später erstochen wieder auftaucht. Der Fall schien eindeutig zur Homoszene zu gehören. Aber erstens ergab die Obduktion, daß er nie Analverkehr gehabt hatte, und er war in einschlägigen Kreisen nicht bekannt. Zweitens ist da seine Kleidung. Man hatte ihm fremde Klamotten angezogen, mit der klaren Absicht, Spuren zu verwischen.»

«Wozu ließen sie ihm dann den Zettel?»

«Um uns zu beschäftigen, nehme ich an. Verstehen Sie den Text?»

«Mich bringt keiner mehr in den Süden.»

«Ja, das haben wir auch herausgefunden. Aber was bedeutet das?»

«Der Tote hatte vor, in die Südsee zu fahren.»

«Aber lesen Sie die Notiz einmal genau. Mich ... mich ... bringt ... keiner ... mehr ... in ... den ... Süden. Er spielt auf jemand an, der ihn nicht hinbringt, obwohl er die Möglichkeit hätte. Das ist der Punkt, an dem wir nicht weiterkommen. Warum eigentlich auf italienisch?»

«War es seine eigene Handschrift?»

«Ja, es war seine.»

«Ergo ...»

«Er muß irgendwie das Gedächtnis verloren haben, stieg in die Baugrube hinab und bekam einen Messerstich. Wenn ihn nicht die eigene Familie klammheimlich entführt hat. Sie wollten ganze Arbeit leisten und schnitten ihm die Kehle durch. Es könnte geschäftliche Hintergründe geben, aber das ist sehr unwahrscheinlich. Die heißeste Sache, in die er sich eingelassen hatte, war das Baugeschäft. Er konnte es nicht lassen, hat auch mit Strohmännern gearbeitet. Tja, amigo. Ich will mich über diese Sache nicht weiter auslassen. Hier haben Sie die Liste mit allen Leuten, die wir belästigt haben: Geschäftspartner, Freunde, Gönner und Neider. Ich sagte schon zu Señor Viladecans, daß ich nicht noch weiter gehen werde.»

«Bleibt die Polizei an dem Fall dran?»

«Nein. Die Familie hat alle Hebel in Bewegung gesetzt, um das zu verhindern. Sie ließen eine angemessene Frist verstreichen und veranlaßten dann die Einstellung der Nachforschungen. ‹Der gute Ruf der Familie› und die ganze Sülze.»

Der junge Polizist ließ mit einem seltsamen Geräusch die Zunge von innen gegen die Wange schnalzen, und Carvalho faßte dies als Verabschiedung auf, denn er erhob sich, um zur Tür zu gehen. Unterwegs wurde er von der kleinen Hündin attackiert, die versuchte, ihn in die Fersen zu beißen.

«Hau ab, Köter!»

«Es ist eine Hündin.»

«Pech. Lassen Sie sie sterilisieren?»

Carvalho warf ihm einen finsteren Blick zu, und der Polizist ging endlich. Niedergeschlagen von so viel Verachtung neigte die Hündin den Kopf erst auf die eine, dann auf die andere Seite, als wollte sie die guten und schlechten Seiten des Lebens betrachten.

«Du bist richtig feige.»

«Ein Schlappschwanz», verkündete Biscuter und trat hinter dem Vorhang hervor.

«Das ist es. Wir nennen dich Bleda, Schlappschwanz, weil du so ein Feigling bist.»

«Und sie kackt überall hin, wie sie gerade Lust hat», schimpfte

Biscuter grimmig. Der Unterschied zwischen ihm und der Hündin bestand darin, daß sie von guter Rasse war und Biscuter nicht. An seinem alten Knastkameraden hatte die Natur das Wunder einer unschuldigen Häßlichkeit vollbracht: ein blondes, nervöses Riesenbaby, das zur Kahlköpfigkeit verdammt war.

Er hörte Charos Schritte auf der Treppe, die Flurtür öffnete sich. Erschöpfung und Wut spiegelten sich in ihrem Gesicht.

«Daß du überhaupt noch lebst! Sag jetzt bloß nicht, du seist gerade dabei gewesen, mich anzurufen.»

«Nein. Nein, ich sag's nicht.»

Carvalho nahm eine Flasche Weißwein aus einem Zinkkübel, trocknete sie ab und füllte die drei Gläser, die Biscuter auf den Tisch gestellt hatte.

«Probier mal, Charo. Die Katalanen lernen allmählich, wie man guten Wein macht. Es ist ein Blanc de Blancs. Hervorragend. Vor allem in diesen Zeiten!»

«Was für Zeiten?»

«Diese Zeiten. Zwischen dem letzten Gang des Mittagessens und dem ersten Gang des Abendessens.»

Charo ließ sich von ihm einwickeln. Sie hatte sich mit geschlossenen Knien an den Tisch gesetzt und trank den Wein, wobei sie Carvalhos genießerische Pausen nachahmte. Biscuter versuchte es ebenfalls, schnalzte aber zu laut mit der Zunge dabei.

«Uff! Was ist denn das?» Charo war vor Schreck aufgesprungen, als Bleda an ihrer Hand schnüffelte.

«Ein Hund, vielmehr eine Hündin.»

«Ist das deine neue Freundin?»

«Meine allerneueste. Ich habe sie gestern gekauft.»

«Nicht schlecht, nicht schlecht. Wie heißt sie?»

«Bleda.»

Der Hund sprang auf ihren Schoß und begann ihr Gesicht abzulecken. Währenddessen ließ Charo einen langen Regen von Beschimpfungen auf Carvalho niedergehen. Der Detektiv schwieg geistesabwesend, und sie tranken ihren Wein, durstig und frustriert. Die Säure des Weins verursachte ihm ein Jucken hinter den Ohren, und seine ganze Mundhöhle zog sich zusammen.

«Tut mir leid, Charo, aber ich bin müde. Wie geht das Geschäft?»

«Schlecht. Die Konkurrenz ist erdrückend. Bei dieser Wirtschaftskrise fangen selbst die Nonnen an, auf den Strich zu gehen.»

«Werd nicht so ordinär, Charo. Deine Kundschaft war doch immer erlesen.»

«Laß uns doch das Thema wechseln, mein Süßer!»

Carvalho hatte vergessen, daß sie nicht gerne über ihre Arbeit sprach. Oder hatte er es doch nicht vergessen? Eigentlich wollte er sie loswerden, ohne sie zu verletzen. Carvalho sah, wie sie das Glas an die Lippen hob, mit geschlossenen Knien und mit der Steifheit eines Gastes, der sich nicht wohl fühlt. Er lächelte ihr geheimnisvoll zu. Ihm war plötzlich bewußt geworden, daß das Bestreben, keine festen Bindungen einzugehen, das gefühlsmäßige und moralische Band war zwischen den drei Menschen und dem Hund; zwischen ihm selbst, Charo, Biscuter und Bleda.

«Komm, wir gehen essen, Charo.»

Er näherte sich der Tür, hinter der Biscuter mit dem Geschirr hantierte.

«Komm doch mit, Biscuter. Auf Kosten des Hauses.»

Sie aßen im *Túnel*. Biscuter war entzückt von den weißen Bohnen mit Miesmuscheln, die Carvalho für ihn bestellt hatte.

«Was Sie für Ideen haben, Chef!»

«Das gab es schon, als die Menschen noch auf allen vieren gingen. Bevor die Kartoffel nach Europa kam, brauchte man doch auch eine Beilage zum Fleisch, zum Fisch, zu den Muscheln.»

«Was Sie alles wissen, Chef ...»

Charo hatte sich eine Minestrone und frischen gefüllten Thunfisch bestellt. Carvalho trank seinen Wein wie ein Besessener, als brauchte er eine Transfusion von weißem, kaltem Blut.

«Was für einen Fall hast du gerade?»

«Eine verschwundene Leiche.»

«Was? Ist eine Leiche geraubt worden?»

«Nein. Ein Mann ist verschwunden und ein Jahr später wieder aufgetaucht, tot. Er wollte sein Leben ändern, das Land, den Kontinent, seine Welt verlassen und am Ende wurde er erstochen aufgefunden, zwischen Konservenbüchsen und Bauschutt. Und dabei war er reich.»

«Reich?»

«Sehr reich.»

Carvalho nahm sein Notizbuch aus der Tasche und begann vorzulesen:

«Tablex S. A., Industrial Lechera Argumosa, Iberische Bau GmbH., Aufsichtsrat des Banco Atlántico, Sitz und Stimme in der Industrie- und Handelskammer, Aufsichtsrat der Privasa Bau und Schrott und noch weitere fünfzehn Gesellschaften. Überraschenderweise sind zwei Verlage dabei, die sich kaum über Wasser halten können: ein Verlag, der Gedichte herausbringt, und eine linke Kulturzeitschrift. Anscheinend hatte er eine karitative Ader.»

«Eine geldgierige Ader, würde ich sagen. Bei der Menge von Zeitschriften und Büchern, Chef. Man geht zum Kiosk und findet nichts Gescheites, selbst wenn sich der Besitzer auf den Kopf stellt.»

«Und das ist alles Schweinkram», urteilte Charo, während sie ein Stück Thunfisch mit Knoblauch und Petersilie in den Mund schob. «Es wimmelt darin von nackten Männern und Weibern.»

Biscuter verabschiedete sich, als er fertig war. Er war müde und mußte früh aufstehen, das Büro in Ordnung bringen und zum Markt gehen. Carvalho stellte sich vor, wie er einige Minuten später einsam auf dem Klappbett im Büro lag und schlief.

«Oder er wichst gerade.»

«Von wem redest du?»

«Von Biscuter.»

«Wieso?»

Mit einer Handbewegung wischte er vom Tisch, was er gesagt hatte, und gab Charo mit einem Blick zu verstehen, daß sie sich beeilen solle. Er ahnte, daß sie gern mit ihm in sein Haus nach Vallvidrera kommen würde, und brachte es nicht fertig, nein zu sagen. Charo schlang in drei, vier Happen ihr Eis hinunter und hängte sich bei Carvalho ein. Sie stiegen in sein Auto, wo Bleda sie mit lautem Gebell begrüßte und alles ableckte, was man nicht in Sicherheit bringen konnte. Sie fuhren schweigend, und in einem stummen Ritual leerte er seinen Briefkasten, stieg die Treppe zur Haustür empor und schaltete die Lichter an, die Schatten auf den Kies warfen und sich über den Pflanzen des Gartens verloren. Carvalho atmete tief ein, blickte weit hinunter nach Vallés und hörte lustlos dem Geplapper Charos zu.

«Bei mir zu Hause ist es hübsch warm. Bei dir dagegen ... Heute wirst du hoffentlich Feuer machen. Du bist ja so blöd und machst nur im Sommer Feuer an.»

Carvalho ging in sein Zimmer, zog die Stiefel aus, blieb auf dem Bett sitzen, die Hände zwischen den Knien zusammengelegt, und starrte auf einen seiner herumliegenden, verkrumpelten Socken.

«Was ist mit dir? Ist dir schlecht?»

Carvalho setzte sich in Bewegung. Er versuchte Zeit zu gewinnen, indem er ein paar vage Runden um sein Bett drehte. Dann verließ er das Zimmer, an Charo vorbei, die versuchte, mit allen Zeitungen, die sie gefunden hatte, das Kaminfeuer in Gang zu bringen. Er ging in die Küche und schnappte sich aus dem Kühlschrank eine von den zehn Flaschen Blanc de Blancs. Wer weiß, vielleicht ist der Wein gar nicht so gut, wie er im Moment aussieht, aber die Sucht schadet dem nicht, der sie hat, sagte sich Carvalho.

«Noch mehr Wein? Du ruinierst deine Leber.»

Charo trank mit, während Carvalho ihre vergeblichen Bemühungen am Kamin übernahm und ein eindrucksvolles Feuer anzündete. Dazu benutzte er ein Buch, das er seiner lückenhaften Bibliothek entnommen hatte: ‹*Maurice*› von Forster.

«Ist es so schlecht?»

«Es ist außergewöhnlich.»

«Warum verbrennst du es dann?»

«Weil es ein Haufen Papier ist, wie alle Bücher.»

Die Flammen tauchten Charos Gesicht in einen rötlichen Schimmer. Sie ging ins Schlafzimmer und kehrte in dem weiten Kimono zurück, den Carvalho ihr aus Amsterdam mitgebracht hatte. Carvalho blieb mit einem Glas Wein in der Hand auf dem Boden sitzen, den Rücken gegen das Sofa gelehnt.

«Wenn man Lust hat, hat man Lust.» Ihre Hand streichelte sein Haar. Zuerst griff Carvalho nach Charos Hand, um sie abzuwehren, aber dann behielt er sie und tätschelte sie zerstreut.

«Was ist los mit dir?»

Carvalho zuckte die Schultern. Plötzlich sprang er auf und eilte zur Tür. Er öffnete sie, und Bleda stürmte herein.

«Ich hatte das arme Tier ganz vergessen.»

Charo kuschelte sich enttäuscht in eine Ecke des Sofas und biß sich auf die Unterlippe. Carvalho nahm seine sitzende Stellung wieder ein und streichelte hingebungsvoll Bledas Nacken und Charos Schenkel.

«Entweder-oder. Den Hund oder mich.»

Charo lachte. Er richtete sich auf, setzte sich zu ihr, öffnete ihren Kimono und faßte nach ihren beiden Brüsten, die unter dem Infrarotgrill des Solariums geröstet waren. Charos Hund glitt unter sein Hemd, kniff seine Brustwarzen und folgte den Pfaden durch das

Dickicht auf seiner Brust. Aber Carvalho stand auf, schürte das Feuer und wandte sich zu ihr um, überrascht über ihre Unentschlossenheit.

«Was machst du noch hier? Komm!»

«Wohin?»

«Ins Bett.»

«Hier gefällt es mir besser.»

Die Hand von Charo legte sich wie eine Muschel über Carvalhos Hosenschlitz. Der Aufforderung zum Wachstum folgend, begann sich der Hosenschlitz hochzuwölben, bis er die Muschel ausfüllte. Carvalho bückte sich nach Bleda, trug sie ins Zimmer und legte sie aufs Bett. Als er zum Feuer zurückkehrte, hatte sich Charo bereits ausgezogen und der Widerschein des Feuers umspielte im Halbdunkel ihre verblühte Schönheit.

Er wurde von einer Sekretärin empfangen, die wie eine Klosterschülerin gekleidet war und nun, gerade entlassen, den Jungen heiraten will, dem sie seit zwölf Jahren versprochen ist.

«Die Señora Stuart Pedrell hat mir Ihren Besuch angekündigt.»

Sie befanden sich im Allerheiligsten des Toten. Sein persönliches Büro, in dem er zu meditieren pflegte, und das er den fünfzehn anderen Büros vorzog, die in den Gebäuden der übrigen Unternehmen auf ihn warteten. Gedämpfter nordischer Stil, wie er Mitte der sechziger Jahre in Mode gekommen war, abgewandelt durch Mauerwerkimitationen auf dunkelbeigem Tuch, das die Wände verkleidete. Orientalische Papierleuchten, beige Wollvorhänge, über der Tür zu dem Büroraum befand sich eine seltsame Siganaleinrichtung. Sie hing an der Wand wie ein toter geflügelter Roboter, der an die Schmetterlinge im Glaskasten eines Sammlers erinnerte. Als sie Carvalhos fragende Miene bemerkte, erklärte ihm die ehemalige Klosterschülerin:

«Der Señor Stuart Pedrell zeigte uns und den Besuchern damit an, ob er jemand empfangen wollte oder nicht.»

Carvalho trat auf die Signaleinrichtung zu und wartete darauf, daß sie sich belebte. Er hielt inne, bevor er die Tür öffnete. Die Laterne und der Mensch blickten einander an, ohne eine Reaktion zu zeigen. Es war der Mensch, der endlich die Tür aufstieß und den Raum betrat, während die Sekretärin die Jalousien öffnete.

«Verzeihen Sie, das Büro ist immer abgeschlossen und alles ist verstaubt. Es wird nur einmal im Monat saubergemacht.»

«Waren Sie die Sekretärin von Señor Stuart Pedrell?»

«Ja, hier ja.»

«Wozu diente dieser Raum?»

«Um Musik zu hören, zu lesen, befreundete Intellektuelle und Künstler zu empfangen.»

Carvalho begann die Bücher zu studieren, die exakt ausgerichtet in den Regalen standen, die handsignierten Ölbilder an den Wänden, die Hausbar mit dem eingebauten Kühlschrank, die Entspannungscouch von Charles Eames, das Non-Plus-Ultra aller Sofas des modernen Patriarchats.

«Lassen Sie mich allein.»

Die Sekretärin verließ den Raum, zufrieden, daß jemand ihr mit so viel Nachdruck Befehle erteilte. Carvalho sah sich wieder die Bücher an. Viele davon waren englische und amerikanische Ausgaben. ‹*Paradigmen der Naturwissenschaften*› von Klang. ‹*Das wüste Land*› von Eliot, Bücher von Melville, deutschen Theologen, Rilke, amerikanischen Beatniks, eine englische Gesamtausgabe der Werke Huxleys, Bücher von Maritain, Emmanuel Mounier und eine Broschüre ‹*Wie liest man Marx*›. An die Regalbretter waren vergilbte Zeitungsausschnitte gepinnt. Es handelte sich dabei teils um Rezensionen literarischer Neuerscheinungen aus der *Times*, teils um interessante Nachrichten, interessant zumindest für Stuart Pedrell. Beispielsweise Carrillos Erklärung zur Abschaffung des Leninismus in der spanischen KP oder die Nachricht von der Hochzeit der Herzogin von Alba mit Jesús Aguirre, dem Generaldirektor der Zeitschrift *Música*. Hier und da lagen, auf den Tischen verstreut, Ansichtskarten mit Reproduktionen von Gauguin. An der Wand wechselten sich die Ölgemälde ab mit Seekarten und in der Mitte hing ein riesiger pazifischer Ozean vollgesteckt mit Fähnchen, die eine Traumroute markierten. Auf dem Schreibtisch lagen eine Menge teurer Farbstifte und Schreibfedern, rund oder für gotische Schrift abgeschrägt, als hätte sich Stuart Pedrell mit kalligraphischen Übungen beschäftigt. In den Schubladen fand Carvalho wieder Zeitungsausschnitte und dazwischen der Abdruck eines Gedichts: ‹*Gauguin*›. Es beschreibt den Weg Gauguins vom Ende seiner bürgerlichen Existenz als Bankangestellter bis zu seinem Tod auf den Marquesas-Inseln, inmitten der zauberhaften Welt, die er auf seinen Bildern dargestellt hat.

Im Exil auf den Marquesas,
Im Kerker als Verdächtiger,
Um keinen Verdacht zu erwecken
in Paris.
Verkannt als versteinerter Snob.
Nur die eingeborenen Frauen kannten seine
zeitweilige Impotenz
Und wußten, daß der Goldglanz ihrer Körper
nur ein Vorwand war,
Zu vergessen das schwarze Gestühl der Börse.
Die Kuckucksuhr im Eßzimmer aus Kopenhagen,
Die Reise nach Lima mit einer trauernden Mutter,
Das pedantische Geschwätz im Café Voltaire
Und vor allem
Die unverständlichen Verse von Stéphane Mallarmé.

So endete das Gedicht. Mit dem Namen des Autors konnte Carvalho nichts anfangen. Er öffnete die feine lederne Aktenmappe, die vor ihm auf dem Tisch lag. Handschriftliche Geschäftsnotizen, persönliche Einkaufszettel, von Büchern bis zur Rasiercreme. Ein Satz in Englisch erregte Carvalhos Aufmerksamkeit:

I read, much of the night, and go south in the winter.

Und darunter:

Ma quando gli dico
ch'egli è tra i fortunati che han visto l'aurora
sulle isole più belle terra
al ricordo sorride e risponde che il sole
si levaba che il giorno era vecchio per loro.

Zum Schluß:

Più nessuno mi porterà nel sud.

Carvalho übersetzte im Geist:

Ich lese bis tief in die Nacht
und im Winter reise ich gen Süden

. . . .

Aber wenn ich ihm sage,
daß er einer der Glücklichen ist,
die die Morgenröte erblickt haben
über den schönsten Inseln der Welt,
lächelt er, sich erinnernd, und antwortet,
daß der Tag für sie dort schon alt war,
als die Sonne aufging.

. . . .

Mich bringt keiner mehr in den Süden.

Er spekulierte über einen verborgenen kabbalistischen Sinn der drei Fragmente und tauchte ein in die wohlige Welt von Charles Eames, nachdem er sich an der Hausbar einen zehn Jahre alten Portwein eingeschenkt hatte. Stuart Pedrell hatte keinen schlechten Geschmack gehabt. Carvalho ließ sich die Verse durch den Kopf gehen. Entweder handelte es sich bei dieser Kombination einfach um den Ausdruck von Frustration oder sie enthielt vielleicht den Hinweis auf einen noch nicht entdeckten Plan, den Unternehmer zu ermorden. Er steckte das Blatt in seine Tasche, durchsuchte die übrigen Winkel des Zimmers und stand am Schluß vor der Karte des pazifischen Ozeans. Mit dem Finger folgte er der Route, die die Fähnchen anzeigten: Abu Dhabi, Ceylon, Bangkok, Sumatra, Java, Bali, Marquesas-Inseln ...

Imaginäre Reise – reale Reise? Dann untersuchte er die audiovisuellen Geräte, die in einer Ecke und auf dem Tisch links von Stuart Pedrells Sessel standen. High Fidelity in höchster Vollendung. Ein Minifernsehgerät in einem amerikanischen Radiorecorder. Er prüfte alle Tonbänder, ob sie einen Hinweis enthielten. Nichts. Weder die klassischen Kassetten noch die mit modernem symphonischem Rock à la Pink Floyd gaben ihm irgendeinen Hinweis. Er rief nach der ehemaligen Klosterschülerin, die in das Gemach hereingetrippelt kam, als fürchte sie, die Heiligkeit des Ortes zu verletzen.

«Hat der Señor in den Tagen vor seinem Tod eine Reise gebucht?»

«Ja. Eine Reise nach Tahiti.»

«Direkt?»

«Nein, über Aerojet. Eine Agentur.»

«Hatte er schon eine Vorauszahlung geleistet?»

«Ja, und außerdem hatte er eine große Summe in Reiseschecks bestellt.»

«Wieviel?»

«Ich weiß nicht. Aber sie deckte die Ausgaben für ein Jahr oder mehr im Ausland.»

Carvalho sah sich noch einmal die Gemälde an. Bekannte Künstler, das Neueste vom Neuesten, kompromißlos aktuell. Der Älteste davon, Tàpies, war um die fünfzig, der Jüngste, Viladecans, etwa dreißig. Eine Signatur war ihm bekannt: Artimbau. Er hatte ihn in der Zeit des Kampfes gegen den Faschismus kennengelernt, vor seiner Flucht in die USA.

«Kamen diese Künstler öfter hierher?»

«Es kamen viele bedeutende Menschen hierher.»

«Kennen Sie sie dem Namen nach?»

«Einige schon.»

«Diesen hier. Artimbau.»

«Das war der Netteste. Er kam oft hierher. Der Señor wollte ihn beauftragen, eine große Mauer auf seinem Landsitz in Lliteras zu bemalen, einer riesigen Begrenzungsmauer, die das Landschaftsbild störte. Der Señor Stuart Pedrell wollte, daß der Señor Artimbau sie bemalte.»

Artimbaus Atelier lag in der Calle Baja de San Pedro. Carvalho spürte das altbekannte nervöse Zucken, als er am Polizeihauptquartier in der Vía Layetana vorbeikam. An dieses Gebäude hatte er nur schlechte Erinnerungen, und man konnte noch so viel demokratische Frischluft hineinpumpen, es würde immer ein finsteres Nest der Repression bleiben. Gegenteilige Gefühle erweckten in ihm der Anblick der Vía Layetana, wo der erste unentschlossene Schritt zum Aufbau eines Manhattan in Barcelona gewagt, aber nie vollendet worden war. Die Straße, zwischen den Kriegen angelegt, begann am Hafen und endete im Handwerkerviertel um die Gracia-Kirche. Man belebte sie künstlich, um den kommerziellen Nerv der Stadt nicht lahmzulegen, und mit der Zeit verwandelte sie sich in eine Straße der Unternehmer und Gewerkschaften, der Polizisten und ihrer Opfer. Carvalho ging durch die Calle Baja de San Pedro und gelangte zu einer Toreinfahrt mit Portiersloge, die auf einen Innenhof führte. Er ging hinein und begann den Aufstieg auf einer ausladenden, verwitterten Treppe, über baufällige Treppenabsätze, vorbei an den Türen junger Architekten, den Werkstätten betagter Handwerker und einfacher Leder- und Papiergeschäften, die sich in der großzügigen Weiträumigkeit dieses alten Palacios eingenistet hatten. Vor einer Tür, die mit fröhlichen lila und grünen Ranken bemalt war, blieb Carvalho stehen, klingelte und wartete. Ein langsamer, stiller Alter, dessen Schürze von Marmorstaub bedeckt war, öffnete ihm zögernd die Tür und forderte ihn mit einer Kopfbewegung auf einzutreten.

«Wissen Sie, wen ich besuchen will?»

«Francisco wahrscheinlich. Mich besucht niemand.»

Der Alte begab sich in einen kleinen Raum, der mit vier Meter hohen Wänden von dem riesigen Atelier abgetrennt war. Carvalho ging weiter, bis er Artimbau entdeckte, der entrückt am Bild eines Mädchens arbeitete, das gerade sein Kleid auszog. Der Künstler wandte sich überrascht um, und langsam wurde in seinem Gesicht die Vergangenheit lebendig.

«Du? Altes Haus!»

Sein dunkles Kindergesicht, von dichter Mähne und schwarzem Bart umrahmt, schien aus dem Abgrund der Zeit aufzutauchen. Das Modell hatte ihr Kleid fallengelassen, um ihre weißen, durchscheinenden Brüste zu bedecken, zwei solide, feste Halbkugeln.

«Für heute ist Schluß, Remei.»

Der Maler umarmte Carvalho und schlug ihm auf die Schulter, als habe er ein Stück seiner selbst wiedergefunden.

«Du bleibst zum Essen. Das heißt, wenn es dir schmeckt, was ich da zusammenkoche.»

Er wies auf einen Gaskocher, auf dem eine bedeckte Tonform dampfte. Carvalho hob den Deckel, und der Duft eines exotischen Schmorgerichts stieg ihm in die Nase, in dem sich der Gemüse- und Fleischanteil um die Vorherrschaft stritten.

«Ich muß auf mein Gewicht achten, deshalb verwende ich keine Kartoffeln und kaum Fett. Aber das Resultat ist gut.»

Artimbau strich sich über den Bauch, der aus seinem nicht übermäßig dicken Körper hervorsprang.

«Ich wollte, ich könnte diesen Blick malen!» sagte Artimbau lachend, als sein Modell verschwand. «Jetzt male ich Gesten, Bewegungen des Körpers. Frauen, die sich anziehen, sich ausziehen. Ich komme wieder auf den menschlichen Körper zurück, nachdem ich mich über die Gesellschaft ereifert habe. Nur in meiner Kunst natürlich. Ich bin immer noch Parteimitglied und will Wandbilder machen für die Wahlen. Neulich habe ich eins in Clot fertiggestellt. Und du?»

«Ich male nicht.»

«Weiß ich. Ich will wissen, ob du noch aktiv bist.»

«Nein. Ich habe keine Partei. Ich habe nicht mal eine Katze.»

Es war eine Anspielung, die vielleicht früher der Realität entsprochen hätte, aber heute nicht mehr ganz. Carvalho dachte: Ich habe einen Hund. Mit irgend etwas fängt man an. Vielleicht bin ich am Ende ebenso etabliert wie die anderen? Artimbau war ziemlich etabliert. Er hatte eine Frau und zwei Kinder. Vielleicht würde seine Frau zum Essen kommen, obwohl er das Gegenteil versicherte. Er zeigte ihm zwei Bilder und ein Skizzenbuch mit Bildern von Franco auf dem Totenbett. Ja. Er wußte, daß er dies noch nicht veröffentlichen konnte. Dann versuchte er, in Erfahrung zu bringen, wie Carvalho lebte und was er machte. Carvalho faßte alles in einem Satz zusammen: Er sei in den USA gewesen und arbeite jetzt als Privatdetektiv.

«Das ist das letzte, was ich erwartet hätte! Privatdetektiv!»

«Genau das ist der Anlaß meines Besuchs. Es geht um einen deiner Kunden.»

«Hatte er eine Fälschung entdeckt?»

«Nein. Er ist tot. Ermordet.»

«Stuart Pedrell.»

Carvalho nickte und machte sich auf einen Redeschwall gefaßt. Artimbau war jedoch merklich zurückhaltender geworden. Er stellte die Teller auf ein Marmortischchen mit gußeisernen Füßen. Eine Flasche Berberana Gran Reserva – zur Feier des Tages – erfreute Carvalho. Er schmunzelte jedesmal zufrieden, wenn er das Opfer einer gastronomischer Bestechung wurde. Bedächtig nahm Artimbau das Gefäß vom Feuer, als seine Frau anrief. Nein, er würde nicht kommen. Er füllte die Teller mit seinem Diätgericht und nahm befriedigt Carvalhos überschwengliches Lob entgegen.

«Es schmeckt phantastisch!»

«Das Gemüse selbst, die Artischocken oder die Erbsen, zieht so viel Saft, daß man weniger Fett braucht. Die einzige Sünde war ein

Schuß Cognac, den ich dazu gegeben habe, aber zum Teufel mit den Ärzten!»

«Zum Teufel mit ihnen!»

Carvalho redete nicht weiter. Er wartete darauf, daß Artimbau auf das Thema Stuart Pedrell zurückkam. Der Maler kaute bedächtig und riet Carvalho, dasselbe zu tun. Man verdaut besser, ißt weniger und nimmt ab.

«Über einen Kunden zu sprechen ist immer eine kitzlige Sache.»

«Er ist tot.»

«Seine Frau kauft immer noch Bilder bei mir. Und sie bezahlt besser als ihr Mann!»

«Erzähl mir von ihr.»

«Das ist noch schwieriger. Sie lebt noch.»

Aber die Flasche war schon leer, und der Maler öffnete eine neue, die sich ebenso schnell leeren sollte. Dazu trug der Durst der beiden ebensoviel bei wie das Fassungsvermögen der Gläser, die von ihrem Hersteller zum Wassertrinken bestimmt waren.

«Sie ist eine tolle Frau.»

«Das habe ich schon gesehen.»

«Ich hätte sie gerne als Akt gemalt, aber das wollte sie nicht. Sie hat Klasse. Mehr als er. Beide waren sie stinkend reich. Beide hatten eine hervorragende Erziehung genossen und verfügten über eine Menge verschiedener Beziehungen. Zum Beispiel: Ich war sein Hofmaler, und der frühere Bürgermeister war einer der Hintermänner seiner Immobiliengeschäfte. Sie konnten hier zu Abend essen, da, wo du jetzt sitzt, mit mir und meiner Frau, irgend etwas, das ich selbst gekocht hatte. Andererseits konnten sie bei sich zu Hause Gäste empfangen, Größen wie López Bravo oder López Rodó, oder irgendeinen Minister, verstehst du? Das gibt den richtigen Schliff. Sie begleiteten den König zum Skifahren und rauchten Joints mit linken Poeten in Lliteras.»

«Hast du die Mauer bemalt?»

«Du hast davon gehört? Nein. Wir haben darüber verhandelt, bevor er starb, aber wir wurden uns nicht einig. Ich sollte ihm etwas ganz Ursprüngliches malen, den verlogenen Glanz von Gauguins Südseeinsulanern, aber übertragen in die einheimische Welt des Empordà, wo Lliteras liegt. Ich machte mehrere Entwürfe für ihn. Keiner konnte ihn zufriedenstellen. Damals war ich noch auf dem sozialkritischen Trip, und mir ist vielleicht etwas allzu Kämpferisches herausgerutscht, über die Lage der Bauern und so. Aber wir haben uns auch nicht mehr verstanden, weil er, unter uns gesagt, ein Traumtänzer war.»

Die nächste Flasche war dem Durst der beiden zum Opfer gefallen.

«Ein Traumtänzer?»

«Ja, ein Traumtänzer», urteilte Artimbau mit dem Brustton der Überzeugung und ging noch eine Flasche Wein holen.

«Gut. Vielleicht ist es nicht richtig, ihn als Traumtänzer abzutun. Er war es und auch wieder nicht.» Seine Augen glänzten befriedigt, denn Carvalho war ein guter Zuhörer. Der Detektiv war wie eine weiße Leinwand, auf die er Stuart Pedrells Bild malen konnte.

«Wie jeder verunsicherte Reiche war Stuart Pedrell sehr vorsichtig. Jedes Jahr wollte man ihn für Dutzende kulturelle Projekte gewinnen. Es wurde ihm sogar vorgeschlagen, eine Universität zu gründen. Es kann auch sein, daß dieser Vorschlag von ihm selbst stammte, ich weiß es nicht mehr. Stell dir vor: Verlage, Zeitschriften, Bibliotheken, Stiftungen, alle werden hektisch, sobald sie irgendwo in Verbindung mit kultureller Unruhe Geld wittern. Stuart Pedrell war ein großzügiger Mäzen, dabei aber wie ein verspieltes Kind: Sein Interesse galt den verschiedensten Projekten, er verhalf den Machern zum Aufstieg, und plötzlich – Zack! – verlor er die Lust und ließ sie fallen.»

«Wie war sein Ruf unter den Intellektuellen, den Künstlern und den Verlegern?»

«Er wurde von allen als Unikum betrachtet. Die Intellektuellen und Künstler akzeptierten ihn nicht, weil sie niemanden akzeptieren. Wenn wir, die Intellektuellen und die Künstler, eines Tages jemand anderen akzeptieren sollten, würde das heißen, daß sich unser Ego aufgelöst hat, und damit hören wir auf, Intellektuelle und Künstler zu sein.»

«Das ist bei den Metzgern genauso.»

«Wenn sie selbständig sind, ja. Als Angestellte nicht.»

Carvalho sah in Artimbaus sozial-freudianischer Demagogie die Auswirkungen der dritten Flasche Wein.

«Von den Reichen wurde er mehr geachtet, denn die Reichen in diesem Land respektieren jeden, der zu Geld gekommen ist, ohne sich dabei allzusehr anzustrengen, und Stuart Pedrell war einer davon. Er hat mir einmal erzählt, wie er zu seinem Reichtum gekommen ist, es war wirklich zum Lachen. Damals, Anfang der fünfziger

Jahre, du kennst doch die Geschichte mit der Wirtschaftsblockade. Die Versorgung mit Grundstoffen war auf dem Nullpunkt angelangt. Stuart Pedrell hatte damals gerade seine Laufbahn als Rechtsanwalt und Handelsinspektor abgebrochen. Er sollte das Geschäft seines Vaters übernehmen, denn seine Brüder hatten andere Pläne. Er fühlte sich nicht wohl dabei. Als er sich auf eine Prüfung, über den Handel mit Grundstoffen, vorbereitete, entdeckte er, daß Spanien dringend Kasein brauchte. Ausgezeichnet. Woher bekommt man Kasein? Aus Uruguay und Argentinien. Wer will es kaufen? Er erstellte eine Liste von potentiellen Abnehmern und besuchte sie einen nach dem anderen. Alle waren bereit, zu kaufen, wenn das Ministerium den Import ermöglichte. Nichts leichter als das. Stuart Pedrell ließ seine Beziehungen spielen und erreichte es, daß ihn der Wirtschaftsminister zu einem Gespräch empfing. Dieser hielt die Sache für sehr patriotisch, denn Stuart Pedrell hatte seinen Vorschlag entsprechend formuliert: ‹Was würde aus Spanien ohne Kasein? Was würde aus uns allen ohne Kasein?› Stuart Pedrell flog nach Uruguay und Argentinien und knüpfte Kontakte zu Fabrikanten auf verschiedenen Parties, wo er sich als großer Tango-Tänzer aufspielte. Seit dieser Zeit pflegte er zum Scherz mit argentinischem Akzent zu reden. Das tat er nur, wenn er gut gelaunt war, wenn er deprimiert war oder wenn er Klavier spielte.»

«Also fast immer.»

«Nein, nein. Das wäre übertrieben. Er bekam das Kasein zu einem guten Preis und verkaufte es in Spanien für das Drei- bis Vierfache. Eine runde Sache. Damit machte er seine erste Million. Und mit diesem Geld baute er alles übrige auf. Aufbauen ist nicht ganz der richtige Ausdruck, er hatte eher die Fähigkeit, mit unternehmenden Leuten zusammenzuarbeiten, die seine kritische Distanz zum Geschäftsleben kompensierten. Man könnte sagen, er war der Typ des Brechtschen Unternehmers. Denen gehört die Zukunft. Ein geisteskranker Unternehmer ist ohnmächtig angesichts der sozialdemokratischen Zukunft, die ihn erwartet.»

«Wer waren seine Kompagnons?»

«Hauptsächlich zwei: Planas und der Marqués de Munt.»

«Das klingt nach viel Geld.»

«Nach viel Geld und einflußreichen Gönnern. Eine Zeitlang hieß es, sie hätten den Bürgermeister auf ihrer Seite. Nicht nur den: Banken, religiöse und pseudoreligiöse Vereinigungen. Stuart Pedrell setzte sein Geld ein und ließ die Leute machen. Er verhielt sich schizophren. Hier war die Welt seiner Geschäfte, dort seine intellektuelle Welt. Als er genug Geld angehäuft hatte, um die Zukunft von vier Generationen zu sichern, schrieb er sich wieder an Universitäten ein, studierte Philosophie und Politik in Madrid, belegte Soziologiekurse in Harvard, New York, an der London School. Ich weiß sicher, daß er Verse schrieb, ohne sie je zu veröffentlichen.»

«Er hat nie etwas veröffentlicht?»

«Niemals. Er sagte von sich selbst, er sei Perfektionist. Ich glaube eher, daß es mit dem sprachlichen Ausdruck haperte. Das geht vielen so. Sie wollen anfangen zu schreiben und müssen dann entdecken, daß sie nicht mit der Sprache umgehen können. Dann übertragen sie die Literatur in ihr Leben oder die Malerei in ihr Wohnzimmer. Einige Reiche von dieser Sorte kaufen Zeitschriften oder Verlage auf. Stuart Pedrell unterstützte zwei schlechtgehende Verlage, aber nicht übermäßig. Er kam für ihre jährlichen Verluste auf. Wirklich schade um ihn.»

«Und seine Frau? Warum heißt sie Mima?»

«Von Miriam. Meine ganze Kundschaft kürzt ihre Namen ab, sie nennen sich Popó, Pulí, Pení, Chochó oder Fifí. Müdigkeit ist vornehm, und nichts ist anstrengender, als einen Namen ganz auszusprechen. Mima war eine Unbekannte, ein Anhängsel von Stuart Pedrell, wie es ihrer Situation als gebildete Gattin eines reichen Mannes entsprach. Sie hat nie den guten Ton verletzt, nicht einmal wenn sie hier saß. Aber sie war immer schweigsam. Seit ihr Mann verschwunden ist, ist sie ein anderer Mensch geworden. Sie hat eine beeindruckende Energie entwickelt, die nicht nur ihre Geschäftspartner beunruhigt. Stuart Pedrell war bequemer.»

«Und Viladecans?»

«Ich habe ihn nur einmal gesehen, als er mir ein Bild bezahlte. Der klassische Anwalt, der über alles Bescheid weiß und dafür sorgt, daß die weiße Weste des Chefs keine Flecken bekommt.»

«Hatte er Liebschaften?»

«Jetzt wird es aber delikat. Was willst du, Vergangenheit, Gegenwart oder Wein?»

«Wein und die Gegenwart.»

Artimbau brachte eine neue Flasche.

«Das ist die letzte von dieser Sorte.» Und er goß beim Einschenken einiges daneben.

«Die Gegenwart heißt Adela Vilardell. Das war sein dauerhaftestes Verhältnis. Aber es gibt noch einige andere, Gelegenheitsbeziehungen, in der letzten Zeit mit immer jüngeren Frauen. Er hatte die fünfzig erreicht und war dem klassischen Donjuanismus verfallen. Von Adela Vilardell kann ich dir die Adresse geben, von den anderen nicht.»

«Hast du ihn eigentlich gut gekannt?»

«Ja und nein. Als Maler lerne ich genug Leute von dieser Sorte kennen, vor allem, wenn sie meine Bilder kaufen. Sie schütten mir ihr Geld und ihr Herz aus. Es ist eine doppelte Beziehung, die sehr viel enthüllt.»

«Und was war mit der Südsee?»

«Er war von dieser Idee besessen. Ich glaube, er hatte ein Gedicht über Gauguin gelesen, und dieser Mythos ließ ihm keine Ruhe mehr. Er kaufte sich sogar die Kopie eines Films von George Sanders, er hieß ‹*Hochmut*› oder so ähnlich, und schaute ihn sich zu Hause an.»

Carvalho reichte ihm den Zettel mit den Versen, die er bei den Papieren Stuart Pedrells gefunden hatte. Er übersetzte ihm das englische Zitat aus ‹*Das wüste Land*›

«Weißt du, woher die italienischen Verse stammen könnten? Haben sie noch eine andere Bedeutung? Etwas, das Stuart Pedrell einmal erwähnt hat?»

«Dieses ‹Lesen bis tief in die Nacht und im Winter gen Süden fahren› habe ich oft gehört. Es war sein Lieblingsthema, wenn er betrunken war. Das andere kommt mir nicht bekannt vor.»

Stuart Pedrell hatte in einem Haus auf dem Putxet gelebt, einem der Hügel, die in früheren Zeiten Barcelona überragt hatten, wie die sieben Hügel Roms. Jetzt sind sie mit einem Teppich von Reihenhäusern des Mittelstands bedeckt, dazwischen stehen einzelne Häuser mit doppeltem Dachgeschoß für die Familien des Großbürgertums, die in manchen Fällen noch von den alten Bewohnern der Türme des Putxet abstammen. Stuart Pedrell hatte sein Haus von einer kinderlosen Großtante geerbt. Sie hinterließ ihm dieses Haus, das um die Jahrhundertwende von einem Architekten gebaut worden war, den die englischen Eisenkonstruktionen tief beeindruckt hatten. Die Gitterfenster waren schon eine Grundsatzerklärung, und ein eiserner Drachenkamm säumte das Rückgrat des Ziegeldachs. Neugotische Fenster, efeuüberwucherte Fassaden, weiße Gartenmöbel mit blauen Polstern bestimmten das Bild in einem streng stilisierten Garten, den eine elegante Reihe hoher Zypressen und ein geometrisch exaktes Labyrinth von Rhododendronhecken begrenzten. Der Boden war bedeckt von Rasen und Kies, einem Kies, der so wohlerzogen war, daß er kaum unter den Reifen oder den Schuhsohlen knirschte. Ein hundertjähriger Rasen, wohlgenährt, getrimmt und gebürstet, glich einer weichen Decke, auf der das Haus zu schweben schien wie auf einem fliegenden Teppich. Die Dienerschaft in Seide und Pikee, schwarz und weiß. Ein Gärtner im Bajazzo-Kostüm, ein Mayordomo mit vorbildlichen Koteletten und bestickter Weste. Carvalho verachtete die Gamaschen des Chauffeurs, der mit dem Alfa Romeo losfuhr, um Señora Stuart Pedrell zu holen, aber ihm gefiel das zurückhaltende Grau seiner Uniform mit ihren samtbesetzten Aufschlägen und den weltmännischen hellen Lederhandschuhen, die die Finger frei ließen und sich vorteilhaft von dem dunklen Steuerrad abhoben.

Carvalho bat darum die Tür zu öffnen, und der Mayordomo tat es mit einer leichten Neigung des Kopfes, als wolle er ihn zum Tanz auffordern. Und wie auf einem Ball des Fin de Siècle schwebte Carvalho im Takt eines langsamen Walzers durch die Räume, wobei er im Geist den ‹*Kaiserwalzer*› vor sich hin summte. Dann stand er vor einer Marmortreppe mit einem übertrieben verschnörkelten eisernen Geländer und einem Handlauf aus Guajakholz. Das Treppenhaus war in das vielfarbige Licht eines Glasfensters getaucht, auf dem St. Georg gerade den Drachen tötete.

«Suchen Sie etwas Bestimmtes, Señor?»

«Ja, die Gemächer von Señor Stuart Pedrell.»

«Wenn Sie die Liebenswürdigkeit hätten, mir folgen zu wollen, Señor ...»

Er folgte dem Mayordomo die Treppe hinauf. Sie endete in einem Absatz mit Brüstung, ideal für den Auftritt der Heldin, die bei der Ankunft ihres Lieblingsgastes «Richard!» ausruft, ihre weiten Röcke rafft und auf Zehenspitzen die Stufen hinabschwebte, um mit ihm eng umschlungen in einem langen Walzer zu versinken. Als hätte er keinerlei Sinn für irgendwelche Filmphantasien, führte ihn der Mayordomo durch einen schmalen, teppichbelegten Gang und öffnete am Ende eine hohe, wundervoll gemaserte Teakholztür.

«Eine wertvolle Tür!»

«Der Großonkel von Señor Stuart Pedrell ließ sie einbauen. Er besaß Anlagen zur Kopragewinnung in Indonesien», erklärte der Mayordomo wie ein Museumsführer.

Carvalho gelangte in einen Bibliotheksraum mit einem Schreibtisch, der aussah wie ein mittelalterlicher Thron für die Ellbogen eines Gelehrten, der mit dem Gänsekiel schrieb. Rechts ahnte man den Eingang zum Schlafzimmer, aber Carvalho blieb in dem Salon und drehte sich einmal um sich selbst, um einen Eindruck von den Dimensionen des Raums zu gewinnen, von den feinen Stuckarbeiten an der Decke und der Solidität der hölzernen Wandvertäfelungen. Diese dienten teils als Rückwand für die massiven Bücherregale voller schön gebundener Ausgaben, teils als Hintergrund für Gemälde aus dem 18. und 19. Jahrhundert, Arbeiten der Schüler von Bayeu oder Goya. Hier konnte niemand arbeiten, ohne nicht mindestens ein vergleichendes Wörterbuch der aramäischen und der hethitischen Sprache zu benutzen.

«Hat Señor Stuart Pedrell diesen Raum benutzt?»

«Fast nie. Im Winter machte er Feuer im Kamin, manchmal saß er daneben und las. Er veränderte nichts, wegen des Wertes, den jedes einzelne Stück hier besitzt. Die Bibliothek enthält nur antike Ausgaben. Das neueste Buch erschien 1912.»

«Sie sind sehr gut informiert.»

«Vielen Dank. Sie sind sehr liebenswürdig.»

«Haben Sie noch andere Aufgaben in diesem Haus?»

«Ja, Mayordomo bin ich nur nebenbei. Eigentlich bin ich der Generalkonservator dieses Hauses und leite außerdem die Hauswirtschaft.»

«Sind Sie Buchhalter?»

«Nein. Ich bin Wirtschaftslehrer und mache ein Abendstudium in Philosophie und mittelalterlicher Geschichte.»

Carvalho fing einen triumphierenden Blick des Mayordomo auf, der voller Freude die Verwirrung genoß, in die er Carvalho offensichtlich gestürzt hatte.

«Ich war schon hier, als das junge Ehepaar Stuart Pedrell einzog. Meine Eltern standen 40 Jahre im Dienst der Großtanten des Herrn. Ich bin in diesem Haus geboren und war eine Art Adoptivsohn der alten Damen.»

Das Privatzimmer Stuart Pedrells enthielt nichts Bemerkenswertes außer der ausgezeichneten Kopie eines Gauguin-Gemäldes mit dem Titel *‹Was sind wir, woher kommen wir, wohin gehen wir?›*.

«Dieses Bild ist neu.»

«Ja. Dieses Bild ist neu», bestätigte der Mayordomo ohne eine Spur von Begeisterung. «Der Señor hängte es hier über seinem Bett auf, als er sich entschloß, diesen Flügel des Hauses allein zu beziehen.»

«Wann war das?»

«Vor drei Jahren.»

Der Mayordomo übersah geflissentlich, wie Carvalho die winzigsten Schubfächer öffnete, das Bett von der Wand wegrückte, um dahinter zu blicken, unter das Kopfkissen guckte und in den Schränken sämtliche Kleidungsstücke und sämtliche Ecken und Winkel durchstöberte.

«Hatten Sie eine gute Beziehung zu Señor Stuart Pedrell?»

«Eine Normale.»

«Hatten Sie persönliche Gesprächsthemen, die über die alltägliche Routine hinausgingen?»

«Manchmal.»

«Was für Themen?»

«Von allgemeiner Art.»

«Was verstehen Sie darunter?»

«Politik. Filme.»

«Welche Partei wählte Señor Stuart Pedrell im Juni 1977?»

«Das hat er mir nicht mitgeteilt.»

«Die Christdemokraten?»

«Das glaube ich nicht. Etwas Radikaleres.»

«Und Sie?»

«Ich wüßte nicht, von welchem Interesse meine Stimmabgabe sein könnte.»

«Entschuldigen Sie.»

«Ich habe die katalanischen Republikaner gewählt, wenn es Sie interessiert.»

Sie hatten Stuart Pedrells Krypta verlassen. Irgendwo im Haus ertönte Klavierspiel und brachte sie in die Wirklichkeit zurück.

«Wer spielt da?»

«Die Señorita Yes», antwortete der Mayordomo.

Carvalho eilte so schnell in die Richtung, aus der die Töne kamen, daß der Mayordomo ihm kaum folgen konnte.

«Yes? Sie nennt sich ‹Ja›?»

«Ihr Name ist Yésica.»

«Jésica.»

Carvalho öffnete die Tür. Ein roter Gürtel, der ihre schmale Taille betonte, teilte den Körper der Frau. Sie trug Jeans. Ihre runden, festen Hinterbacken ruhten in frischer Jugendlichkeit auf dem Klavierhocker. Ihr Rücken beschrieb von der Taille aus eine delikate, geometrische Linie bis hoch zu der blondgelockten Mähne, die sie in den Nacken geworfen hatte, um die Noten besser zu sehen. Der Mayordomo räusperte sich. Ohne sich umzudrehen und ohne ihr Spiel zu unterbrechen, fragte das Mädchen: «Was wollen Sie, Joanet?»

«Ich bedaure, Señorita Yes, aber dieser Herr möchte mit Ihnen sprechen.»

Sie wandte sich mit einer schnellen Drehung des Klavierstuhls um. Sie hatte graue Augen, die Bräune einer Skifahrerin, einen großen, weichen Mund, mädchenhafte Wangen und die Arme eines herrlichen Weibes. Ihre Brauen waren etwas zu dicht, aber sie unterstrichen den Eindruck, eine der lebenssprühenden Gestalten aus der Coca-Cola-Werbung vor sich zu haben.

Du solltest dir einen John Travolta anlachen, Mädchen, dachte Carvalho und drückte ihr die Hand, die sie ihm widerwillig gab.

«Pepe Carvalho, Privatdetektiv.»

«Ah, es geht um Papa. Könnt ihr ihn nicht in Frieden ruhen lassen?»

Der ganze Eindruck von Werbewelt war zerstört. Ihre Stimme hatte gezittert und in ihren Augen glänzten Tränen.

«Das sind Angelegenheiten von Mama und diesem schrecklichen Viladecans.»

Das Geräusch der Tür ließ erkennen, daß der Mayordomo nicht noch mehr hören wollte, als er schon gehört hatte.

«Die Toten werden nicht müde und ruhen auch nicht.»

«Was wissen Sie schon!»

«Können Sie das Gegenteil beweisen?»

«Mein Vater lebt, hier, in diesem Haus. Ich spüre seine Gegenwart. Ich spreche mit ihm. Kommen Sie, sehen Sie, was ich gefunden habe.»

Sie nahm Carvalho bei der Hand und führte ihn zu einem Pult, das in einer Ecke des Zimmers stand. Darauf lag ein dickes, aufgeschlagenes Fotoalbum. Das Mädchen blätterte vorsichtig die Seiten um, eine nach der andern, als seien sie zerbrechlich. Sie zeigte Carvalho ein Bild des jungen Stuart Pedrell, braungebrannt, in Hemdsärmeln, wie er gerade den Bizeps eines Mr. Universum vortäuschte.

«Ist er nicht gutausschauend?»

Das Zimmer roch nach Marihuana und sie selbst auch. Sie hatte die Augen geschlossen und lächelte, entrückt von dem Schauspiel, das sich vor ihrem inneren Auge abspielte.

«Hatten Sie eine enge Beziehung zu Ihrem Vater?»

«Vor seinem Tod überhaupt keine. Als er von zu Hause fortging, studierte ich seit zwei Jahren in England. Wir hatten uns immer nur im Sommer gesehen. Ich habe meinen Vater erst kennengelernt, als er schon tot war. Es war eine schöne Flucht. Die Südsee.»

«Er hat sie nie erreicht.»

«Was wissen Sie schon? Wo ist denn die Südsee?»

Ihre Augen sprühten streitlustig, sie kniff die Lippen zusammen und ihr ganzer Körper schien zum Sprung geduckt.

«Damit wir uns richtig verstehen: Hat sich Ihr Vater irgendwie mit Ihnen oder einem Ihrer Geschwister in Verbindung gesetzt?»

«Mit mir nicht. Und mit den anderen, das weiß ich nicht. Ich glaube nicht. Nené ist seit Monaten auf Bali. Die Zwillinge waren fast zwei Unbekannte für ihn. Der Kleine ist erst acht.»

«Und er wird bald bei den Jesuiten rausfliegen.»

«Das liegt an den Jesuiten. Es ist ein Wahnsinn, in unserer Zeit jemanden zu den Jesuiten zu schicken. Tito ist ein viel zu phantasievolles Kind für diese Art von Unterricht.»

«Wenn Ihr Vater Ihnen erscheint, erzählt er Ihnen dann, wo er die ganze Zeit war?»

«Das ist nicht nötig. Ich weiß, wo er war. In der Südsee. An einem wundervollen Ort, wo er ganz neu beginnen konnte. Wieder der junge Mann sein, der nach Uruguay ging, um sein Glück zu machen.»

Die Version des Mädchens war nicht sehr überzeugend, aber Carvalho hatte eine gewisse Schwäche für mystische Gefühle.

«Jessica ...» Carvalho sprach ihren Namen englisch aus.

«Oh! So hat mich noch niemand genannt! Fast alle sagen Yes, einige Yésica. Aber so wie Sie nennt mich niemand. Es klingt sehr gut. Schauen Sie! Mein Vater beim Skifahren in St. Moritz. Hier ist er dabei, einen Preis zu verleihen. Hör mal, weißt du, wer da vor dir erscheint?»

Carvalho wischte mit einer Handbewegung jede mögliche Erscheinung vom Tisch. Ermüdet von der sentimentalen Reise durch das Fotoalbum ließ er sich auf ein schwarzes Ledersofa fallen, wo er in einer etwas erzwungenen Entspannung versank, um das Mädchen ruhig betrachten zu können, während sie in das Album vertieft war. Die Jeans konnten ihre geraden, starken Sportlerschenkel ebensowenig verbergen wie die kurzärmelige Wollbluse ihre kleinen Brüste mit den unentwickelten Warzen. Ihr Hals war eine lange, biegsame Säule, die ihren Kopf hin und her bewegte, als wolle sie dauernd ihre flammende blonde Mähne schütteln. Sie raffte die Haare mit einer Hand und wandte ihr Gesicht Carvalho zu. Sie hatte erraten, daß er sie betrachtete. Er wandte den Blick nicht ab. Sie schauten einander tief in die Augen, bis sie zum Sofa rannte, sich auf Carvalhos Knie setzte, die Arme um ihn legte, den Kopf an seine Brust schmiegte und sein Gesicht mit ihren blonden Locken bedeckte. Der Detektiv reagierte langsam und begann eine Umarmung, die etwas mehr war als die eines Beschützers kleiner, erschreckter Mädchen.

«Laßt ihn in Ruhe. Er schläft! Er hat die Reise der Erleuchtung gemacht, und jetzt schläft er. Sie verfolgen ihn, weil sie ihn beneiden.»

Marke Ophelia, dachte Carvalho und wußte nicht, ob er sie schütteln oder bemitleiden sollte. Er zeigte Mitleid, streichelte ihr übers Haar und beherrschte seine Lust, diese Zärtlichkeit zu einem fordernden Griff nach ihrem Nacken zu steigern. Seine eigene Unentschlossenheit irritierte ihn, und er machte sich sanft, aber entschieden von ihr los.

«Wenn dein Haschrausch verflogen ist, würde ich gerne wiederkommen und mit dir reden.»

Sie lächelte mit geschlossenen Augen, und ihre Hände schoben sich sanft zwischen ihre Schenkel.

«Jetzt geht es mir gut. Wenn du sehen könntest, was ich sehe!»

Carvalho ging zur Tür, kehrte jedoch noch einmal um, um sich zu verabschieden. Sie war immer noch in Ekstase. Ein einziges Mal in seinem Leben hatte er mit so einem Mädchen geschlafen, in San Francisco, vor zwanzig Jahren. Sie war Erzieherin in einer Jungenschule. Er mußte sie im Zusammenhang mit der Infiltration sowjetischer Agenten während der ersten Protestbewegungen in den USA beobachten. Dem Material der Señorita Stuart fehlte etwas, eine gewisse Festigkeit, die nur ein nordamerikanischer Körper ausstrahlen kann. Sie hatte etwas von der Zerbrechlichkeit an sich, wenn auch nur minimal, die jeder Südländerin der Welt eigen ist, egal, aus welcher Schicht sie stammt. Ohne weiter nachzudenken, kritzelte er seinen Namen, Adresse und Telefonnummer auf ein Stück Papier und reichte es dem Mädchen.

«Hier!»

«Wozu, warum?»

«Falls dir noch etwas Neues einfällt, wenn du wieder klar bist.» Und damit stolperte er aus dem Zimmer.

Planas hatte ihn in die Zentralbrauerei bestellt, eine seiner Firmen, deren Sitzung des Verwaltungsrats er zu leiten hatte. Wenn er herauskam, hatte er eine Viertelstunde Zeit. Dann mußte er sich zurückziehen, um seinen Antrittsvortrag als Vizepräsident des Unternehmerverbandes vorzubereiten.

«Die Wahl ist heute nachmittag, und ich werde gewinnen, da bin ich sicher.»

Carvalho hatte die telefonische Zurschaustellung von so viel Selbstvertrauen gerade noch gefehlt, aber er bedankte sich für den Termin und war innerlich auf alles gefaßt, wie vor einem Match gegen einen Tennisspieler, der in zwei Runden gewinnen will und jede davon 6:0. Carvalhos Ankunft vereitelte Planas' Absicht, mit erhobener Armbanduhr sein Zuspätkommen zu tadeln.

«Sie sind pünktlich! Ein Wunder!» Und er deutete auf eine Seite des Notizbuchs, das er aus der Hosentasche gezogen hatte.

«Jedesmal wenn ich einen pünktlichen Menschen treffe, verzeichne ich ihn hier. Sehen Sie? Ich schreibe Ihren Namen und das Datum auf. Sehr praktisch. Wenn ich mal einen Privatdetektiv brauchen sollte, werde ich erstens einen nehmen, den ich kenne und zweitens einen, der pünktlich ist, alles andere ist Nebensache. Stört es Sie, wenn wir spazierengehen, während wir uns unterhalten? So kann ich mich wenigstens zwischen den Versammlungen ein bißchen fit halten. Ich muß noch in ein paar Werbespots für meine Gartenstadt auf den Höhen von Melmató auftreten.»

Kein Gramm Fett zu viel an diesem Römerkörper. Sein Schädel glatt rasiert, um der unausweichlichen Glatze ein Schnippchen zu schlagen. Planas ging neben Carvalho, die Hände auf dem Rücken, und starrte auf den Boden, während er sich seine Antworten überlegte. Kein einziger wirtschaftlicher Fehlschlag im Leben Stuart Pedrells. Die Geschäfte liefen mit Rückenwind. Sie hatten niemals dramatische, riskante Wendungen genommen, darauf bestand er. Finanziell war er immer gut abgesichert gewesen und hatte sehr gute Bürgen gehabt. Der Löwenanteil des Anfangskapitals stammte weder von Stuart Pedrell noch von ihm, sondern von dem Marqués de Munt.

«Haben Sie noch nicht mit ihm gesprochen? Alfredo ist ein einzigartiger Typ. Ein großer Mann.»

Tatsächlich war das größte Geschäft der Aufbau des Stadtteils San Magín gewesen, ein ganz neuer Stadtteil, neu bis zur letzten Straßenlaterne. Das waren Zeiten, als es noch Möglichkeiten gab, ganz anders als heute. Heute sieht es so aus: Der Kapitalismus ist Sünde und der Kapitalist ein Staatsfeind. Warum Stuart Pedrell gegangen war?

«Er war nicht über das Trauma seines fünfzigsten Geburtstags hinweggekommen. Schon beim vierzigsten und fünfundvierzigsten hatte er Schwierigkeiten gehabt. Aber als er fünfzig wurde, zerbrach er innerlich. Er hatte diesen Geburtstag sehr literarisch stilisiert. Auch seine Arbeit hatte er zur Parodie gemacht: Er hatte innerlich zu viel Distanz dazu. Er war ein gespaltener Mensch: Eine Hälfte arbeitete, während die andere Hälfte dachte. Ein wenig Distanz ist gut, aber nicht bis zur Loslösung von allem. Man endet als Nihilist, und ein Nihilist kann kein Unternehmer sein. Ein guter Unternehmer muß etwas robust sein, er muß auch Schläge einstecken können, andernfalls bringt er es zu nichts und erreicht auch bei anderen nichts.»

«Aber Stuart Pedrell war ein reicher Mann.»

«Sehr reich, von Geburt an. Nicht ganz so reich wie Alfredo Munt, aber reich. Ganz anders als ich. Meine Familie war nicht schlecht situiert, aber mein Vater machte mit vierzig Bankrott. Mit Pauken und Trompeten. Er wollte mit den Busquets eine Bank aufziehen, und alle gingen baden dabei. Mein Vater zahlte den Gläubigern 70 Millionen. Stellen Sie sich vor, was 70 Millionen in den vierziger Jahren bedeutet haben, und dann hatte er keinen Céntimo mehr in der Tasche. Ich war damals auf der Universität und habe den Bankrott voll mitbekommen. Wie war Ihre Kindheit, Señor Carvalho?»

Der Detektiv zuckte die Schultern.

«Meine war sehr traurig. Sehr traurig», bekannte Planas und betrachtete den unebenen Asphalt des Brauereihofs, auf dem er mit Carvalho spazierenging.

«Stuart ruhte sich auf uns aus: auf der ökonomischen Sicherheit von Munt und auf meinen Fähigkeiten. Er gab dem Ganzen die ‹Perspektive›. Ich habe nie verstanden, was er mit dem Gerede von der ‹Perspektive› meinte, aber er war davon überzeugt, etwas Fundamentales beizutragen. Er hatte zu viel Zeit, um seinen Nabel zu beschauen und überall hinter den Frauen herzulaufen. Ich selbst habe seit 1948 keinen Urlaub mehr genommen. Ab und zu eine Reise, um meine Frau zufriedenzustellen. Ach ja! Jedes Jahr, wenn es Frühling wird, gehe ich in eine deutsche Klinik in Marbella. Eine Entgiftungskur. Zu Beginn ein Früchtetag, dann ein Liter Abführmittel und dann beginne ich meinen Kreuzweg: striktes Fasten fünfzehn Tage lang! Und manchmal verabreichen sie mir ein Klistier, das nie mehr aufhört. Aber, mein Freund, wenn man glaubt, man ist kurz davor, zu Staub zu zerfallen, hoppla! dann wachsen einem von überall her Energien zu, man spielt Tennis, besteigt Berge und fühlt sich wie Superman. Seit fünf Jahren gehe ich dorthin, und jedesmal komme ich so schwerelos heraus, als könnte ich schweben!»

Er näherte sich dem Detektiv und berührte die Ringe unter seinen Augen mit den Fingern.

«Diese Ringe unter den Augen, geschwollen! Ihre Leber ist gereizt.»

Er ging voraus zu einem Büro, das sich in einer Dachkammer des Lagers befand. Bei einer Sekretärin erkundigte er sich nach der Adresse der Buchinger-Klinik und gab sie Carvalho. Mit einer energischen Bewegung zückte er seine Uhr und lud Carvalho ein, ihm zum Innenhof zu folgen.

«Man muß versuchen, mit Würde alt zu werden. Sie sind etwas jünger als ich. Sie haben sich aber nicht gut gehalten. Ich dachte immer, Privatdetektive treiben Gymnastik oder Jiu-Jitsu. Ich mache jeden Morgen *footing* in der Umgebung meines Hauses. Ich nehme einen Weg bergauf und bin im Handumdrehen oben in Vallvidrera.»

«Um wieviel Uhr?»

«Um sieben Uhr in der Frühe.»

«Ich stehe um diese Zeit auf und mache mir ein paar Spiegeleier mit Salami.»

«Was Sie nicht sagen. Wo war ich stehengeblieben? Zack-zack den Berg hinauf und zack-zack den Berg hinunter. Zweimal in der Woche Unterwassermassage. Haben Sie das mal versucht? Sensationell! Das Wasser zermalmt einem beinahe die Knochen. So ein Strahl, mit vollem Druck. Danach eine gute schottische Dusche. Man steht vor dem Masseur wie vor einem Erschießungskommando. Stellen Sie sich so hin, wie ich gerade gestanden habe.»

Planas entfernte sich drei Meter von Carvalho und zielte mit einem nicht vorhandenem Wasserschlauch auf ihn.

«Aus dieser Entfernung spritzen sie mit einem scharfen, lauwarmen Strahl, vor allem auf die Stellen des Körpers, wo man abnehmen muß, und dann dasselbe mit kaltem Wasser. Man bekommt dadurch einen hervorragenden Kreislauf. Und das hilft, die Fettpolster abzubauen. Sie haben eine tolle Figur, aber man sieht die Fettpolster, die beseitigt werden müßten. Um die Hüften und über dem Magen. Hier. Hier tut es weh. Ein scharfer Strahl, zisch! Durchhalten ist das Wichtigste. Und nicht zu viel Alkohol. Scheiße! Schon zwei Uhr ... die Leute von der Werbung erwarten mich ... war noch was?»

«Hat Stuart Pedrell in der Zeit, in der er sich verborgen hielt, nie versucht, mit Ihnen Kontakt aufzunehmen?»

«Niemals. In geschäftlicher Hinsicht war das nicht nötig. Er hatte mit Viladecans alles sehr gut abgeklärt. Dann machte sich Mima an die Arbeit und war sehr erfolgreich, viel erfolgreicher als ihr Mann.»

«Und in menschlicher Hinsicht?»

«Wir hatten einander nie viel zu sagen. Unser einziges längeres Gespräch war wohl das erste, vor 25 Jahren, als wir Partner wurden. Danach haben wir uns tausendmal gesehen, ohne uns je richtig miteinander zu unterhalten. Munt hatte eine andere Beziehung zu ihm. Fragen Sie den!»

Er schüttelte ihm die Hand, als wolle er ihm den Arm ausrenken und gleichzeitig sein Beileid ausdrücken.

«Und vergessen Sie die Klinik nicht! Es gibt nichts Gesünderes als Klistiere!».

Adios, Planas, dachte Carvalho, ich wünsche dir einen gesunden Tod.

«Diese Sorte habe ich nicht da.»

«Was für einen trockenen Weißwein haben Sie dann?»

«Paceta.»

«Gut!»

Er bestellte Meeresschnecken als Vorspeise. Der Wirt schlug ihm als Alternative vor, eine Vorspeise mit Fisch und Muscheln zu nehmen, weil die Meeresschnecken schon dabei wären. Als nächstes empfahl er ihm überbackene Goldbarbe, und Carvalho stimmte zu, teils um so beim Weißwein bleiben zu können, teils, weil das Fischgericht die Ringe unter seinen Augen verschwinden lassen und den Zustand seiner Leber bessern würde. Ab und zu ging er gern zum Essen in die *Casa Leopoldo*, ein Restaurant, das schon in den Träumen seiner Jugend eine Rolle gespielt hatte. Seine Mutter war in jenem Sommer in Galicia, und sein Vater nahm ihn mit ins Restaurant, eine ungewöhnliche Sache bei einem Mann, der Restaurants normalerweise als Räuber- und Lasterhöhlen betrachtete. Er hatte von einem Restaurant im Chinaviertel gehört, wo die Portionen phantastisch groß und phantastisch billig sein sollten. Dorthin nahm er Carvalho mit. Er schlug sich den Bauch voll mit panierten Calamares, dem raffiniertesten Gericht, das er kannte, während sein Vater weniger riskierte und etwas ziemlich Gewöhnliches bestellte. Gut ist es ja. Und eine Menge. Mal sehen, ob es auch billig ist! Es dauerte lange, bis er wieder ein Restaurant betrat, aber der Name *Casa Leopoldo* blieb ihm immer im Gedächtnis, wie die Einweihung in einen faszinierenden Ritus. Er war viele Jahre später zurückgekehrt, da war es nicht mehr jener bedächtige, aufmerksame Wirt, der gefragt hatte, was sie zu speisen wünschten, und ihnen dabei das Gefühl gab, Stammgäste und Kenner zu sein. Es war jetzt ein gutes Fischlokal geworden, die Gäste waren Kleinbürger aus dem Viertel oder Leute aus dem Norden der Stadt, die von der guten Küche des Lokals gehört hatten. Carvalho hielt sich nun an eine Diät aus Fisch und Weißwein. Seine Angstzustände, die er früher bekämpft hatte, indem er in Kneipen und Restaurants ging und sich einer Völlerei hingab, die den guten Geschmack nicht vernachlässigte, diese Zustände überwand er jetzt, indem er die Weißweinvorräte seines Landes dezimierte. Der Wirt war überrascht von der Phantasielosigkeit seines Nachtischs und von der Weigerung, zum Kaffee einen Likör zu nehmen. Aber als er schon an der Tür war, wurde ihm klar, daß er gegen seine ganze Natur gehandelt hatte. Er machte kehrt, setzte sich wieder, rief nach dem Wirt und bestellte sich einen doppelten Marc de Champagne, eisgekühlt. Während er ihn mit Genuß trank, hatte er das Gefühl, wieder er selbst zu werden. Die Leber. Die Mutter, die ihn geboren hatte. Meine Leber gehört mir. Ich kann tun und lassen, was ich will. Er bestellte noch einen Doppelten und war sicher, daß er jetzt endlich die Bluttransfusion bekam, die ihm seit Tagen gefehlt hatte. Er bezahlte und ging die Calle Aurora entlang, auf der Suche nach der verlorenen Welt seiner Kindheit. Vor einem Hochhaus erblickte Carvalho eine kleine Menschenansammlung. Ein bescheidenes Plakat kündigte einige Beiträge zum Thema «Schwarzer Roman» an. Mit der Sicherheit, die ihm der Alkohol verlieh, mischte er sich unter die Leute, die auf den Beginn der Beiträge warteten. Er kannte sie von früher, diese Intellektuellen, mit ihren Eierköpfen, die überall auf der Erde gleich aussehen. Endlich hob sich der Vorhang. Acht Leute saßen um einen Tisch, zwei davon hatten sich selbst zu Wortführern aufgeschwungen und begannen ein intellektuelles Ping-Pong-Spiel über die Frage: Schrieb Dostojewski «Schwarze Romane»? Dann kamen sie über Henry James und E. A. Poe darauf, daß der Begriff «Schwarzer Roman» eigentlich von einem französischen Drucker stammt, der diese Farbe einer Krimiserie gab, die bei Gallimard erschien. Ein Stichwort gab das andere. Chandler, Hammett, Macdonald, Chester Himes als der Balzac von Harlem, die Krise des Kapitalismus und die Randgruppenproblematik, die den Nährboden des «Schwarzen Romans» bilden, die mangelnde moralische Eindeutigkeit, diese moralische Ambiguität, die ja der Schlüssel zum Verständnis des «Schwarzen Romans» sei ... Als die Diskussion an diesem Punkt angelangt war, verließ Carvalho den Saal mit brummendem Schädel und trockener Kehle. Er ging zur Bar, um ein Bier zu bestellen, und entdeckte neben sich eine braunhäutige Frau mit einem Paar ungeheuer grüner Augen. Ihr Körper war unter einem Poncho verborgen, den sie wohl von einer Anden-Überquerung mitgebracht hatte.

«Hallo!»

«Hallo!»

«Du bist ...»

«Dashiell Hammett.»

Sie lachte und bestand dann ernstlich darauf, seinen Namen zu erfahren.

«Horatio hat uns bei der Feier zur Veröffentlichung des Buchs von Juan miteinander bekannt gemacht, nicht? Ich bin rausgegangen, weil ich den ganzen Quatsch satt hatte. Dieses ganze Theater um den ‹Schwarzen Roman› sagt mir überhaupt nichts. Ich denke dasselbe wie Varese: Wenn die Bourgeoisie den Roman nicht mehr kontrollieren kann, beginnt sie, ihn mit Farbe zu bemalen. Ich lese deine Bücher. Es gefällt mir gut, was du schreibst.»

Carvalho fragte sich verwirrt, ob Biscuter oder Charo etwas unter seinem Namen veröffentlicht hätten. Er nahm sich vor, eine Erklärung zu verlangen, wenn er nach Hause käme.

«Weißt du, in letzter Zeit fehlt mir die rechte Lust zum Schreiben.»

«Ja, das merkt man dir an. Das geht uns allen so. Ich denke dasselbe wie Cañedo Marras: Große Müdigkeit ist der Vorbote des großen Aufschwungs.»

Carvalho hatte Lust, ihr zu sagen: Zieh deinen Poncho aus, Liebling, und komm mit mir in ein schwarzes Bett oder ein weißes, ein rundes oder ein eckiges, mir ist es egal, denn wenn die Bourgeoisie das Bett nicht mehr kontrollieren kann, beginnt sie es mit Adjektiven zu bepflastern.

«Willst du weiter hier bleiben, oder hast du Lust, mit mir sechs Flaschen eines absolut sensationellen Weißweins niederzumachen?»

«Du gehst ganz schön ran, Fremder. Was schlägst du mir da vor?»

«Ich möchte mit dir schlafen.»

«Ohne Zweifel. Du kennst Juanito Marsé. Das ist genau seine Masche. Er sagt, er habe dabei schon viele Ohrfeigen bekommen, aber genauso viele Schätze entdeckt.»

«Was bekomme ich? Die Ohrfeige?»

«Nein. Aber den Schatz auch nicht. Ich warte hier auf meine Tochter. Ich hab sie drinnen abgegeben. Du verstehst schon: eine Liebesgeschichte ist unmöglich.»

«Dabei hat sie gerade erst angefangen.»

«Das sind immer die besten.»

Carvalho verabschiedete sich mit einer leichten Verbeugung. Auf der Straße dachte er an die Liebesgeschichten, die gerade erst beginnen. Er sah sich selbst als Jüngling, beeindruckt von Mädchen, die an ihm vorbeigingen. Er folgte ihnen, nahm dieselbe Straßenbahn oder denselben Bus wie sie, ohne ein Wort mit ihnen zu sprechen, und war entrückt von dem Wunder einer Begegnung voller Poesie.

Plötzlich würde sie sich umdrehen, seine Hand nehmen und ihn über das Mysterium hinausheben, dorthin, wo man ewig leben kann in der Kontemplation des geliebten Wesens. Und die anderen Male? Als er in ein wirkliches Wesen verliebt war und plötzlich das Gefühl hatte, sie erwarte ihn an einem bestimmten Ort in der Stadt, fast immer am Hafen. Er war dann voller Ungeduld dorthin geeilt, fest davon überzeugt, daß ihn ein weltbewegendes Rendezvous erwarte. Vielleicht sollte er sich verlieben, ohne ein gewisses Maß an Selbsttäuschung, ohne Illusion kann man nicht überleben, ohne die Möglichkeit, irgendwo in eine Kirche zu gehen und zu beten, kann man nicht leben. Heutzutage kann man ja nicht einmal mehr an die Liturgie des Weins glauben, seit einige Gourmets sich gegen den zimmerwarmen Rotwein ausgesprochen haben und meinen, er müsse kalt getrunken werden. So eine Unerhörtheit! Die Menschheit degeneriert. Die Kulturen gehen unter, wenn sie beginnen, das Absolute in Frage zu stellen. Francos System begann an dem Tag zu wanken, an dem er eine Rede begann mit den Worten: «Nicht daß ich behaupten wollte ...» Ein Diktator darf niemals eine Rede mit einer Negation beginnen, die ihn selbst betrifft.

Ohne es zu bemerken, hatte er die Rondas erreicht. Sie waren kaum wiederzuerkennen. Jede Verletzung der Welt seiner Kindheit schmerzte ihn, und bevor er in einer Welle von Selbstmitleid versank, ging er zu einer Telefonzelle und rief seinen Freund, Geschäftsführer und Nachbarn Enric Fuster in Vallvidrera an.

«Du kennst doch Leute von der Universität, die mit Literatur zu tun haben. Ich brauche jemanden, der mir den Sinn einiger italienischer Verse erklären kann. Den Autor? Nein, weiß ich nicht. Deshalb rufe ich dich ja an.»

Fuster nahm die Gelegenheit wahr, ihn zum Abendessen einzuladen. «Wir gehen zu meinem Freund Sergio. Er kocht nicht besonders gut, aber er hat immer frische Sachen vom Land.» Während die Chaldäer glaubten, die Welt höre hinter den nächsten Bergen auf, war Enric Fuster der Ansicht, daß alles, was jenseits der Grenzen seiner Heimat Valencia lag, schon zur Milchstraße gehöre.

Carvalho setzte sich, um den Rhythmus dieses Nachmittags wiederzufinden. Sein Rausch war ziemlich verflogen. Er hatte Durst. Er blickte den jungen Mädchen nach und stellte sich vor, wie sie in zwanzig Jahren aussehen würden, wenn sie, wie er, den Äquator der vierzig überschritten hatten. Er blickte den Vierzigjährigen nach, und stellte sie sich als Mädchen vor, die Prinzessinnen spielten. Er dachte an ein Gedicht von Gabriela Mistral. Trotz allem muß ich ein Jahr im Leben eines Toten rekonstruieren. Klingt grotesk. Was interessiert den Toten dieses Jahr? Um den Toten kümmert sich auch niemand. Jeder Mord enthüllt die Nichtexistenz der Menschlichkeit. Die Gesellschaft interessiert sich für den Toten nur, um seinen Mörder zu fangen und abzuurteilen. Aber wenn man den Mörder nicht finden kann, werden der Tote und der Mord auch uninteressant. Jemand, der wirklich um dich weint. Wie Kinder weinen, wenn sie ihre Eltern in der Menge verloren haben. Er beschleunigte seine Schritte, um zum Auto zu gelangen, aber er hätte bergauf ausparken müssen, dann die Straße suchen, wo der Marqués de Munt wohnte, wieder einparken und wieder ausparken. Da ließ er sich lieber in ein Taxi fallen und begann, die Mentalität des Taxifahrers zu erforschen. Vorn hing die Madonna von Montserrat und Fotos seiner ziemlich häßlichen Familie. Geh nicht fort, Papi. Der Fahrer sprach andalusisch, und nach zwei Minuten hatte er ihm schon erzählt, daß er bei den letzten Wahlen für die Kommunisten der PSUC gestimmt hatte.

«Und was sagt die Madonna dazu?»

«Die hat mir meine Frau geschenkt.»

«Ist sie fromm?»

«Was, meine Frau fromm? Hat man Worte? Aber das Kloster Montserrat gefällt ihr, wissen Sie. Jedes Jahr muß ich ein paar Zellen mieten, na ja, was heißt Zellen, eigentlich sind es Hotelzimmer, einfach, aber sehr sauber. Es fehlt an nichts. Also, jedes Jahr im Mai muß ich sie mieten, dann fahren wir hoch, ich, meine Frau und die Kinder, für drei Tage. Sie werden sagen, was soll der Quatsch, denn weder meine Frau noch ich pinkeln Weihwasser. Aber sie liebt das Gebirge.»

Diese Leute lesen Marx bis tief in die Nacht, und im Frühling fahren sie zum heiligen Berg.

«Und ich sage Ihnen: In letzter Zeit bin ich es, der es am meisten genießt. Ein herrlicher Friede dort oben. Ich bekomme direkt Lust, Mönch zu werden. Und wie schön die Berge sind! Der reinste Zauber. Wie lange diese Felsen schon stehen. Jahrhunderte, hören Sie, Jahrhunderte! Bevor mein Großvater geboren wurde und der Großvater meines Großvaters.»

«Und der Großvater des Großvaters Ihres Großvaters.»

«Die Natur lehrt uns alles. Sehen Sie sich um. Scheiße, nichts als Scheiße. Wenn wir wüßten, was wir alles einatmen! Manchmal fahre ich hinauf zum Tibidabo und von Vallvidrera aus sieht man den Dreck in der Luft über dieser Stadt hängen.»

«Ich wohne in Vallvidrera.»

«Stark.» Er streckte ihm die Hand hin, während er mit der anderen lenkte. «Das ist Intelligenz. Ich sehe schon, Sie haben auch einen Sinn für die Berge, genau wie ich.»

Der Taxifahrer setzte ihn in einer Straße des alten Stadtteils Tres Torres ab. Durch einen sehr gepflegten Garten mit Zwergzypressen, Myrten, einer Bananenstaude und kleinen Palmen gelangte er in eine Empfangshalle von den Dimensionen des New Yorker Hotels *Plaza*, die den Darbietungen eines Operettenportiers als Hintergrund diente. Er nahm den Namen des Marqués mit mehr Respekt auf, als Carvalho hineingelegt hatte, öffnete die Tür zum Fahrstuhl, betrat ihn mit Carvalho und beschränkte sich während der Fahrt auf ein gesäuseltes: «Marqués de Munt erwartet Sie.» Der Lift passierte Tür um Tür der vier Bewohner des vierstöckigen Gebäudes. Er brachte ihn in einen 30 Quadratmeter großen Empfangsraum mit japanischer Einrichtung, japanisch aus einer Zeit, als Madame Butterfly noch nicht verzweifelt war. Ein weiß und rosa livrierter Mulatte nahm sich seiner an und führte ihn in eine alptraumhaft weiße Wohnlandschaft, die ihn fast erdrückte. Ein ungeheurer Raum von 80 Quadratmetern ganz in Weiß, als einziges Möbelstück ein hellrosa lackiertes Piano, und am Ende des Raums ein ganzes Gebirge von Sitzpolstern, bedeckt von einem Rasen aus weißem Samt. Dazu ein befremdliches Kunstwerk, ein Metallzylinder, der in eine tödlich scharfe Spitze auslief. Er wuchs aus dem Boden und versuchte vergeblich, die Decke zu erreichen. Auf den Polstern ruhte in perfekt einstudierter Pose der Marqués. 70 Jahre eines Lebens als Snob hatten ihn zu einem dürren Greis gemacht, weißhaarig und sehr gepflegt. Seine Augen hatten sich zu zwei glänzenden Schlitzen verengt, unter denen man den dauernden Tanz der bösartigen Pupillen ahnen konnte. Die geplatzten Äderchen in seinem leicht gepuderten Gesicht hatte der Wein verursacht, den er im Eiskübel neben sich stehen hatte. In der rechten Hand ein Glas, in der linken ein französisches Buch, mit dem er Carvalho bedeutete, auf einem der Polster Platz zu nehmen, die aus der einförmig milchweißen Landschaft herausragten.

«Nehmen Sie einen Lunch mit mir, Señor Carvalho? Mein Partner, Señor Planas, erzählte mir, daß Sie Spiegeleier und Salami zum Frühstück essen.»

«Das hatte ich ihm nur erzählt, um ihn von seinen diätetischen Höhenflügen herunterzuholen.»

«Planas hat den Genuß des Essens nie entdeckt. Ein Vergnügen, das man etwa mit 30 Jahren entdecken muß. Das ist das Alter, in dem das menschliche Wesen aufhört, ein Idiot zu sein, dafür aber den Preis des Alterns bezahlt. Heute nachmittag habe ich mich für Chablis und *morteruelo* entschieden. Wissen Sie, was ein *morteruelo* ist?»

«Eine Art kastilischer Paté.»

«Aus Cuenca, um genauer zu sein. Eine beeindruckende Paté aus Hase, Schweinebug, Huhn, Schweineleber, Nüssen, Zimt und Nelken ... ein herrlicher Lunch!»

Der Mulatte duftete nach homosexuellem Hengst, eingehüllt von einem Parfum wie von wohlriechendem Hartholz. Er stellte ein kleines Tablett vor Carvalho, auf dem ein schönes Glas aus weißem Bergkristall stand.

«Sie werden mir zustimmen, wenn ich behaupte, Weißwein aus grünen Gläsern zu trinken sei eine Erfindung von Kulturbanausen. Ich bin kein Befürworter der Todesstrafe, außer wegen Erregung öffentlichen Ekels. Diese Sitte, aus grünen Gläsern Wein zu trinken, ist so ein Fall. Wie kann man dem Wein das Recht absprechen, gesehen zu werden? Den Wein muß man sehen und riechen können, bevor man ihn kostet. Er braucht transparenten Kristall, den transparentesten Kristall von allen. Diese Unsitte mit den grünen Gläsern stammt von einem halbgebildeten französischen Maître, wurde von der noch weniger als halbgebildeten Aristokratie übernommen und begann von dort ihren Abstieg bis in die auf Raten gekauften Vitrinen und auf die Wunschzettel kleinbürgerlicher Brautpaare. Es gibt nichts Ärgerlicheres als solche Kulturlosigkeit.»

Carvalho hatte den Eindruck, daß sich die blauroten Äderchen unter der dünnen Puderschicht vertieft hatten. Der Mulatte brachte zwei Terrinen mit *morteruelo*, zwei Gedecke und zwei Körbchen mit Brötchen.

«Trinken Sie! Trinken Sie, Señor Carvalho, solange noch Wein da ist. Solange sich die Welt noch dreht. Denken Sie an den Satz von Stendhal: Niemand weiß, was Leben heißt, außer dem, der vor der Revolution gelebt hat.»

«Leben wir vor der Revolution?»

«Ohne Zweifel. Die Revolution kommt bald. Sie wartet nur noch auf das Zeichen. Aber sie kommt. Ich weiß es, dank meiner ausgedehnten Studien der Politikwissenschaft, aber darüber hinaus habe ich Richard, meinen Diener aus Jamaica. Er ist ein großer Spezialist in der Erstellung von Horoskopen. Eine große Revolution steht uns bevor. Was beunruhigt Sie? Die Plastik von Corberó?»

Das Ding mit der bedrohlichen Spitze war also eine Plastik. Carvalho fühlte sich etwas beruhigt.

«Seit Jahren versuche ich, die Angehörigen meiner Klasse durch gutes Beispiel zu erziehen. Sie haben sich dagegen gesträubt und mir Exhibitionismus vorgeworfen. Als ich mich mit Autorennen beschäftigt habe, mit Feuerstühlen der Spitzenklasse, haben die Angehörigen meiner Klasse in Madrid um die Einfuhrerlaubnis für Opels und Buicks gebettelt. Als ich mich von meiner Frau getrennt hatte und in Granada auf dem Sacromonte mit ein paar Zigeunern zusammen wohnte, hieß es, ich würde in keinem guten Haus dieser Stadt jemals wieder empfangen werden.»

«Wo wohnten Sie auf dem Sacromonte?»

Ein Schatten des Ärgers huschte über das Gesicht des Marqués, als versuche Carvalho, die Dinge aus dem zweilichtigen Dunkel ins helle Licht der Eindeutigkeit zu zerren.

«In meiner Höhle.»

Er trank Wein und beobachtete erfreut, wie Carvalho es ihm nachtat.

«Die Aristokratie und die Großbourgeoisie dieser Stadt holen ihre Dienerschaft aus Almuñécar oder Dos Hermanas. Ich hole meine aus Jamaica. Die Reichen sollen zeigen, was sie haben. Hier fürchten sich alle davor. Während des Bürgerkriegs kamen die Anarchisten von der FAI, um mich abzuholen, und ich empfing sie in meinem besten seidenen Schlafrock.

‹Schämen Sie sich nicht, so zu leben, bei allem, was in unserem Land los ist›, fragte mich ihr Anführer. ‹Ich würde mich schämen, mich wie ein Arbeiter zu kleiden, ohne einer zu sein.› Er war so beeindruckt, daß er mir 24 Stunden Zeit ließ, um zu fliehen. Ich lief zu den Nationalen über und hatte das Pech, unter die Katalanen von Burgos zu geraten. Eine Bande von Emporkömmlingen, die die Hemdfarbe gewechselt hatten, um einen Botschafterposten zu ergattern. Kaum war ich mit den Nationalen in Barcelona einmarschiert, verlor ich das Interesse an der Sache, und bei Ausbruch des Weltkriegs ergriff ich die Gelegenheit, als Spion für die Alliierten tätig zu werden. Ich bin Mitglied der Ehrenlegion, und jedes Jahr am 14. Juli fahre ich nach Paris, um über die Champs-Élysées zu defilieren. Ein Lebensstil wie der meine hätte etwas mehr Beachtung verdient seitens dieser katalanischen Oberklasse, die so fett auf ihrem Arsch sitzt. Aber lassen wir das. Sie haben jetzt die Gans mit Birnen und den Wein in Flaschen entdeckt. Mit ihren Vorfahren haben sie nichts zu tun. Mit denen, die das moderne Barcelona aufgebaut haben. Die großen Haie in einem Land von Sardinen. Das waren grobe Kerle, aber ihr Blut pulsierte im Rhythmus von Wagner. Bei den heutigen fließt es im Rhythmus des Fernsehens. Sie sind ein Plebejer, der weiß, wie man Chablis zu trinken hat, ich habe Sie beobachtet!»

«Haben Sie für Ihre Höhle Miete bezahlt?»

«Es war die größte Höhle, die frei war. Aus einem Luxusgeschäft in Granada holte ich mir ein englisches Eisenbett aus der Jahrhundertwende. Das hat mich dreimal soviel gekostet wie die ganze Höhle. Ich stellte es mitten hinein und verbrachte einige sehr glückliche Jahre damit, Sänger und Tänzer der Zigeuner in ihrer Karriere zu fördern. Es ergab sich, daß ich eine Folkloregruppe zusammen brachte, und ich nahm sie nach London mit, alle in ländlicher Arbeitskleidung. Stellen Sie sich vor: Umhänge, Bauernstiefel, Sombreros, falsche Muttermale, blühende Nelken im Haar. Als wir in London ankamen, wollten sie uns am Zoll nicht durchlassen. In dieser Verkleidung können Sie unser Land nicht betreten. Ich verlangte, die Gesetze zu sehen, die es verbieten, in Arbeitskleidung einzureisen. Es gab diese Gesetze nicht, aber man ließ uns nicht durch. Schließlich rief ich Miguel Primo de Rivera an, der damals Botschafter in London war, und schilderte ihm den Fall. Man sandte uns ein paar Autos von der Botschaft, und so betraten wir England unter dem Schutz der Flagge des diplomatischen Corps.»

«Waren Sie bei Ihren Geschäften auch so einfallsreich?»

«Das hatte ich nicht nötig. Als mein Vater noch lebte, lief alles wie von selbst. Mein Vater achtete mich. Er wußte, daß ich schöpferisch veranlagt bin und mein Leben und das der anderen ändern wollte. Als er starb, war ich fast fünfzig und erbte ein absolut erdrückendes Vermögen. Einen bedeutenden Teil davon legte ich fest an, um bis zu meinem Tod wunderschön davon leben zu können. Ein anderer Teil ging an meine Frau, als Entschädigung dafür, daß ich ihr fünf Kinder gemacht hatte, und an meine fünf Kinder, weil sie meine Erben sind. Mit dem Rest machte ich Geschäfte, wobei ich immer Leute wie Planas oder Stuart Pedrell benutzte. Kerle mit Elan, mit Aggressivität, mit dem Drang nach Macht, die es aber nirgendwo anders zu Macht bringen konnten als in der Wirtschaft. Planas ist beeindruckend und gefährlich, er verdreifacht jedes beliebige Vermögen in vier Jahren. Trinken Sie, essen Sie, Señor Carvalho, bevor die Revolution kommt.»

Er ließ es nicht zu, daß die Konversation zu anderen Themen überging. Ihn interessierte nur sein eigenes Leben, und er begann von seinen Reisen zu erzählen.

«Ja, Señor Carvalho, ich habe die Dummheit gemacht, dreimal die Welt zu umrunden, systematisch, per Schiff, im Flugzeug und auf dem Landweg. Ich kenne alle Länder dieser Welt. Ein andermal, wenn ich mehr Zeit habe, zeige ich Ihnen mein Privatmuseum. Es befindet sich auf meinem Landsitz Munt in Montornés. Wissen Sie, es deprimiert mich, daß die Möglichkeiten, das Leben zu genießen, immer weniger werden. Das ist nicht nur eine Frage des Geldes, obwohl das dazugehört. Als Kind habe ich entdeckt, was Glück, was Genießen heißt, mit einem Stück Melone und einer Scheibe Salami. Haben Sie ‹*Il cuore*› von de Amicis gelesen? Heute ist dieses Buch pädagogisch unmöglich, aber es hat die gefühlsmäßige Entwicklung meiner und wohl auch Ihrer Generation nachhaltig beeinflußt. Ich erinnere mich besonders an eine Szene: Ein Maurer machte mit den Kindern einen Ausflug aufs Land, irgendwann unterwegs machen sie Pause, um zu essen, und er gibt jedem von ihnen ein Stück Melone mit Salami obendrauf. Wie finden Sie das? Es ist etwas Wundervolles. Es ist die Freude der Natürlichkeit und des spontanen Essens. In der ganzen Literatur gibt es kein anderes Essen von vergleichbarer Schönheit, außer später bei Hemingway. In *‹Über den Fluß und in die Wälder›* erzählt er von der einfachen Mahlzeit eines Fischers, der sich eine Büchse Bohnen mit Speck auf dem Lagerfeuer am Flußufer heißmacht. Neben diesen beiden Mahlzeiten verblassen alle großen Bankette der Barockliteratur. Nun gut, diese Möglichkeiten, zu genießen, werden verschwinden. Die Sterne lügen nicht. Alles treibt hin zu Tod und Vernichtung.»

«Aber Sie werden dabei von Tag zu Tag reicher.»

«Das ist meine Pflicht.»

«Wären Sie bereit, Ihren Familienbesitz mit allen Mitteln zu verteidigen, auch durch Krieg?»

«Das weiß ich nicht. Es kommt darauf an. Wenn es ein sehr häßlicher Krieg wäre, nein. Aber jeder Krieg kann schön werden, zweifellos. Ich glaube nicht, daß ich soweit gehen und die Gewalt unterstützen würde. Ich habe keine Kinder mehr. Ich habe zwar welche, aber ich habe sie doch nicht mehr. Das nimmt einem die Aggressivität.»

«Was fürchten Sie dann?»

«Daß eine Zeit, welche die Notwendigkeit über die Phantasie erhebt, mir dieses Haus, diesen Diener, diesen Chablis, dieses *morteruelo* wegnimmt ... obwohl das *morteruelo* vielleicht überleben wird, denn in letzter Zeit ist die Linke dabei, die berühmten ‹Grundzüge der Volksidentität› wiederzuentdecken, und dazu gehört die Küche des Volkes.»

«Stuart Pedrell wollte seiner Situation entfliehen. Sie akzeptieren sie mit der Distanz des Ästheten. Planas ist der einzige, der arbeitet.»

«Er ist der einzige Verrückte, auch wenn er das nicht zugeben würde. Ich habe versucht, ihn zu heilen. Aber er hat das innere Gleichgewicht der Unausgeglichenen. An dem Tag, an dem er sich im Spiegel betrachtet und sagt: ‹Ich bin verrückt›, wird er zusammenbrechen.»

«Ihr Pessimismus erwächst aus der Furcht, daß die Kräfte des Bösen, die Kommunisten zum Beispiel, sich eines Tages all dessen bemächtigen werden, was Sie besitzen und was Sie lieben.»

«Nicht nur die Kommunisten. Zu denen gehören heutzutage auch Bischöfe und Flamenco-Tänzer. Sie kämpfen für die Veränderung der Welt und des Menschen. Den Kampf zwischen Kommunismus und Kapitalismus werden die Kommunisten gewinnen, solange er als friedlicher Wettbewerb geführt wird. Dem Kapitalismus bleibt nur der Krieg, und diejenigen, die diesen Krieg überleben, werden sehr glücklich sein. Sehr wenige und sehr glücklich. Aber ich bin alt und werde diese Zeit nicht mehr erleben.

Ich leide nicht darunter, daß ich sterben muß. Was kommt, interessiert mich nicht. Vielleicht macht es mich traurig, daß diese Stadt oder die Gegenden, die ich liebe, verschwinden werden. Haben Sie einmal einen Sonnenuntergang auf Mykonos erlebt? Ich besitze dort ein Haus auf den Felsen, von denen aus man die Sonne hinter Delos untergehen sieht. Ich liebe die Natur. Dafür gibt es sehr wenige Menschen, an denen ich gefühlsmäßig interessiert bin. Stuart Pedrell und Planas, beide waren für mich wie Söhne. Ich hätte ihr Vater sein können. Aber sie sind zu sehr Kinder ihrer Zeit. Sie glauben an eine Entwicklung zum Höheren, glauben an den Fortschritt der Menschheit, zwar in kapitalistischem Sinne, aber sie glauben daran. Planas kandidiert für die CEOE, die ‹Unternehmerpartei›, wie sie von der Presse genannt wird. So etwas würde ich nie tun.»

«Hatten Sie mit Stuart Pedrell viele Gemeinsamkeiten?»

«Gar keine. Er war ein Mensch, der es nicht verstand, dem Leben etwas Gutes abzujagen. Er war ein leidender Narziß. Er litt an sich selbst, kam nie zur Ruhe. Aber auf geschäftlichem Gebiet war er ein cleverer Junge. Ich kannte ihn seit seiner Kindheit, denn ich war mit seinem Vater befreundet. Die Stuarts hatten sich zu Beginn des 19. Jahrhunderts in Katalonien niedergelassen, sie exportierten Haselnüsse nach England.»

«Wo konnte dieser Mensch ein ganzes Jahr verbringen, ohne ein Lebenszeichen zu geben?»

«Vielleicht hat er sich an einer ausländischen Universität immatrikuliert. Er interessierte sich in letzter Zeit sehr für Ökologie. Er interessierte sich immer für den letzten Schrei. Bei Gelegenheit sagte ich einmal zu ihm: Etwas hast du 99 Prozent unserer Landsleute voraus, nämlich, daß du täglich die *New York Times* liest. Wenn Planas die gleiche Neugier besäße, wäre er heute dabei, in den Import umweltfreundlicher Maschinerie einzusteigen. Wie schmeckt Ihnen das *morteruelo*? Hervorragend, nicht! Ich habe meine Köchin einen Monat nach Cuenca geschickt, damit sie lernt, es richtig zuzubereiten. Schade, daß die Trauben noch nicht reif sind, ein paar Muskatellertrauben wären ein herrlicher Abschluß für unseren Lunch gewesen.»

«Haben Sie irgendeinen Grund für die Annahme, Stuart habe sich an einer ausländischen Universität eingeschrieben?»

«Nein, keinen.»

«Was dann?»

«Vielleicht machte er eine Reise, aber nicht in die Südsee. Die Grenzen werden nicht mehr genau kontrolliert. Ein Mensch, der verschwinden will, verschwindet. Wissen Sie, was für ein Gerücht umging, als ich in die Höhle auf dem Sacromonte gegangen war? Ich sei mit einer Expedition in die Antarktis gefahren. Eine Glosse erschien in der Franco-Presse, sie verherrlichte die Härte der spanischen Rasse, die auch vor den letzten Geheimnissen des Erdkreises nicht haltmacht. Ein Satz blieb mir im Gedächtnis: ‹Unsere Heiligen eroberten den Himmel mit ihrer Askese, unsere Helden schrekken auch vor der Hölle nicht zurück.› So stand es in der Zeitung, Señor Carvalho, ich glaube wenigstens, daß es so dastand.»

Er rief Biscuter an und fragte, ob es im Büro etwas Neues gäbe.

«Ein Mädchen Namens Yes hat angerufen.»

«Was wollte sie?»

«Mit Ihnen reden.»

«Morgen ist auch noch ein Tag.»

Carvalho stieg in sein Auto und fuhr über den Tibidabo hoch nach Vallvidrera zu seinem Haus. Er warf alles, was er im Briefkasten fand, in den Abfalleimer und zündete mit *‹Philosophie und ihre Schatten›* von Eugenio Trías das Kaminfeuer an, wobei ihm klar wurde, daß er das langsame Verbrennen seiner Bibliothek etwas einteilen mußte. Er hatte noch etwa zweitausend Bände. Bei einem Buch pro Tag würde das noch zirka sechs Jahre reichen. Es war nötig, zwischen den einzelnen Büchern eine Pause einzuschalten, oder mehr Bücher zu kaufen – ein banaler Ausweg. Vielleicht sollte er die *‹Philosophie›* von Brehier in zwei Teile teilen, ebenso die Sammlung von Klassikern der Pléiade, dann würde er länger auskommen. Es tat ihm weh, die Klassiker der Pléiade zu verbrennen, denn es war wunderschön, diese Bände anzufassen. Manchmal nahm er sie heraus, um sie zu streicheln, und stellte sie wieder in das lähmende Inferno der Regale, auf der Flucht vor der Erinnerung an vergangene Lesestunden, die er seinerzeit als Bereicherung betrachtet hatte. Dann räumte er sein Zimmer sorgfältig auf, sonst würde die Putzfrau wieder über den säuischen Zustand der Wohnung und ihre schlechte Bezahlung meckern. Er duschte sich langsam und gründlich, verzehrte einen halben Kilometer Stangenbrot mit Tomate und verschlang den ganzen Delikateßschinken auf einmal. Während er noch unschlüssig war, ob er eine Flasche entkorken sollte oder nicht, läutete die Glocke an der Gartentür. Er ging ans Fenster und erblickte jenseits des Zauns eine Mädchengestalt. Als er die Treppe hinabstieg, erkannte er Jésica. Er öffnete ihr das Haustürgitter. Sie ließ sich Zeit, näherte sich dem Haus und fragte am Fuß der Treppe: «Darf ich hereinkommen?»

Carvalho bat sie mit einer weit ausholenden Handbewegung, einzutreten. Bleda sprang ihr entgegen und putzte ihre Stiefel mit zwei treffsicheren, flächendeckenden Zungenschlägen.

«Beißt er nicht?»

«Er weiß noch gar nicht, was beißen ist.»

«Ich liebe Hunde», sagte sie zweifelnd, «aber ich bin einmal gebissen worden, als ich noch klein war, und seither habe ich Angst. Wie gemütlich dein Haus ist! Oh, was für ein hübscher Kamin!»

Sie bewunderte alles mit der höflichen Unaufrichtigkeit der besseren Leute, die damit zeigen wollen, daß sie immer noch zu Neid und Bewunderung fähig sind. Das ist die Form einer Aussteigerin und der Inhalt der Klasse, aus der sie flieht, dachte Carvalho, während er züchtig seinen Schlafrock raffte.

«Hattest du es dir schon bequem gemacht? Warst du schon im Bett?»

«Nein. Ich habe eben erst zu Abend gegessen. Möchtest du etwas essen?»

«Nein, danke.» Sie placierte ihre wohlgeformten Hüften auf ein Sofa, ihr Gesicht lag im Halbdunkel, von der honigfarbenen Mähne umrahmt.

«Heute vormittag habe ich mich wie ein dummes Ding benommen und konnte überhaupt nicht nützlich sein. Ich möchte mich entschuldigen und dir helfen, soweit ich kann.»

«Um diese Zeit arbeite ich nicht. Ich mache keine Überstunden.»

«Pardon.»

«Mörder ist einer …

... der das Leben zu leicht nimmt», hat mal jemand gesagt. Eine ebenso treffende wie zynische Definition. Zum Glück gibt es andere Mittel und Wege, um sich das Leben etwas leichter zu machen: Man muß niemand beseitigen, nur etwas beiseite legen.

«Wollen wir ein Glas trinken?»

«Ich trinke nicht. Ich ernähre mich makrobiotisch.»

Seine Hände brauchten eine Beschäftigung. Er holte die Zigarrenkiste und entnahm ihr eine philippinische Flor de Isabela. Sie war leicht und wenig teerhaltig.

«Ich habe Gewissensbisse, seit die Leiche meines Vaters aufgetaucht ist. Ich hätte es verhindern können. Wenn ich hier gewesen wäre, dann wäre es nie soweit gekommen. Mein Vater ging fort, weil er einsam war. Mein älterer Bruder ist ein Egoist. Meine anderen Brüder sind Fleischklopse, die man getauft hat. Nur mit mir hätte er sich verstanden. Ich hätte die nötige Reife gehabt, um mit ihm zu reden, mich um ihn zu kümmern. Ich habe ihn immer aus der Entfernung bewundert. So gutaussehend, so clever, so selbstsicher und elegant. Er war ein eleganter Mann, nicht in seiner Kleidung, sondern in seinen Manieren. Gewinnend.»

«Und deine Mutter?»

«Ein Biest.»

«Hat dir dein Vater etwas nach England geschrieben, was uns Klarheit bringen könnte?»

«Nein. Er schrieb nur kurze Postkarten mit einem Satz, einem Gedanken. Etwas, das er gelesen hatte und ihm gefiel. Zweimal war er geschäftlich in London, es war jedesmal wunderschön. Jetzt glaube ich das jedenfalls. Damals dagegen, als er kam, war er mir lästig, und ich hatte das Gefühl, er stehle mir die Zeit. Ach, könnte man sie doch zurückdrehen! Hier, lies.»

Aus ihrer Tasche holte sie ein gefaltetes Blatt Papier:

Eines Tages kommst du zurück aus der Welt der Schatten,
Auf einem Pferd von Asche.
Um die Taille wirst du mich fassen
Und mich mitnehmen auf die andere Seite des Horizonts.
Ich werde dich um Verzeihung bitten, daß ich nicht verhindern konnte,
Daß du gestorben bist an deiner Sehnsucht.

«Nicht schlecht.»

«Ich will kein literarisches Urteil. Ich weiß, es ist sehr stümperhaft. Ich gebe es dir, damit du siehst, wie sehr mich die ganze Sache mitnimmt. Ich kann nicht mehr.»

«Ich bin aber Privatdetektiv, kein Psychiater.»

«Soll ich gehen?»

Sie blickten einander in die Augen. Trotz der Entfernung spürte Carvalho die Vitalität, die in diesem Körper steckte. Es war keine rhetorische Frage, sondern ein Protest gewesen. Carvalho entspannte sich. Er ließ sich ihr gegenüber auf das andere Sofa fallen und wurde sofort von Bleda bedrängt. Sie war darauf versessen, ihm einen Hausschuh zu entführen.

«Leg Musik auf», bat sie.

Carvalho erhob sich. Er legte die IV. Symphonie von Mahler auf und sah verstohlen zu, wie Yes sich anschickte, völlig zu entspannen. Sie legte den Nacken auf die Rückenlehne und streckte die Arme von sich.

«Es tut wohl, hier zu sein. Wenn du in diesem Mausoleum leben müßtest!»

«Es ist nicht schlecht, das Mausoleum.»

«Der Schein trügt. Alles ist kalt und eingeschnürt. Überall herrscht der Stil von Mama. Sicher ist ihr die Etikette schnuppe. Aber weil sie sich früher selbst anpassen und anöden lassen mußte, rächt sie sich heute an der ganzen Welt dafür.»

Sie öffnete die Augen, blickte zu Carvalho hinüber und setzte zu einer transzendentalen Aussage an.

«Ich will weg von Zuhause.»

«Ich glaube, solche Sachen sagt man heute nicht mehr, man macht sie und redet nicht darüber. Was du da sagst ist ein bißchen altmodisch.»

«Ich bin sehr altmodisch und habe nicht das geringste Interesse daran, anders zu sein.»

«Ich weiß immer noch nicht, was mich das alles angeht. Ich bin bei deiner Mutter angestellt, als freier Mitarbeiter, sie bezahlt mich dafür, daß ich den Tod deines Vaters aufkläre. Das ist alles.»

«Du hast so menschliche Augen wie er. Du wirst nicht zulassen, daß ich untergehe.»

«Du hast eine gute Schwimmweste. Ich meine, du hast jede Art von Hilfsmitteln, um durchzukommen. Und das gehört keinesfalls zu meinen Aufgaben. Was kann ich schon für dich tun?»

Das Mädchen sprang auf, fiel vor ihm auf die Knie und barg ihren Kopf in seinem Schoß.

«Laß mich hierbleiben.»

«Nein.»

«Nur diese Nacht.»

Carvalhos Finger begannen, ihre dichte Mähne zu liebkosen und die geheimen Wege zu ihrem Nacken zu erkunden.

Nackt tauchte sie aus dem Meer der Nacht auf. Mit unentschlossenen, fahrigen Bewegungen strich sie sich die Haare hinter die Ohren und griff dann nach ihrer Tasche, suchte und fand darin ein zusammengefaltetes Papiertaschentuch und ein Spiegelchen. Ohne ihn anzublicken, streckte sie ihm eine Hand hin, als wolle sie ihm etwas geben oder ihn um etwas bitten. Dann verließ sie das Zimmer auf Zehenspitzen, als fürchte sie, in offene Rasierklingen oder auf glühende Kohlen zu treten, und kam mit einem Messer zurück. Carvalho zog das Bettuch über seine Hüften, und das Mädchen setzte sich an den Tisch neben dem Bett, der mit Zeitschriften und anderen liegengebliebenen Dingen bedeckt war. Sie machte sich Platz, legte den Spiegel hin, als vollziehe sie eine heilige Handlung, öffnete dann langsam das gefaltete Papiertaschentuch und entnahm ihm etwas, das wie ein winziges Stück Kreide aussah. Sie schnitt das Kokain mit dem Messer so lange klein, bis es auf dem Spiegel zu Pulver geworden war.

«Hast du einen Strohhalm?»

«Nein.»

«Einen Kugelschreiber?»

Ohne die Antwort abzuwarten, begann sie, in ihrer eigenen Tasche zu wühlen und entnahm ihr einen billigen, durchsichtigen Plastikkugelschreiber. Sie nahm die Mine heraus, legte die Hülse neben den Spiegel und rannte dann zum Bett, wo sie Carvalhos Hand nahm und ihn lächelnd unter seinem Laken hervorzog. Carvalho saß plötzlich neben ihr am Tisch unter dem Lichtkegel einer Lampe, die auf den Spiegel mit dem aufgehäuften Koks gerichtet war. Yes hielt sich mit dem Finger ein Nasenloch zu und steckte die Kugelschreiberhülse ins andere, um zu schnupfen. Dann reichte sie das Ding Carvalho. Als dieser ablehnte, lächelte sie ein wenig und nahm noch eine Prise. Carvalho holte sich eine Flasche Wein und ein Glas. Er trank, während sie mit ernster Kennermiene ihr weißes Pulverhäufchen aufschnupfte.

«Nimmst du das oft?»

«Nein, es ist sehr teuer. Willst du? Ich habe noch ein wenig davon.»

«Ich habe meinen eigenen Stoff.»

«Gib mir einen Schluck Wein.»

«Das wird dir nicht guttun.»

Sie schloß die Augen und lächelte, als hätte sie einen schönen Traum. Dann nahm sie Carvalhos Hände und zog ihn hoch, bis er auf den Füßen stand, strich mit den Rundungen ihres Körpers über die Haut des überraschten Mannes, rieb ihre Wange an seiner Schulter, seiner Brust, dann an seinem Gesicht und seinem ganzen Körper, während ihre Hände seinen Rücken liebkosten. Carvalho zwang sich dazu, sie zu begehren, und sie ging mit drogenbestimmtem Gehorsam auf jeden seiner erotischen Wünsche ein. Sie küßte seinen Mund mit Genuß, ging dann tiefer, folgte mit den Lippen den Linien seiner Brust und ließ sich von Carvalhos leichtem Druck den Bauch hinab bis zu seinem Penis leiten. Auf den kleinsten Wink von ihm wechselte sie die Stellung, jeder Widerstand und jede Leidenschaft waren besiegt, ihre Haut und ihr Wille waren Instrumente in seiner Hand. Sie liebten sich vollkommen entrückt, und erst als sie die Decke wieder wahrnahmen, schien sie aus ihrem Traum zu erwachen, um Carvalhos Hand an sich zu reißen und ihm zu beteuern, sie liebe ihn und wolle nicht fortgehen. Carvalho fühlte sich in ihrer Schuld, und das gefiel ihm gar nicht.

«Mußt du jedesmal Drogen nehmen, wenn du mit jemand schläfst?»

«Mit dir fühle ich mich sehr wohl. Du nimmst mir die Angst. Ich habe immer Angst davor. Mit dir hat es mir keine angst gemacht.»

Carvalho drehte sie herum, beugte sie nieder, bis sie sich auf alle viere niederlassen mußte, und schickte sich an, sie von hinten zu nehmen. Kein Wort des Protests kam über ihre Lippen, die jetzt unter den weichen, besiegten Haaren verborgen waren. Carvalho schlang die Arme um ihre biegsame Taille, und während er den Kopf auf ihre Schulter sinken ließ, fühlte er, wie seine dumpfe Wut verrauchte.

«Tu es, wenn du willst. Es macht mir nichts aus.»

Carvalho sprang aus dem Bett, holte die Zigarrenkiste aus dem Nachtschränkchen und zündete sich eine Condal número 6 an. Dann setzte er sich auf den Bettrand und schaute dem langsamen Rückzug seines Penis zu.

«Adios, mein Junge, Gefährte meines Lebens ...»

Er wandte sich nach ihr um, weil sie so still war. Sie schlief. Er deckte sie mit dem Laken und einem Umhang zu. Dann zog er seinen Pyjama wieder an, ging aus dem Zimmer, kam zurück, um die Mahler-Platte umzudrehen, fachte das Kaminfeuer wieder an und ließ sich auf das Sofa fallen. In einer Hand hielt er die Zigarre, der Wein stand in Reichweite der anderen. Bleda schlief neben dem Feuer, wie das unschuldigste Tier der Welt, und Yes schlief in dem Zimmer, dem Ort der schweigsamen Einsamkeit eines Mannes, der die Tage, die Jahre verbrennt wie unentrinnbare, unangenehme Laster. Plötzlich sprang er vom Sofa auf, Bleda erwachte und richtete ihre Augen und Ohren voller Neugier auf Carvalho, der in die Küche stürzte, als hätte er dort einen Einbrecher gehört. Seine Hände vervielfachten sich, um mit den zahlreichen Türen und Schubladen fertig zu werden, und ließen auf der Marmorplatte ein ganzes Heer von Zutaten aufmarschieren. Er schnitt drei Auberginen in zentimeterdicke Scheiben und salzte sie ein. Dann gab er Öl und eine Knoblauchzehe in die Pfanne und ließ sie bräunen, bis sie fast kroß war. In demselben Öl zerdrückte er ein paar Scampiköpfe, schälte die Schwänze und schnitt Schinken in Würfel. Dann nahm er die Köpfe wieder aus dem Öl und brachte sie in etwas Fleischbrühe zum Kochen. Nebenher spülte er das Salz von den Auberginenscheiben, trocknete sie einzeln mit einem Tuch ab und briet sie in dem Öl, das das Aroma des Knoblauchs und der Scampiköpfe aufgenommen hatte, und ließ sie dann in einem Sieb abtropfen. Im gleichen Öl ließ er schließlich eine gehackte Zwiebel bräunen, gab einen Löffel Mehl dazu und rührte mit Milch und der Brühe von den Scampiköpfen eine Béchamel an. Die Auberginen schichtete er in eine Backform, goß einen Regen von Scampischwänzen und Schinkenwürfeln darüber aus und badete alles in der Béchamelsoße. Von seinen Fingern schneite der geriebene Käse auf das bräunliche Weiß der Béchamelsoße nieder. Dann schob er die Form zum Überbacken in den Ofen, fegte den Küchentisch leer, legte zwei Gedecke auf und stellte eine Flasche weißen Jumilla dazu, den er dem Wandschrank neben dem Herd entnommen hatte. Er kehrte ins Zimmer zurück. Yes hatte sich im Schlaf zur Wand gedreht und ihren Rücken entblößt. Carvalho rüttelte sie wach, ließ sie aufstehen, legte den Arm um sie und führte sie in die Küche. Dort setzte er sie vor einen Teller, den er mit überbackenen Auberginen, Scampi und Schinken füllte.

«Ich gebe zu, es ist sehr unorthodox. Normalerweise macht man eine chemisch reine Béchamel dazu, und es schmeckt weniger nach Scampi. Aber ich habe einen ganz besonderen Gaumen.»

Yes blickte schlaftrunken erst zu Carvalho und dann auf ihren Teller, ohne sich zu einem Kommentar zu entschließen. Sie schob die Gabel in das Gericht und zog sie mit brauner, dampfender Masse gefüllt wieder heraus, führte sie zum Mund und kaute nachdenklich.

«Schmeckt toll. Ist das aus der Büchse?»

Carvalho hatte Glück. Teresa Marsé hatte schon geöffnet und ihre Ladenkasse klingelte, als er hereinkam. Die Boutique roch nach Erdbeeren. Die Kundin im mexikanischen Folklorekostüm nahm ihr Wechselgeld und ließ Carvalho mit Teresa allein zurück, mitten unter all den phantastischen Gewändern aus der Dritten Welt für Leute, die die Kleidung von der Stange satt haben.

«Du hast schon auf. Es ist erst zwölf!»

«Ich bin schon seit einer Viertelstunde hier. Daß du noch lebst!»

«Hast du diesen Typ gekannt?»

Teresa nahm die Fotografie, ohne den Blick von Carvalho zu wenden.

«Ich kenne dich, Fremder, und weiß nicht woher. Vor zwei oder drei Jahren kamst du und fragtest mich nach einer Leiche. Immer kehrst du zurück, um mich nach Leichen zu fragen. Du lädst mich zum Abendessen ein, und dann gehst du wieder, um die Leiche zu suchen. Immer dieselbe Geschichte. Noch eine Leiche?»

«Noch eine.»

«Stuart Pedrell, wie ich sehe. In Wirklichkeit sah er besser aus.»

«Ich komme zu dir, weil er zu deinen Bekannten gehört hat.»

«Vielleicht, aber er hatte viel mehr Geld als wir. Als ich noch eine brave Ehefrau war, verkehrte ich bei seiner Familie. Mein Mann war auch im Baugeschäft. Wo essen wir heute?»

«Heute kann ich nicht.»

«Umsonst arbeite ich nicht, schon gar nicht für Typen wie dich.»

Sie schlang ihre Arme um seinen Hals und schob ihm die Zunge bis zum Anschlag in den Mund.

«Teresa, ich habe sozusagen noch nicht gefrühstückt.»

Sie fuhr sich mit der Hand durch die gebürstete rote Afrokrause und ließ ihn los.

«Das nächste Mal kommst du mir gefrühstückt!»

Sie ging mit ihm ins Hinterzimmer. Carvalho setzte sich auf einen Klavierhocker, und sie thronte in einem philippinischen Korbsessel.

«Was willst du wissen?»

«Alles, was du über das Sexualleben des Señor Stuart Pedrell weißt.»

«Klar, in deinen Geschichten stehe ich immer als Edelnutte da. Obwohl du mich in letzter Zeit nicht mehr ohrfeigst. Beim erstenmal hast du mir eine Ohrfeige verpaßt. Und Schlimmeres. Sexuell habe ich den Señor Stuart Pedrell verpaßt. Als ich ihn kennenlernte, war ich die tugendhafte Gattin eines ehrbaren Industriellen und ging nur zu Treffen katholischer Ehepaare, die ein gewisser Jordi Pujol organisierte. Sagt dir der Name etwas?»

«Der Politiker?»

«Ja, der. Einmal in der Woche versammelten wir uns bei Jordi Pujol, lauter junger Paare aus der besten Gesellschaft, um über Moral zu diskutieren. Die Stuart Pedrells waren auch manchmal dort. Sie waren älter als wir, im gleichen Alter wie Jordi, aber sie hörten brav zu, wie wir über christliches Leben plauderten.»

«Waren die Stuart Pedrells sehr gläubig?»

«Nein. Nein, das glaube ich nicht. Aber diese Versammlungen setzten Maßstäbe. Wir waren junge Bürgerliche mit kontrollierter Unruhe, nicht zu viel, nicht zu wenig. Es wurde auch über Marxismus und den Bürgerkrieg gesprochen. Dagegen natürlich, gegen den Marxismus und gegen den Bürgerkrieg, klar. Ich erinnere mich sehr gut daran. Dienstags trafen wir uns im *Liceo* und mittwochs bei mir oder wer sonst an der Reihe war, um über Moral zu sprechen.»

«Ist das alles, was du über Stuart Pedrell weißt?»

«Nein. Bei einer bestimmten Gelegenheit verfolgte er mich mit dem Stuhl, auf dem er saß.»

«Habt ihr Cowboys gespielt?»

«Nein. Er rückte mir immer näher auf den Pelz, mit seinem Stuhl, seinen Händen, seinen Worten. Ich rückte mit meinem Stuhl von ihm ab, und er rückte mir immer wieder nach.»

«Vor den Augen von Jordi Pujol?»

«Nein. Es war in einem anderen Zimmer.»

«Und?»

«Mein Mann kam dazu. Er tat so, als hätte er nichts gesehen. Es kam nie wieder vor. Stuart Pedrell führte ein Doppel- oder Dreifachleben. Er begnügte sich nicht immer damit, junge Ehefrauen auf Stühlen zu verfolgen. An deiner Miene sehe ich, daß die Geschichte dich zu interessieren beginnt.»

«Weißt du noch mehr?»

«Nichts Außergewöhnliches. Eine Reihe von Ehefrauen mit Gatten, die nicht reden konnten. Stuart Pedrell konnte sehr gut reden. Am meisten Aufsehen erregte vielleicht die Sache mit Cuca Muixons, aber es kam nur zu vier Ohrfeigen, zu mehr nicht.»

«Ihr Gatte?»

«Nein. Stuart Pedrells Frau gab sie Cuca Muixons beim Polo. Später benahmen sie sich zivilisierter. Jeder ging seiner Wege, vor allem seit Stuart Pedrell mit Lita Vilardell liiert war. Das Verhältnis dauerte fast bis zum heutigen Tag. Eine heftige und sehr romantische Leidenschaft. Es kam vor, daß Stuart Pedrell sie plötzlich nach London in einen bestimmten Park bestellte und sie dort wie ein englischer Dandy aufgemacht empfing, mit Melone und allem, was dazu gehört. Er legte großen Wert auf Kleidung. Ein andermal bestellte er sie nach Kapstadt. Ich weiß nicht, wie er da gekleidet war, aber sie war pünktlich zur Stelle.»

«Reisten sie nicht gemeinsam?»

«Nein. So hatte die Sache mehr Reiz.»

«Oder konnte sie sich die Reisen nicht leisten?»

«Die Vilardells haben genausoviel, wenn nicht noch mehr Geld wie die Stuart Pedrells. Lita heiratete noch ganz jung einen Importkaufmann, der ebenfalls zu den ganz Reichen gehörte, und bekam zwei oder drei Töchter von ihm. Aber eines Tages wurde sie von ihrem Mann mit dem Linksaußen von Sabadell im Bett erwischt. Gut, damals spielte er für Sabadell, er hatte aber schon in besseren Vereinen gespielt. Der Kaufmann nahm ihr die Töchter weg, und Lita ging mit einem Flamenco-Gitarristen nach Córdoba. Man hörte auch von einer Affäre mit einem Gangster aus Marseille, der sie mit dem Messer gezeichnet hat, und sie selbst versichert, wenn sie betrunken ist, daß sie sich schon an Giscard d'Estaing herangemacht hat. Aber das nimmt ihr niemand ab. Sie ist sehr mythoman.

Das mit Stuart Pedrell dauerte Jahre. Es war eine stabile Beziehung, fast eine Ehe. Eine Doppelehe. Ihr Männer seid Ekel, immer wollt ihr die Muttis gleich heiraten, mit denen ihr ins Bett geht. Ihr wollt uns immer gleich lebenslänglich besitzen. Nein, nein, mich bringt keiner mehr aufs Standesamt.»

«Und was wird hier über seinen Tod erzählt?»

«Ich habe nichts gehört. Ich treffe mich kaum noch mit Leuten aus der besseren Gesellschaft. Eine Kundin vielleicht. Es heißt, die Weibergeschichten waren schuld. Er hatte in letzter Zeit sehr abgebaut. Alt-Sein wird nicht verziehen, am wenigsten solchen Typen, die erst mit vierzig ihren eigenen Hosenschlitz entdecken. Die Generation meines Vaters, zum Beispiel, war da ganz anders. Sie heirateten und stiegen gleichzeitig mit ihrer Frau und mit der Friseuse oder Maniküre ihrer Frau ins Bett. Mein Vater trieb es mit Paquita, der Schneiderin meiner Mutter. Eine ungeheuer schlagfertige Person. Ich besuche sie manchmal in Pamplona. Über Beziehungen habe ich ihr einen Platz im Altersheim besorgt, sie war halbseitig gelähmt. Zurück zu Stuart Pedrell: er war ein Opfer des Puritanismus der Franco-Zeit.»

«Wie war seine Beziehung zu der Vilardell, bevor er verschwand?»

«Wie immer. Sie gingen einmal in der Woche zusammen essen und besuchten Kurse über die Kunst des Tantra. Das weiß ich sicher, weil wir einmal zufällig in demselben Kurs waren.»

«Hat sie für ihn Trauer angelegt?»

«Wer? Die Vilardell?»

Teresa Marsé lachte so sehr, daß der Korbstuhl unter diesen Schicksalsschlägen ächzte und stöhnte.

«Na klar. Sie hat sich ihre Verhütungszäpfchen nur noch auf Halbmast reingeschoben.»

«Die Señorita ist beim Musikunterricht, aber sie sagte mir, Sie möchten bitte auf sie warten. Es wird nicht lange dauern.»

Die Hausangestellte fuhr fort, den Teppich mit dem Staubsauger zu bearbeiten. Carvalho ging über den grünen Rasenteppich bis zu einer Terrasse. Von hier aus hatte man einen Blick über den ganzen

Stadtteil Sarriá und weiter, über die Vía Augusta, bis zu dem dunstigen Horizont einer Stadt, die in Meeren von Kohlendioxid ertrinkt. Subtropische Pflanzen in gekachelten Blumenkästen, zwei Sessel von Giardino mit weißlackiertem Holz und ultramarinblauem Segeltuch, der eine leer, der andere in Privateigentum einer Promenadenmischung, die den Kopf hoch und Carvalho mit einer gewissen Reserviertheit beäugte. Dann bellte sie, sprang auf, daß ihre Hängezitzen wackelten, und beschnüffelte Carvalhos Hosenbein. Sie bleckte die Zähne, unangenehm überrascht von dem Geruch einer anderen Hündin, und bellte Carvalho wütend an. Der Detektiv versuchte sie zu streicheln und ließ dabei den ganzen Charme eines frischgebackenen Hundebesitzers spielen, aber das kläffende Etwas lief weg und flüchtete unter seinen Sessel, um von dort seiner radikalen Mißbilligung des Eindringlings Ausdruck zu geben.

«Sie ist sehr verwöhnt!» rief die Hausangestellte durch den Lärm des Staubsaugers. «Aber sie beißt nicht.»

Carvalho streichelte die Bananenstaude, der die Luftverschmutzung arg zugesetzt hatte. Die Pflanze war dazu verdammt, in diesem Pflanzenzoo auf den Dachgärten des Barrio Alto den botanischen Orang-Utan zu spielen. Er stützte die Arme auf das Geländer und blickte hinab in die Enge des blitzsauberen Gäßchens.

«Die Señorita!» verkündete der Butler, und nach angemessener Zeit erschien Adela Vilardell, den ‹*Mikrokosmos*› von Béla Bartók und ein Heft mit einem Pentagramm unter dem Arm.

«Kommen Sie morgen wieder. Ich bin total k. o.»

Dreißig Jahre alte graublaue Augen musterten Carvalho, ein Paar Augen, das alle Vilardells von dem Gründer ihrer Dynastie geerbt hatten. Er war Sklavenhändler gewesen in einer Zeit, in der praktisch niemand mehr an Sklavenhandel dachte, und kehrte in seine Stadt zurück mit genug Geld in der Tasche, um einen Grafentitel zu erwerben und ihn seinen Nachkommen zu vererben. Sie hatte die blaugrauen Augen vom Großvater, den Körper einer flachbrüstigen rumänischen Turnerin und das Gesicht einer sensiblen Gattin.

«Gefällt Ihnen das, was Sie sehen?»

«Ich bin sehr anspruchsvoll.»

Ohne ihren Umhang abzulegen, setzte sich Adela Vilardell in den Gartensessel, und die Hündin rollte sich sofort in ihrem Schoß zusammen. Carvalho versuchte, nicht mehr hinzusehen, um keine weiteren Kommentare mehr zu provozieren. Er trat an das Geländer und wandte sich von dort wieder der Frau zu, die ihn betrachtete, als schätze sie sein Gewicht ab und die Kraft, die nötig wäre, um ihn in die Tiefe zu stürzen.

«Was machen Ihre Studien?»

«Welche Studien?»

«Der Musikunterricht. Ihr Hausmädchen sprach davon.»

«Ich hatte Lust dazu. Früher hatte ich auch schon Klavierunterricht, aber ich ging nicht mehr hin. Es war ein Martyrium, zu dem mich meine Mutter zwang. Heute dagegen ist es ein Genuß. Die besten Stunden der Woche. Ich bin nicht die einzige. Ich besuche das Zentrum für Musik, eine neue Einrichtung, dort gibt es viele Leute wie mich.»

«Was für Leute sind Leute wie Sie?»

«Erwachsene, die etwas lernen wollen, wozu sie früher nie Gelegenheit hatten, weil ihnen entweder die Zeit, das Geld oder die Lust fehlte.»

«Bei Ihnen fehlte die Lust.»

Adela Vilardell nickte und wartete auf das Verhör.

«Wann haben Sie Stuart Pedrell zum letztenmal gesehen?»

«Ich kann mich nicht genau an den Tag erinnern. Es war Ende 1977. Er war dabei, seine Reise vorzubereiten, und wir hatten einen kleinen Disput.»

«Fuhren Sie nicht mit?»

«Nein.»

«Wollte er nicht oder wollten Sie nicht?»

«Die Frage stellte sich nicht. Unsere Beziehung hatte sich in letzter Zeit merklich abgekühlt.»

«Wer oder was war die Ursache?»

«Die Zeit. Unser Verhältnis dauerte fast zehn Jahre, und wir erlebten Phasen großer Intensität. Jeden Sommer hatten wir ganze Monate zusammen verbracht, während seine Familie in Urlaub war. Wir waren schon ein altes Paar. Wir kannten uns zu gut.»

«Und Señor Stuart Pedrell widmete sich auch anderen Frauen.»

«Allen. Ich bemerkte es als erste. Gut, wohl als zweite, denn Mima, seine Frau, kam mir wahrscheinlich zuvor. Das war aber für mich nicht wichtig. Es beunruhigte mich nur, daß er sich auch mit kleinen Mädchen einließ.»

«Mit Kindern?»

«Alles, was unter zwanzig war, waren für ihn Kinder.»

«Profitierten Sie finanziell von Ihrer Beziehung?»

«Nein. Ich ließ mich nie aushalten. Gut, manchmal kam es vor, zum Beispiel, wenn wir zusammen essen gingen, zahlte er die Rechnung. Vielleicht scheint Ihnen das übertrieben?»

«Machten Sie nicht einmal den Versuch, zu zahlen?»

«Ich bin oder war früher eine Señorita, und ich wurde so erzogen, daß eine Frau im Restaurant nicht bezahlt.»

«So wie es aussieht, leben Sie von den Zinsen aus Ihrem Vermögen. Einem beachtlichen Vermögen.»

«Einem beachtlichen Vermögen. Ich verdanke es meinem Urgroßvater, einem Schafhirten, der das letzte Geld zusammenkratzte, um meinen Großvater in eine unserer letzten amerikanischen Kolonien zu schicken.»

«Ich kenne die Geschichte Ihrer Familie. Ich las sie erst kürzlich im *Correo Catalán*. Etwas beschönigt.»

«Papa war Aktionär beim *Correo*.»

«Hat sich Stuart Pedrell in der Zeit seiner Abwesenheit nie bei Ihnen gemeldet?»

Die graublauen Augen weiteten sich und versuchten, die absolute Offenheit des Körpers und der Seele von Adela Vilardell unter Beweis zu stellen, als sie antwortete:

«Nein.» Ein Nein, das nicht ganz frei aus ihrer busenlosen Brust strömte.

«Sehen Sie, so liegen die Dinge. Man ist jahrelang zusammen, und dann: aus.» Sie wartete darauf, daß Carvalho etwas dazu sagte, und als nichts kam, fügte sie hinzu:

«Aus und vorbei. Manchmal dachte ich: Was treibt dieser Mann wohl? Warum meldet er sich nicht bei mir?»

«Warum dachten Sie das? Glaubten Sie nicht, daß er in der Südsee war?»

«Ich war selbst einmal dort, beziehungsweise dort in der Nähe, und es gibt eine Post. Ich habe ja selbst Dutzende von Postkarten in den Briefkasten geworfen.»

«Sie haben sehr schnell einen Ersatz für Stuart Pedrell gefunden.»

«Ist das eine Frage oder eine Feststellung?»

Carvalho zuckte die Achseln.

«Und was geht Sie mein Privatleben an?»

«Normalerweise gar nichts, überhaupt nichts, in keinster Weise. Aber jetzt hat es vielleicht etwas mit meiner Arbeit zu tun. Ich sah Sie neulich in einem schwarzen Motorradanzug auf einer starken Harley Davidson und begleitet von einem anderen schwarzen Motorradfahrer auf einer ebenso starken Harley Davidson.»

«Es ist herrlich, mit dem Motorrad spazierenzufahren.»

«Wer ist der schwarze Reiter, der Sie begleitet?»

«Woher wollen Sie das alles wissen?»

«Auch wenn Sie es nicht glauben wollen, ihr habt kein Privatleben. Man weiß alles über euch.»

«Und wer ist wir?»

«Sie verstehen schon. Ich klopfe an irgendeine Tür bei irgendwelchen Leuten, die Sie flüchtig kennen, und weiß sofort alles über Sie. Stimmt das zum Beispiel mit der Melone?»

«Was für eine Melone?»

«Stimmt es, daß Stuart Pedrell Sie vor einigen Jahren in einen Londoner Park bestellte und als englischer Dandy mit Melone ankam?»

Ein befreites Lachen erklang aus der breiten und faltigen Kehle der Frau.

«Völlig richtig.»

«Sagen Sie mir jetzt den Namen des schwarzen Reiters?»

«Sie müßten ihn eigentlich kennen.»

«Ja.»

«Also?»

Biscuter saß ruhig auf der Lehne seines Sessels in der Ecke, aber als er Carvalho kommen sah, sprang er auf und rief: «Das Mädchen wartet auf Sie, Chef!»

«Schon gesehen.»

Carvalho übersah absichtlich, daß sie zur Begrüßung auf ihn zukam. Biscuter verschwand hinter dem Vorhang. Carvalho setzte sich in den Drehstuhl und musterte Yes, die mitten in ihrer Bewegung erstarrt stehengeblieben war.

«Ist es dir lästig, daß ich gekommen bin?»

«Lästig ist nicht der richtige Ausdruck.»

«Als du weg warst, habe ich nachgedacht. Ich will nicht nach Hause zurück.»

«Dein Problem.»

«Kann ich nicht bei dir bleiben?»

«Nein.»

«Zwei oder drei Tage.»

«Nein.»

«Warum?»

«Meine Verpflichtungen als Angestellter deiner Mutter und als dein Bettgefährte haben ihre Grenzen.»

«Warum mußt du immer wie ein Privatdetektiv reden? Kannst du dich nicht normal ausdrücken oder normale Ausreden benutzen – ich erwarte Besuch von meinen Eltern, ich habe keinen Platz, oder so was?»

«Du kannst es nehmen, wie du willst. Es tut mir leid. Andererseits, daß wir uns so oft sehen, finde ich übertrieben. Ich werde jetzt hier in Ruhe etwas essen und denke nicht daran dich einzuladen.»

«Ich bin so allein.»

«Ich auch. Jésica, bitte. Übertreib nicht. Benutze mich nur, wenn es dringend notwendig ist. Ich muß arbeiten. Geh jetzt.»

Sie konnte nicht. Ihre Hände flatterten hilflos umher, als suchten sie einen Halt, aber ihre Beine schritten rückwärts zur Tür.

«Ich bringe mich um.»

«Das wäre schade. Ich verhindere aber keine Selbstmorde. Ich untersuche sie nur.»

Carvalho machte Schubladen auf und zu, ordnete die Papiere auf dem Schreibtisch und begann ein Telefongespräch. Yes schloß leise die Tür hinter sich. Nachdem sie gegangen war, erschien Biscuter wieder, einen Schaumlöffel in der Hand und sagte: «Zu hart, Chef. Sie ist eine gutes Mädchen. Ein gutes Mädchen, aber ein bißchen dumm. Wissen Sie, was sie mich gefragt hat? Ob ich schon mal jemand umgebracht habe und auch, ob Sie schon jemand umgebracht hätten.»

«Und was hast du ihr geantwortet?»

«Nichts. Und sie hörte nicht auf zu fragen. Sie machte immer weiter. Ich habe keinen Ton gesagt, Chef. Ist sie gefährlich?»

«Ja, für sich selbst.» Carvalho legte abrupt den Hörer auf, erhob sich und stürzte zur Tür.

«Gehen Sie? Bleiben Sie nicht zum Essen?»

«Weiß nicht.»

«Ich habe Ihnen Kartoffeln à la Navarra gemacht.»

Carvalho hielt inne, einen Fuß hatte er schon vor der Tür.

«Sie sind schön heiß», hakte Biscuter nach, als er ihn zögern sah.

«Später!»

Er nahm immer zwei Treppenstufen auf einmal, sprang mit vorgerecktem Hals auf die Ramblas hinaus und fixierte mit den Augen die weit entfernten Köpfe der Passanten, auf der Suche nach den honigfarbenen Haaren von Yes. Er glaubte, sie zu sehen, in der Nähe der Plaza Real, und rannte los, um sie einzuholen. Sie war es nicht. Vielleicht hatte sie sich nach Norden gewandt, wo sie wohnte, oder war sie etwa nach Süden gegangen, zum Hafen? Carvalho ging mit großen Schritten nach Süden, ruderte mit den Armen, um schneller vorwärtszukommen, und ließ seine Augen wachsam umherschweifen, während er sich innerlich einen Idioten schimpfte. Er stürzte über die Straße, die um das Kolumbus-Denkmal führte, erntete mißbilligende Blicke, und ein Autofahrer schimpfte hinter ihm her. Die Puerta de la Paz war wegen des kalten Frühlingswetters wie leergefegt, nur ein paar alte Menschen ließen sich auf den Bänken von der Sonne wärmen, und die fliegenden Fotografen verfolgten mit ihrer Litanei die wenigen lustlosen Touristen. Neben dem Schalterhäuschen, wo die Fahrkarten für Hafenrundfahrten verkauft wurden, lag ein heruntergekommes, schmutziges Mädchen und stillte ihr Kind, das halb eingeschlafen war. Auf einem Stück Pappe stand die Geschichte von ihrem krebskranken Mann und einer dringenden Notsituation, die ein Almosen erforderlich machte. Ein Motorboot fuhr langsam vorbei und hinterließ tiefe Strudel im öligen Wasser. Carvalho blieb stehen und betrachtete verzückt die Würde, mit der ein alter Rentner seine zu große Jacke, seine zu kurze Hose und seinen riesigen Filzhut trug, der an die berittene Polizei in Kanada erinnerte. Es war einer dieser blitzsauberen Alten, die mit schrecklicher Entschlossenheit 40 Jahre lang für ihr Begräbnis sparen, vom Monatsersten zum Monatsersten. Hallo, wer ist da? Sag mal, hat sich in diesem Haus ein Unschuldiger erhängt? Nein, hier hängt man sich einfach auf. Wo hatte er das gelesen? Wer ist das? Die Begräbniskasse. Wer? Die Toten. Ach so! Wozu weiter nach Jésica suchen? Bin ich denn für sie verantwortlich? Sie wird sich in einem Monat fünfzehn Männern an den Hals werfen, und dann hat sie ihr inneres Gleichgewicht wiedergefunden. Er ging denselben Weg zurück zu seinem Büro, aber seine Augen suchten immer noch nach Yes auf den Ramblas. Er betrat eine Taverne. Durstig stürzte er drei kalte Manzanillas hinunter. Einem der fünf Zigeunerkinder, die anmaßend hereinkamen und ihre Hände den Gästen in Augenhöhe hinhielten, gab er 5 Pesetas. Die Gäste unterhielten sich über Fußball, Stierkampf, Schwule, Frauen, Politik und kleine Geschäfte mit dubiosen Poster, Blei vom Schrott oder Tuchstücken, die zum Einkaufspreis in bankrotten Läden auf der Calle Trafalgar losgeschlagen wurden. Diese Geschäfte hatten auf ihn schon immer einen unsoliden, fast bankrotten Eindruck gemacht, mit ihren uralten Chefs, Angestellten und Ladendienern, die uraltes Tuch mit uralten hölzernen Meterstäben maßen. Und trotzdem hatten sie sich gehalten, Jahrzehnt um Jahrzehnt, seit Carvalhos Kindertagen bis heute. Diese dunkelbraunen Meterstäbe. Verkaufen sie die auch? Biegsame Tiere aus gelbem Wachstuch, aufgerichtete, zu Holz erstarrte Schlangen, zusammengerollte, knallende Metallpeitschen, Klappmeterstäbe, die genau wissen, daß sie die Macht haben, die Welt zu messen. Kinder spielen mit den Meterstäben, bis sie kaputtgehen, und Meterstäbe in der Hand von Kindern sind gefangene Meßtiere, die erkennen müssen, daß sie nie wieder etwas messen werden.

Er trat auf die Straße hinaus. Das Mädchen trug eine hauchdünne blaue Bluse, einen Rock, der vielleicht ein Hosenrock war – er hatte keine Zeit nachzusehen –, und Stiefel, die sie auf 20 Zentimeter über Meereshöhe erhoben. Sie war gleichzeitig häßlich und schön, und als sie zu ihm sagte: «Pardon, hätten Sie nicht Lust, mit mir ins Bett zu gehen? Macht 1000 Pesetas plus Zimmer», entdeckte Carvalho, daß sie ein blaugeschlagenes Auge und einen kleinen Kratzer auf der durchscheinenden, blaugeäderten Haut ihrer Schläfe hatte. Sie ging weiter und fragte einen anderen Passanten. Der machte einen Bogen um sie, als wolle er sie gleich als verdächtiges Subjekt in Quarantäne stecken. Sie prostituierte sich so beiläufig, als frage sie nach der Uhrzeit. Vielleicht eine neue Marketingmethode. Ich muß Charo danach fragen. Er wußte nicht, ob er in die Heimat der dampfenden Kartoffeln à la Navarra zurückkehren oder lieber zu Charo gehen sollte, die jetzt gerade aufgestanden war und, verärgert über seine Vergeßlichkeit und Gleichgültigkeit, ihren Körper für die Abendkundschaft zurecht machte.

«In einer Sekunde sind sie aufgewärmt, Chef. Sie sind ein bißchen zerfallen, klar, aber es geht noch. Die Paprikasalami ist aufgeplatzt, aber köstlich. Ich habe aufgepaßt, daß ich nicht wieder wie ein Stümper koche.»

Carvalho hatte begonnen, Kartoffeln und Salami in seinen geduldigen Mund zu schaufeln, aber allmählich signalisierte ihm sein Gaumen, daß dieses Essen mehr Aufmerksamkeit verdiente.

«Vorzüglich, Biscuter.»

«Man tut, was man kann, Chef. Man hat seine guten Tage, manchmal auch nicht ... Es ist doch so ...»

Die selbstgefälligen Ausführungen Biscuters klangen wie der Regen, der an die Fenster klopfte. Es goß in Strömen auf den Ramblas, er fröstelte und bekam Sehnsucht nach Bettlaken und Decken, leichter Grippe und gedämpften häuslichen Geräuschen. Pepe, Pepe, soll ich dir einen Zitronensaft machen? In der Hand *‹Die geheimnisvolle Insel›* und im Radio *‹Die Abenteuer von Inspektor Nichols›*.

«Heute abend können wir bei meinem Freund Beser essen, in seiner Wohnung in San Cugat. Ich hole dich bei dir zu Hause ab. Du wolltest ja dieses Jahr nicht zu unserem Schlachtfest kommen. Wenn der Prophet nicht nach Valencia kommt, muß Valencia eben zum Propheten kommen.»

Der Anruf von Fuster hob seine Stimmung. Er ging die Notizen durch, die er während des Gesprächs mit Teresa Marsé gemacht hatte. Er hatte einen Kreis um den Namen Nisa Pascual gezogen, sie war anscheinend der letzte Teenager in Stuart Pedrells Leben. Nachmittags ging sie zum Kunstunterricht in eine Schule, die auf halbem Weg nach Vallvidrera lag. Diese Schule befand sich in einem modernen Hochhaus, gelegen in der üppigen Vegetation eines feuchten Talgrundes, ein Artefakt inmitten des wohlgepflegten Grüns alter Bäume, die trotz ihres Alters Parteigenossen des Frühlings waren. Einige Schüler gingen spazieren, diskutierten oder schwiegen und atmeten die wohlriechende Feuchtigkeit, die der Regen diesem wohlbeschnitteten Paradies entlockt hatte. Die ersten Lichter waren in den vollklimatisierten Klassenzimmern angegangen. Früher war es ein Wohnhaus gewesen, das ein vom Modernismus Besessener entworfen hatte. Regenbogenfarben eines naiven Künstlers überzogen die Rahmen der Türen und Fenster, um den spielerischen Aspekt dieses Hauses zu betonen, das für ein imaginäres Leben und eine imaginäre Kultur erbaut worden war.

Nisa hatte Unterricht in künstlerischer Meditation. Die Schüler schienen gerade eine Schweigeminute einzulegen. Aber diese Minute wurde immer länger. Vier. Fünf. Zehn. Hinter der Fensterscheibe nahm Carvalho teil an der Meditation und der Stille und fragte sich, worüber sie wohl meditierten. Endlich kam wieder Leben in die Gruppe. Eine Lehrerin in indischem Gewand bewegte Lippen und Arme und schien ihnen noch einmal letzte Ratschläge zu geben. Es konnten noch Fragen gestellt werden, und zu guter Letzt bewegten sich die Schüler zum Ausgang. Nisa kam mit zwei Freundinnen heraus, die genauso groß und blond waren wie sie selbst. Sie war schlank und sommersprossig, hatte einen langen Zopf bis zum Hintern und eine mädchenhafte Arglosigkeit in den großen blauen Augen, um die ihre Sommersprossen zu einem Fleck verschmolzen waren. Carvalho winkte ihr, und sie kam neugierig her.

«Könnte ich Sie einen Augenblick sprechen?»

«Klar.»

«Ich bin Privatdetektiv.»

«Sind Sie hier angestellt? Das ist das einzige, was hier fehlt.»

Sie lachte sehr zufrieden über ihre Neuentdeckung. Sie lachte so laut, daß ihre beiden Freundinnen herbeikamen und den Grund ihres Lachens wissen wollten.

«Ich komme gleich und erzähle es euch. Heute ist mein Glückstag.»

Carvalho erwiderte die neugierigen Blicke der Mädchen mit kritischer Aufdringlichkeit.

«Ist vielleicht ein wertvolles Kollier gestohlen worden und Sie sind auf der Suche danach?»

«Stuart Pedrell ist ermordet worden, und ich meditiere über den Fall. Mal ehrlich, worüber habt ihr gerade meditiert? Im Unterricht, meine ich.»

«Es ist eine neue Methode. Genauso wichtig wie das Malen ist die Meditation über das Malen. In jeder Stunde denken wir die Hälfte der Zeit über das Malen nach. Können Sie nachdenken?»

«Das hat mir nie jemand beigebracht.»

«Man muß es selbst lernen. Was sagen Sie da von Carlos?»

Das blonde Lächeln blieb auf ihren Lippen, die der Schnuller geformt hatte.

«Daß er tot ist.»

«Das weiß ich schon.»

«Ich habe gehört, daß Sie eng miteinander befreundet waren.»

«Das ist lange her. Er reiste ab, und dann tauchte er tot wieder auf. Eine alte Geschichte.»

«Hat er sich nie bei Ihnen gemeldet, als er verschwunden war?»

«Nein. Er war sehr böse mit mir. Er wollte, daß ich mitkomme, und ich lehnte ab. Wenn es eine kurze Reise gewesen wäre, zwei Monate, dann wäre ich mitgekommen. Aber es war eine Reise auf unbestimmte Zeit. Ich habe ihn sehr geliebt. Er war zart, schutzlos. Aber es paßte nicht zu meinen Plänen, das verlorene Paradies zu suchen.»

«Als ihm klar war, daß Sie ihn nicht begleiten würden, hat er dann seine Pläne geändert?»

«Es kam so weit, daß er nicht fahren wollte. Aber plötzlich war er weg, und ich nahm an, daß er sich endlich doch entschlossen hatte. Er brauchte diese Reise. Er war wie besessen davon. An manchen Tagen war er unausstehlich. Aber er war ein wunderbarer Kamerad, einer der Menschen, die mein Leben am meisten beeinflußt haben. Er hat mich viele Dinge gelehrt, und er steckte voller Unruhe und Neugier.»

«Endlich sagt mir jemand etwas Gutes über Stuart Pedrell.»

«Haben alle schlecht über ihn gesprochen?»

«Nicht ganz. Sagen wir mal, sie nahmen ihn nicht ernst.»

«Er war sich dessen sehr bewußt und litt darunter.»

«Und während seiner langen Abwesenheit hat er nie versucht, Sie zu erreichen?»

«Das wäre schwierig gewesen. Ich war sehr deprimiert von dem, was geschehen war. Ich mußte ja glauben, daß alles aus war. Daß eine Etappe in meinem Leben vorbei war. Da beantragte ich ein Stipendium für ein Kunststudium in Italien und verbrachte dort fast ein Jahr in Siena, Perugia, Venedig.»

«Allein?»

«Nein.»

«Der König ist tot. Es lebe der König.»

«Ich hatte nie einen König. Sind Sie ein Moralist?»

«Das gehört zu meiner Rolle. Ich darf nie an die Moral der Leute glauben.»

«Ah, wenn das so ist ... Faszinierend! Ich habe mich noch nie mit einem Privatdetektiv unterhalten. Einmal sprach einer im Fernsehen, aber er war nicht wie Sie. Er sprach die ganze Sendung darüber, was er alles auf Grund der herrschenden Gesetzgebung nicht tun könne.»

«Wenn es danach ginge, könnten wir gar nichts machen.»

«Ich muß jetzt zum Projektunterricht.»

«Habt ihr ein Projekt oder denkt ihr darüber nach, welche Projekte ihr in Angriff nehmen könntet?»

«Mir gefällt es sehr gut hier. Warum schreiben Sie sich nicht ein? Sie könnten ein wenig Geheimnis in dieses große Haus bringen. Wie wär's, wir planen ein Verbrechen, und Sie decken es auf?»

«Wen würden Sie denn gerne umbringen?»

«Niemand. Aber wir könnten das Opfer so überzeugen. Die Leute hier haben sehr viel Phantasie.»

«Stuart Pedrell war sehr enttäuscht über Ihre Absage.»

«Sehr enttäuscht, praktisch verzweifelt ...»

«Und trotzdem ...»

«Trotzdem was?»

«Verließen Sie ihn.»

«Die Beziehung war schon tot. Wenn er die große Reise brauchte, dann deshalb, weil er im Grunde von keinem noch irgend etwas wollte: Weder von seiner Familie noch sonst von jemand. Ich wäre wochenlang mit ihm unterwegs gewesen, nur um am Ende meinen Irrtum, unseren Irrtum einsehen zu müssen.»

«Der Unterricht hat schon angefangen», sagte eine ihrer Klassenkameradinnen im Vorbeigehen. Carvalho verweilte mit den Augen auf ihrer schmalen Taille und der gekräuselten blonden Mähne, die ihr über den davoneilenden Rücken fiel.

«Rufen Sie mich mal an und erzählen Sie von Ihrer Arbeit. Wenn Sie wollen, lade ich meine Freundin ein. Ich sehe, daß sie Ihnen gefällt.»

«Sie ist mein Typ.»

«Soll ich sie rufen und es ihr sagen?»

«Ich muß zu einer Versammlung ehemaliger Kämpfer.»

«Was für Kämpfer?»

«Untergrundkämpfer. Es steht noch nicht in den Geschichtsbüchern. Wenn ich noch einmal mit Ihnen reden muß, komme ich hierher.»

Ein paar Minuten später fand er heraus, daß die Schule der Kunstmeditation von seinem Haus aus nicht zu sehen war, wohl aber von der Seilbahnstation in Vallvidrera. Mit einem Feldstecher könnte er jeden Tag das Mädchen mit der schmalen Taille und dem gekräuselten Haar beobachten. Zumindest so lange, bis sie ihre Studien beenden und einen Laden mit Bilderrahmen und Rokokospiegeln eröffnen würde.

«Was treibst du da mit dem Feldstecher?» rief ihm Fuster zu, der den Kopf aus dem geöffneten Wagenfenster steckte.

«Ich will eine Frau sehen.»

Fuster blickte nach dem entfernten Barcelona. «In welcher Straße? Auf der Plaza de Pino?»

«Nein. Unterhalb der Bergbahnstation.»

«*Cherchez la femme*. Wen hat sie umgebracht?»

«Sie war Klasse.»

«Mein Kumpel wartet auf uns. Nimm ein paar Früchte mit.»

Als er einstieg, begann Bleda hinter der Gittertür zu bellen.

«Was ist das? Hast du dir einen Hund gekauft? Hast du eine innere Krise?»

«Meine Krise hat mit deiner nichts zu tun. Was ist aus deinem Ziegenbart geworden?»

Fuster strich sich über sein aufreizend dünnes Bärtchen.

«Wie Baudelaire sagt, ein Dandy muß immer nach der höchsten Vollendung streben. Er muß sich Tag und Nacht im Spiegel beobachten.»

Beser lebte in einer Wohnung in San Cugat, in der es nur Bücher und eine Küche gab. Ein rothaariger Mephisto mit valencianischem Akzent. Er tadelte Fuster, weil ihre Verspätung die Paella in Gefahr gebracht hatte.

«Heute bekommst du eine echte Paella Valenciana», teilte ihm Fuster mit.

«Hast du alles gemacht, was ich gesagt habe?»

Beser schwor, alle Anweisungen des Chefs befolgt zu haben. Fuster ging voran zur Küche, durch einen Korridor voller Bücher. Carvalho dachte, daß sein Kaminfeuer mit der Hälfte dieser Werke bis zu seinem Tode gesichert wäre. Als hätte er seine Gedanken erraten, rief Fuster, ohne sich umzuwenden: «Vorsicht, Sergio, das ist ein Bücherverbrenner. Er nimmt sie für sein Kaminfeuer.»

Beser wandte sich mit leuchtenden Augen zu Carvalho um.

«Stimmt das?»

«Vollkommen richtig.»

«Es muß ein außerordentliches Vergnügen bereiten.»

«Unvergleichlich.»

«Morgen fange ich an, dieses Regal zu verbrennen. Ohne nachzusehen, welche Bücher es sind.»

«Es macht viel mehr Vergnügen, sie auszusuchen.»

«Ich bin sentimental, ich würde Mitleid bekommen.»

In der Küche kontrollierte Fuster wie ein aufsichtführender Sergeant das Werk Besers. Die Zutaten waren noch nicht zerkleinert. Fuster brüllte auf, als hätte ihn ein unsichtbarer Pfeil getroffen. «Was ist das?»

«Zwiebel.»

«Zwiebel in der Paella? Wo hast du das her? Die Zwiebel weicht die ganzen Reiskörner auf.»

«Es war dumm von mir. In meinem Dorf machen wir immer Zwiebeln dazu.»

«In eurem Dorf macht ihr alles, nur um euch von den anderen zu unterscheiden. Zum Reis mit Fisch kann man Zwiebeln nehmen, aber nur in der Kasserolle, in der Kasserolle, verstehst du?»

Beser verließ türenknallend den Raum und kehrte mit drei Büchern unter dem Arm zurück: *‹Wörterbuch der valencianischen Gastrosophie›*, *‹Gastronomie der Provinz Valencia›* und *‹Hundert typische Reisgerichte der Region Valencia›*.

«Komm mir nicht mit Büchern von Leuten, die nicht aus Villores stammen, du Kanaille aus Morella. Ich richte mich nur nach der Überlieferung des Volkes.»

Fuster erhob die Augen zur Küchendecke und deklamierte:

O herrliche Symphonie aller Farben!
O illustre Paella!
Dein Äußeres prangt in bunter Bluse,
Dein Innerstes brennt in jüngferlichen Ängsten.
O buntes Farbengericht,
Das man, bevor man es kostet, mit den Augen verzehrt!

Beser studierte die Bücher, ohne Fusters poetischem Ausbruch Beachtung zu schenken. Endlich klappte er sie zu.

«Und?»

«Du hattest recht. Bei der Paella der Bewohner Kastiliens wird keine Zwiebel verwendet. Es war ein Ausrutscher. Ein Katalanismus. Ich muß unbedingt wieder einmal nach Morella.»

«Aha!» rief Fuster aus, während er die Zwiebel im Abfalleimer versenkte. Er machte sich nun selbst ans Werk, während Beser ihnen gebratene Brotkrumen mit Paprikasalami und Blutwurst aus Morella zum Knabbern vorsetzte. Er holte einen Ballon Wein aus Aragón, und die Gläser standen bereit wie eine Reihe Wassereimer zum Löschen einer Feuersbrunst.

Fuster hatte aus dem Auto eine ölige Pappschachtel mitgebracht, die er wie einen Schatz hütete. Beser schielte neugierig hinein und schrie enthusiastisch: «*Flaons!* Hast du das für mich gebracht, Enric?»

Sie umarmten sich wie zwei Landsleute, die sich auf dem Nordpol treffen, und erklärten dem erstaunten Carvalho, daß *flaons* die Krönung der Desserts aller Regionen Kataloniens sind. Man macht einen Teig aus Mehl, Öl, Anis und Zucker und eine Füllung aus Quark, gemahlenen Mandeln, Eier, Zimt und geriebener Zitronenschale.

«Meine Schwester hat sie mir gestern gebracht. Der Quark ist eine empfindliche Sache, die schnell verdirbt.»

Beser und Fuster nahmen Hände voll von dem Duft, der der Paella entstieg, und führten sie zur Nase.

«Zuviel Paprika!» urteilte Beser.

«Wartet, bis ihr gekostet habt, ihr Bauern!» gab Fuster zurück, der wie ein Alchimist über seinen Retorten brütete.

«Ein paar Schnecken obendrauf, um der Sache den letzten Pfiff zu geben. Das ist es, was fehlt. Pepe, heute bekommst du eine königliche Paella, die echte, wie sie gemacht wurde, bevor die Fischer kamen und ihre Fische darin ertränkten.»

«Gut, dann kannst du sie allein essen!» Beser war beleidigt.

«Ich treibe doch nur Anthropologie, ihr Banausen!»

Sie richteten die Paella mitten auf dem Küchentisch an, und Carvalho war bereit, sie wie die Bauern auf dem Land zu essen, das heißt ohne Teller, wobei sich jeder ein bestimmtes Territorium auf der runden Platte aussuchen darf. Es war eigentlich eine Paella für fünf Personen, aber sie verzehrten sie ohne Anstrengung zu dritt. Dabei waren sie bemüht, ordentlich Wein zu trinken, um den Magen freundlich zu stimmen. Sie leerten den Sechs-Liter-Ballon und holten den nächsten. Dann brachte Beser eine Flasche Alcalá de Chisvert zu den *flaons*.

«Bevor du nicht mehr zwischen einem Sonett und einem Fragment aus dem Telefonbuch unterscheiden kannst, beantworte doch bitte die Frage, die dir mein Freund, der Detektiv, stellen will. Ach ja, ich habe euch noch nicht miteinander bekannt gemacht. Zu meiner Rechten Sergio Beser, 78 Kilo saure Milch mit roten Haaren, und zu meiner Linken Pepe Carvalho. Wieviel wiegst du? Das ist der Mann, der alles über Clarín weiß. Er weiß so viel, daß er Clarín umbringen würde, wenn er es wagen sollte, aus dem Grab aufzustehen. Nichts Literarisches ist ihm fremd. Und was er nicht weiß, weiß ich. ‹Kräftige Sklaven, schweißbedeckt vom Feuer des Herdes, brachten die Speisen des ersten Ganges auf großen Platten von rotem, saguntischem Ton.› Woher stammt das?»

«Aus *‹Sonnica, die Kurtisane›* von Blasco Ibáñez», riet Beser ohne rechte Lust.

«Woher weißt du das?»

«Weil du immer, wenn du anfängst, dich zu betrinken, die Ode an die Paella rezitierst, und dann, wenn du betrunken bist, kommt die Szene aus dem Bankett, das Sonnica in Sagunt für Acteon von Athen gibt.»

«Hinter jedem der Geladenen stand ein Sklave zu seiner Bedienung, und jeder von ihnen füllte aus dem Weinkrug das Glas zum ersten Trankopfer», rezitierte Fuster im Alleingang weiter, während Carvalho aus seiner Tasche den Zettel hervorkramte, auf dem er die literarischen Hieroglyphen Stuart Pedrells abgetippt hatte. Beser nahm plötzlich die ernste Miene eines Diamantenprüfers an, und seine roten Augenbrauen sträubten sich angesichts der Herausforderung. Fuster hörte auf zu deklamieren, um sich den letzten *flaon* in den Mund zu schieben. Beser erhob sich und umrundete zweimal seine Gäste. Er trank noch ein Glas Likör, und Fuster schenkte ihm nach, damit er nicht durch Mangel an geistigem Treibstoff ausfiel. Der Professor las die Verse leise vor, als versuche er sie auswendig zu lernen. Er nahm seinen Sitz wieder ein und legte das Papier auf den Tisch. Seine Stimme klang kühl, als hätte er die ganze Nacht nichts anderes als eisgekühltes Wasser zu sich genommen, und während er sprach, drehte er sich mit Zeitungspapier eine Zigarette.

«Die ersten Zeilen sind kein Problem. Sie stammen aus dem ersten Poem des Buches ‹*Das wüste Land*› von Eliot. Ein Dichter aus der ersten Hälfte des Jahrhunderts. Sehen wir uns das mit dem Süden mal genauer an. Ich will nicht tiefgründig werden, aber der Mythos vom Süden als Symbol der Wärme und des Lichts, des Lebens und der Wiedergeburt der Zeit ist ein Standardthema in der Literatur, vor allem, seit die Amerikaner entdeckt haben, wie billig man mit Dollars im Süden Urlaub machen kann.

Das zweite Fragment ist auch klar. Es gehört zur ‹*Südsee*›, dem ersten Poem, das Pavese veröffentlicht hat, ein Italiener, der sehr amerikanisch beeinflußt ist. Er war niemals in der Südsee, und es ist sicher, daß er dieses Poem unter dem Einfluß Melvilles verfaßt hat. Hast du Melville gelesen? Mach nicht so ein Gesicht wie ein Brandstifter. Lesen ist ein unschuldiges Vergnügen, das man allein genießt. Pavese spricht in dem Poem von der Faszination, die die Erinnerung an seinen Vater auf einen Jüngling ausübt. Der Vater war Seemann und hatte die halbe Welt gesehen. Als er nach Hause zurückkam, fragte ihn sein Junge nach seinen Reisen in der Südsee, und er antwortete sehr desillusioniert. Für den Jungen war die Südsee das Paradies, für den Seemann war es eine Gegend, geprägt von der täglichen Routine der Arbeit. Diese Poeten sind das Letzte. Genau wie die Frauen: Erst machen sie dich scharf und dann lassen sie dich im Regen stehen.

Beim dritten Fragment ist es schwer zu sagen, wo er es her hat. Es ist ein perfekter zehnsilbiger Vers und könnte von jedem italienischen Dichter nach 1500 stammen. Aber die Sehnsucht nach dem Süden ist modern. Kann sein, wenn er vom Süden spricht, daß er Süditalien, Sizilien oder Neapel meint. *Più nessuno mi porterà nel sud*. Irgend etwas sagt mir, daß ich es kenne. Auf jeden Fall stellen die drei Fragmente einen Zyklus der Desillusionierung dar: Diese intellektualisierte Hoffnung, bis zum Einbruch der Nacht zu lesen und im Winter in den Süden zu fahren, der Kälte und dem Tod ein

Schnippchen zu schlagen. Die Furcht, daß in diesem sagenhaften Süden vielleicht der Kreislauf von Routine und Enttäuschung von vorne beginnt. Und am Ende die totale Entzauberung: Ihn bringt keiner mehr in den Süden.»

«Aber er schrieb diese drei Fragmente auf, als er unbedingt in den Süden fahren wollte. Er hatte sogar schon die Fahrkarte gekauft und die Hotels gebucht.»

«In welchen Süden? Vielleicht hatte er entdeckt, daß er, auch wenn er in den Süden fuhr, den Süden niemals erreichen würde? ‹Obgleich ich den Weg weiß, werde ich nie nach Córdoba gelangen›, schreibt García Lorca, verstehst du? Den Poeten gefällt es, sich selbst und uns an der Nase herumzuführen. Hast du gehört, Enric? Dieses Riesenrindvieh weiß den Weg und geht nicht nach Córdoba. So ein Schwachsinn. Ich habe eine andere Vorstellung von Poesie. Sie soll didaktisch und historisch sein. Kennst du mein szenisches Epos über den Zug des Cid durch das Königreich Valencia? Wir führen es dir vor, wenn wir noch ein paar Flaschen getrunken haben. *Più nessuno mi porterà nel sud.* Ich sehe mir jetzt die Rücken aller Gedichtbände an, die ich besitze. Ich finde bestimmt etwas.»

Damit stieg er auf einen dreistufigen Hocker und sah Regal um Regal durch. Manchmal nahm er ein Buch heraus, blätterte und las darin, wobei er überraschte Schreie ausstieß: «Ich wußte nicht einmal, daß ich dieses Buch besitze!» Fuster lauschte melancholisch einer Platte mit gregorianischem Gesang. «Heiß! Heiß!» rief Sergio Beser, der die Regale erkletterte, wie ein Pirat ein Schiff entert.

«Riecht ihr nicht die Südsee? Ich wittere den Geruch!» Er nahm ein schlankes, abgenutztes Buch heraus. Zuerst schnüffelte er mehr darin herum als zu lesen, um dann wie ein Raubvogel im Sturzflug auf eine der Seiten herabzustoßen: «Ich hab's! Ich hab's!»

Fuster und Carvalho hatten sich erhoben, so erregt erwarteten sie die bevorstehende Enthüllung. Die ganze Hitze des Essens und des Alkohols erhob sich mit ihnen, und durch Schwaden von Gefühlen erblickten sie Beser, der auf der Kanzel stand und das Meßbuch aufschlug, um mit feierlicher Miene die Lösung zu verkünden:

«*‹Klage um den Süden›* von Salvatore Quasimodo. Hier ist der Vers: *Ma l'uomo grida dovunque la sorte d'una patria ... più nessuno mi porterà nel sud.*»

Er sprang vom Bücherregal herab, daß seine Knöchel knackten, und gab Carvalho das Büchlein *‹Das Leben ist kein Traum›* von Salvatore Quasimodo. Carvalho las das Poem, die Klage eines Südländers, der erkennt, daß er nie mehr in den Süden zurückkehren kann. Er hat sein Herz schon an die Wiesen und nebligen Wasser der Lombardei verloren.

«Es ist ein sozialkritisches Poem. Eindeutig. Hier: ‹Der Süden ist es müde, Leichen zu schleppen, müde Einsamkeit der Ketten, sein Mund ist ermüdet von den Flüchen aller Rassen, die Tod schrien beim Echo seiner Brunnen, und die sein Herzblut schlürften.› ... Kannst du damit etwas anfangen?»

Carvalho las den Zettel Stuart Pedrells noch einmal durch.

«Nur Literatur.»

Beser stieß verächtlich hervor: «Ich glaube auch. Ich glaube, es ist nur Literatur. Vielleicht hatte es einen Sinn vor der Ära der Charterflüge und der Reiseleiter, aber heute gibt es ihn nicht mehr. Diesen Süden gibt es nicht. Die Amerikaner haben aus dem Nichts einen literarischen Mythos geschaffen, es ist ihr verfluchter Ort, ihr erobertes Territorium in einem Land von Siegern. Aber kennst du unseren valencianischen Theaterzyklus wirklich noch nicht? Wir führen ihn dir gleich vor, Enric und ich. Vergleiche mal die authentische Literatur des Volkes mit diesen ganzen literarischen Seifenblasen. Ich bin der Cid und du, Enric, bist das Pferd.»

Am Ende dieses denkwürdigen Abends fühlte Carvalho nur noch, wie er zum Auto geschleppt wurde, dann verlöschte das kleine Licht, das in seinem Kopf noch gebrannt hatte.

Seine Leber mußte schon wie ein vitriolzerfressenes Tier aussehen, wie ein Brei aus Blut und Scheiße, der ihm den ganzen Schmerz seiner Agonie in die Seite bohrte. Aber noch hatte er keine Schmerzen. Er hatte einen schweren Kopf, schwere Beine und einen ungeheuren Durst. Durst nach so viel Wasser, daß es ihm links und rechts aus dem Mundwinkel fließen und auf die Brust plätschern sollte. Während er im Dunkeln zum Kühlschrank ging, tätschelte er seine Leber, um sie zu beruhigen oder ihr für ihre Geduld zu danken. Nie wieder. Nie wieder! Wozu? Man trinkt und wartet auf das «Klick», mit dem die Tür aufspringt, die immer verschlossen war.

Er hob die Flasche mit eiskaltem Mineralwasser, füllte seinen Mund und ließ es auf seine Brust rinnen. Dann holte er eine ultramoderne Glasschale, aus der er nur Sekt über 500 Pesetas zu trinken pflegte, und füllte sie mit eben diesem Wasser, das er mehr zum Duschen als zum Trinken verwendet hatte. Er beschloß, dieses beißende, eiskalte Naß in einen fürstlichen Sekt zu verwandeln. – Du könntest ein betagter Herzog sein, den die Hämorrhoiden plagen. Morgen holst du sofort die Fahrkarten für eine Reise in die Südsee. Herr Ober, bestellen Sie bei meinem Landsmann aus Valencia einen Schwan aus Eis, der mit frischen Lychees gefüllt ist. Welcher Idiot bringt einen valencianischen Ober in diese Geschichte? – Er hatte das irgendwo gelesen. Oder vielleicht sollte er mit der Hilfe seiner schiffbrüchigen Gefährten ein Segelschiff bauen. Lesen bis zum Anbruch der Nacht und im Winter mit allen zusammen in den Süden fahren. Was wißt ihr denn, wo der Süden ist? Aber wenn ich ihm sage, daß er zu den Glücklichen gehört, die den Sonnenaufgang gesehen haben auf den schönsten Inseln der Erde, lächelt er bei der Erinnerung und antwortet, daß der Tag für sie schon alt war, als die Sonne aufging. «Der Süden ist die andere Seite des Mondes.»

Das war mehr geschrien als gesprochen, und sein Körper begrüßte dankbar das kühle Wasser, das seine innere Hitze und seinen Katzenjammer dämpfte. Die andere Seite des Mondes. Die Dusche, erst heiß, dann kalt, setzte sein Gehirn wieder in Gang. Er wollte klar werden. Sechs Uhr in der Frühe. Die Bäume zeichneten sich schon auf dem Vorhang des Horizonts ab. «Die andere Seite des Mondes.»

Er sprach mit sich selbst und überraschte sich dabei, wie er einen Stadtplan suchte, den er für diskrete Aufträge aufbewahrt hatte. Ihre Gattin betrat das Appartement auf der Avenida del Hospital Militar um 16 Uhr 30. Eine überraschende Uhrzeit, denn im allgemeinen betreten Ehebrecherinnen das Appartement lieber bei Dunkelheit. Wirklich, Sie machen einen Fehler, wenn Sie mich fragen, ob sie in Begleitung war. Der zerfledderte Plan lag vor ihm ausgebreitet wie ein abgenutztes Tierfell, die Faltstellen waren ausgeleiert, fast durchgerissen. Mit einem Finger zeigte er auf die Gegend, in der Stuart Pedrell gefunden worden war. Sein Blick wanderte zum anderen Ende der Stadt, wo die Trabantenstadt San Magín begann. Ein Mann wird erstochen, und seine Mörder haben eine Idee, um die Verfolger zu verwirren. Er muß ans andere Ende der Stadt gebracht werden, aber an einen Ort, wo sein Tod einen Sinn ergibt.

«Bist du etwa mit der U-Bahn in die Südsee gefahren?» Da Stuart Pedrell nicht antwortete, konzentrierte Carvalho seine Aufmerksamkeit auf die Schlafstadt San Magín. Er schlug das Buch auf, das ihm Beser geliehen hatte. Stuart Pedrell wurden eine ganze Menge Spekulationen zugeschrieben, vor allem die des Stadtteils San Magín. Ende der fünfziger Jahre, im Zuge der Expansionspolitik des Bürgermeisters Porcioles, kaufte die Baufirma Iberisa (deren Inhaber der Marqués de Munt, Planas Ruberola und Stuart Pedrell waren) ganz billig unbebautes Gelände und Bauplätze, auf dem sich die halbverfallenen Werkstätten und Schrebergärten des sogenannten «camp de Sant Magí» befanden, ein Gelände, das verwaltungsmäßig zur Stadt Hospitalet gehörte. Zwischen dem «camp de Sant Magí» und dem Stadtgebiet von Hospitalet blieb ein breiter Geländegürtel frei. Dies zeigt einmal mehr den tendenziellen Teufelskreis der Bodenspekulation. Man kauft ein erschließbares Terrain, das von der bisherigen Stadtgrenze ziemlich weit entfernt ist, und wertet dadurch das dazwischenliegende Gelände auf. Die Baufirma Iberisa baute eine ganze Trabantenstadt in San Magín und erwarb gleichzeitig spottbillig das Gelände bis zur Stadtgrenze von Hospitalet. In einer zweiten Bauetappe wurde dieses Niemandsland erschlossen, und dadurch konnte das, was die Firma investiert hatte, vertausendfacht werden ... San Magín wurde hauptsächlich von zugewanderten Arbeitern aus Südspanien bewohnt. Die Straßen waren erst fünf Jahre nach Fertigstellung der Siedlung vollständig asphaltiert worden. Soziale Einrichtungen fehlten ganz. Die Forderung nach einer Ambulanzklinik der Krankenkasse stand im Raum. 10000 bis 12000 Einwohner. Eine Kirche? Klar. Neben der alten Einsiedelei von San Magín wurde eine moderne Kirche gebaut. Der ganze Stadtteil steht unter Wasser, wenn die Kanalisation von Llobregat überläuft. Der Verbrecher kehrt an den Tatort zurück, Stuart Pedrell. Du bist nach San Magín gegangen, um dein Werk aus der Nähe zu betrachten, um zu sehen, wie die Kanaken in den Baracken hausen, die du ihnen gebaut hast. Eine Entdeckungsreise? Vielleicht die Suche nach der Ursprünglichkeit des Volkes? Wolltest du die Sitten und Gebräuche der Untermenschen erforschen? Den Ausfall des «d» in intervokalischer Position? Was zum Teufel hast du in San Magín gesucht?

Der Alkohol verwandelte seine Venen in ein verzweigtes Netz aus Blei, und er schlief auf dem Sofa ein. Dabei wurde der Stadtplan unter dem Gewicht seines Körpers endgültig zerknautscht. Er erwachte durch die Kälte und Bledas Zunge, die sein Gesicht ableckte. Langsam nahm er die logische Reise wieder auf, die er am frühen Morgen begonnen hatte. Er versuchte, den ruinierten Stadtplan zu retten, es endete aber damit, daß er ihn zerriß. Er behielt nur das eine Stück mit San Magín. Dunkel erinnerte er sich an ländliche Hütten und Wasserbehälter aus Beton. Seine Mutter ging vor ihm her, auf dem Rücken einen Korb mit Reis und Öl, das sie ganz billig in einer der Hütten gekauft hatten. Sie überquerten eine Bahnlinie. Aus der Ferne kam die Stadt auf sie zu, mit den Lücken, die der Krieg gerissen hatte, eine magere Stadt voll grauer Masten und Löcher. Warum gab es so viele graue Masten auf den Dächern? Das Öl wurde mit einem alten Schlauch abgefüllt. Es floß in die Flasche, grün und dick wie Quecksilber. Das ist echtes Olivenöl, nicht das, was man auf Marken bekommt.

Jede U-Bahn ist wie ein Tier, das sich mit seinem unterirdischen Sklavendasein abgefunden hat. Ein Teil dieser Resignation spiegelt sich in den spärlich beleuchteten Gesichtern der Fahrgäste wider, die im Rhythmus der gelangweilten Maschine hin und her schwanken. Als junger Mensch hatte er mit Geringschätzung auf die eingepferchte Herde geblickt, mit dem Bewußtsein, einzigartig zu sein, aus der Masse herauszuragen. Er wehrte sich gegen die Übelkeit, die ihm das mittelmäßige Leben der Passagiere bereitete und betrachtete sie als lästige Gefährten einer Reise, die für ihn vorwärts, für sie aber rückwärts ging. Heute, 20 oder 25 Jahre später, empfand er nur noch Solidarität und Angst. Solidarität mit dem unrasierten alten Mann, dessen Hand eine fettige Mappe voller ungedeckter Schecks umklammerte. Solidarität mit den würfelförmigen Andalusierinnen, die sich im Dialekt von Murcía über den Geburtstag von Tante Encarnación unterhielten. Solidarität mit den vielen armen, aber sauberen Kindern, für die der Zug der emanzipatorischen Bildung schon abgefahren war. Angst davor, daß diese banale, fatale Reise für sie alle aus der Armut ins Nichts führen würde. Die Welt bestand nur noch aus Bahnhöfen, die wie schmutzige Aborte wirkten mit ihren Kacheln, auf denen sich der unsichtbare Schmutz der unterirdischen Elektrizität und die scharfen Ausdünstungen der Menschenmassen niedergeschlagen hatten.

Carvalho nahm immer zwei Stufen auf einmal, als er die rostige Eisentreppe nach oben lief. Der Ausgang führte auf die Kreuzung einiger enger Straßen, die von protzigen Lastwagen und zerbeulten Bussen verstopft waren.

«Zeigt eure Kraft! Gebt eure Stimme dem Kommunismus! Wählt PSUC! Der Sozialismus ist die Lösung! Weg mit dem Reformismus! Wählt die Partei der Arbeit!» Die Plakate verbargen nur ungenügend die vorzeitig gealterten Ziegelmauern, von denen der Putz bröckelte. Auf den Bauzäunen klebten die properen Plakate der Regierungspartei «Das Zentrum hält, was es verspricht», als gehe es um kostenlose Urlaubsreisen. Hoch über den Parolen und Plakaten, vor einem dunklen, eisenfarbigen Himmel, prangte die triumphierende Inschrift: «Sie betreten den Stadtteil San Magín». Die Trabantenstadt bestand aus einförmigen Blöcken, alle gleich hoch, und machte auf Carvalho schon von weitem den Eindruck eines Labyrinths.

«Sie betreten den Stadtteil San Magín», verkündete der Himmel und fügte hinzu: «Eine neue Stadt für ein neues Leben. Die Trabantenstadt San Magín wurde am 24. Juni 1966 eingeweiht von Seiner Exzellenz, dem Staatschef Franco.»

So stand es auf einer Gedenktafel in der Mitte des Obelisken, der den freien Platz vor einer Siedlung aus zwölf gleichförmigen Blöcken verunzierte. Es sah so aus, als hätte ein allmächtiger Riesenkran sie dort hingezaubert. Die scharfen Kanten des Betons stachen in die Augen. Das konnten weder die Frauen ändern, die in ihren gesteppten Nylonmorgenmänteln versuchten, dem Ganzen ein etwas menschlicheres Aussehen zu geben, noch der dumpfe menschliche Lärm, der aus jeder Wohnnische drang, ein Lärm, der nach Bratfett und feuchten Einbauschränken roch. Butangasausträger, Frauen auf ihrem täglichen Weg zum Supermarkt, Fischgeschäfte voller Fische mit grauen, traurigen Augen, Bar *El Zamorano*, Wäscherei Turola, An- und Verkauf. «Freiheit für Carrillo. Die Faschisten sind die Terroristen. Förderkurse für lernschwache Kinder-Institut Hamelín.» Jede dieser Parolen war ein Wunder an

Überlebenskraft, wie grüne Pflanzen, die aus dem Beton wachsen. Jede Fassade war ein Gesicht mit vielen blicklosen Augen, dazu verdammt, über dieser trockenen Lepra dunkel zu werden.

«Haben Sie diesen Mann schon mal gesehen?»

Die Frau wich zurück und sah Carvalho an, nicht das Foto, das er ihr zeigte. «Wie bitte?»

«Kennen Sie diesen Mann?»

«Ich weiß nicht, wie spät es ist.»

Sie ließ ihn stehen und marschierte weiter. Er ärgerte sich über den schlechten Auftakt seiner Suche, denn er hatte sich vorgenommen, in jeder einzelnen Wohnnische nach dem Duft von Stuart Pedrells Rasierwasser zu schnüffeln. Er blickte sich selbst über die Schulter und sah zu, wie er tausendmal das Foto zeigte, Laden für Laden. Nur bei zwei Gelegenheiten zeigten die Betrachter leichte Anzeichen des Wiedererkennens. Meistens schauten sie das Foto nicht einmal an, wohl aber Carvalho, während sich ihre Nase gegen seinen Polizeigeruch sträubte.

«Er ist ein Verwandter, ich bin auf der Suche nach ihm. Haben Sie nicht die Suchmeldung im Radio Nacional gehört?»

Nein, eine Suchmeldung hatten sie nicht gehört. Carvalho ging mehrmals durch die Straßen, die die Namen der Regionen Spaniens trugen, als wäre in San Magín dank des genialen Impulses seiner Erbauer ganz Spanien im Kleinen vereint. Dann ließ er sich von einer Gruppe behelmter Bauarbeiter den Weg in ein Restaurant zeigen, in dem Schulter an Schulter fast hundert Arbeiter vor ihren geschmorten Linsen mit Kalbsbraten «Gärtnerin» saßen. Carvalho verschlang hungrig sein Menü und kam dank eines großzügigen Trinkgelds mit dem jungen, schüchternen Kellner ins Gespräch, der ihm antwortete, ohne ihn anzusehen. Es war ein Junge aus Galicia mit zwei roten Flecken auf den Wangen und großen, eiternden Frostbeulen an den Händen. Er arbeitete seit zwei Jahren hier. Seine Tante machte hier sauber. Sie hatte ihn aus dem Dorf kommen lassen. Er aß und schlief hier, im Hinterzimmer, wo sich die leeren Kartons stapelten.

«Nein, diesen Señor habe ich noch nie gesehen.»

«Gibt es in diesem Viertel noch ein anderes, teureres Restaurant?»

«Ein teureres gibt es schon, aber glauben Sie ja nicht, daß das Essen dort besser ist. Wir kochen hier einfach, aber gesund. Ein gesundes Essen.»

«Das bezweifle ich nicht Es geht mir nur darum, ob mein Verwandter vielleicht dort verkehrte. Die Leute lieben die Abwechslung.»

Es duftete nach Espresso mit Cognac. Die jungen Arbeiter lachten, redeten laut, stießen sich an und taten, als wollten sie einander an die Eier greifen oder stritten sich darüber, wer der beste Linksaußen sei. Die Älteren rührten in ihren Tassen mit der Bedächtigkeit von Kennern. Die Hektik der Jungen verlor sich in ihren langsamen Pupillen. Sie nahmen das Foto in die Hand, hielten es von sich weg, betrachteten es mit zementbestäubten Augen und befühlten es ein wenig mit den Händen, als könnte die Berührung ihrem Gedächtnis aufhelfen. Der Besitzer wollte die Zeit nicht verlieren, die er brauchte, um weitere 250 Pesetas zu kassieren. Er blickte nur kurz über die Schulter auf das Bild und schüttelte den Kopf. Seine Frau schälte mit der einen Hand Kartoffeln, mit der anderen machte sie Kaffee, und mit dem Mund rief sie schrill nach ihrer Tochter, einem kleinen Mädchen mit Pickeln und Schweißflecken unter den Achseln, die die Tische zu langsam abräumte. Nicht weit davon lehnte der schmalhüftige Erbe des Geschäfts am Kühlschrank, die Jeansbeine gekreuzt, und schnitt sich mit pedantischer Sorgfalt die Fingernägel. Er war voll damit beschäftigt, am kleinen Finger seiner linken Hand ein Nagelhäutchen zu entfernen.

«Weine aus Jumilla». Carvalho betrat das Weinlokal, das sich baulich in nichts von den übrigen Restaurants, Apotheken und Wäschereien unterschied, und bestellte eine Flasche weißen Jumilla. Der Wirt war ein ganz weißer Drei-Zentner-Mann, dessen einzige Zierde die dunkelvioletten, faltigen Ringe um seine Augen waren. Carvalho war allein mit ihm in dem Lokal, das von einem ungeheuren Kühlschrank beherrscht wurde. Seine Holzverkleidung war mit Chromleisten verziert und der Lärm beim Auf- und Zumachen erinnerte Carvalho an die alten Eisschränke der Bars und Tavernen seiner Kinderzeit. Der Wirt wollte das Schweigen durchbrechen, das Carvalho umgab.

«Eine Katastrophe. Die Lage ist katastrophal. Trockenes Brot und Schläge, mehr haben sie nicht verdient. Und der Rest gehört an die Wand gestellt. Wir sind nur noch sechzehn Millionen Spanier. Keiner mehr, keiner weniger. Da hilft nur ein Krieg!»

Carvalho leerte noch ein Glas und nickte lustlos, aber das genügte schon, die drei Zentner wälzten sich an seinen Tisch und machten sich auf der anderen Seite breit.

«Glauben Sie noch an die Gerechtigkeit? Natürlich nicht! Es gibt keinen Ausweg. Bei Franco hätte es so etwas nicht gegeben. Da herrschte Disziplin, und wer aufmuckte – zack! – Rübe ab. Ich bin für klare Verhältnisse, das sage ich immer wieder. Ich will wissen, woran ich bin. Von mir aus kann die ganze Welt verrecken. Dabei bleibe ich, komme was da will. Verstanden?»

Carvalho nickte.

«Neulich kam einer an. Wir hatten schon gesagt, was zu sagen war. Du das, ich das. Gut. Da war nichts mehr zu sagen. Und dann, Sie werden es nicht glauben, eine Stunde später behauptet er das glatte Gegenteil von allem. Und lacht noch dazu, lacht so lange, bis mir der Kragen platzt und ich ihm einen Tritt verpasse, genau ins Schwarze, wenn Sie wissen, was ich meine.»

Carvalho machte die Flasche leer und bezahlte die 80 Pesetas, die seine riesige Pranke verlangte.

«Weiter so, *amigo*. Wenn sie Ihnen nur nicht eines Tages des Spaß verderben.»

«Sie wissen nicht, mit wem Sie es zu tun haben», antwortete der Mann und starrte auf den Weinrand, den Carvalhos Glas hinterlassen hatte. Carvalho trat auf die Straße hinaus und ging in den anspruchsvollsten Friseurladen, den er finden konnte. An den Wänden Fotos von Friseurmodellen und ein verblichenes Schild mit der Aufschrift «Wir modellieren Ihre Frisur».

«Haare schneiden und rasieren, bitte.» Vorsichtig musterte er die Hände des Friseurs, eine Angewohnheit aus der Zeit im Gefängnis, dort konnte man nicht mehr erwarten, als daß der Schmutz ein bestimmtes Maß nicht überschritt, und meistens hatte irgendein hypochondrischer Mörder den Posten des Friseurs inne. Carvalho erzählte die Geschichte von seinem verschwundenen Verwandten und zeigte das Foto. Der Friseur fixierte es mehr als er es ansah, als sei es ein Horizont, den er mit seinem Rasiermesser durchschneiden wollte. Dann ging das Bild unter den Kunden von Hand zu Hand und kam endlich wieder zurück zu dem Friseur, der es nun mit größerer Aufmerksamkeit studierte.

«Irgendwoher kenne ich dieses Gesicht ... aber ich weiß nicht, woher», meinte er nach ein paar Sekunden, als er es Carvalho zurückgab.

«Behalten Sie es hier und sehen Sie es ab und zu mal an, bitte. Ich komme morgen wieder.»

«Das ist ein Gesicht, das ich schon mal gesehen habe, glauben Sie mir.»

Carvalho ging wieder an dem Weinlokal vorbei. Der Besitzer stand auf seinen kurzen Kegelbeinen vor seinem Geschäft und murmelte leise vor sich hin.

«Alles beim Alten?»

«Nein, alles wird schlechter.»

«Nicht aufgeben!»

«Lieber tot als das.»

Carvalho ging weiter, und der Mann versank wieder in seinen Grübeleien. Auch der einzige Zahnarzt in San Magín kannte weder das Gebiß noch das Gesicht von Stuart Pedrell. Ebensowenig die beiden Ärzte, deren Praxis von zahnlosen Alten überfüllt war. Carvalho klapperte alles ab, von der Boutique, wo neben der seidenen Krawatte die Windelhöschen hingen, bis zu den Wäschereien, ohne dabei die Apotheken und die Zeitungsstände zu vergessen. Bei einigen Leuten schien die Fotografie einen Bodensatz im Gedächtnis aufzurühren. Aber mehr nicht. Carvalhos Mut schwand, und nur der investierte Aufwand an Worten und Wegen veranlaßte ihn, diese selbstmörderische Suchaktion fortzuführen.

«Heute abend große Versammlung der katalonischen Sozialisten! Arbeiter: Für ein San Magín, das nicht nach den Bedürfnissen der Spekulanten, sondern nach euren Bedürfnissen gebaut wird! Kommt zur Versammlung der Sozialisten im Stadion La Creueta! Die Sozialisten haben die Lösung!»

Die Stimme kam aus den Lautsprechern eines kleinen Lieferwagens, der langsam durch die Straßen fuhr. Die Leute hörten ohne große Begeisterung zu, sie mußten sowieso die Kommunisten oder Sozialisten wählen, einer bio-urbanistischen Notwendigkeit folgend, aber ohne kämpferischen Elan. Nur ein paar Kinder klopften an das Fenster des Lieferwagens und wollten Fähnchen. Sie kehrten enttäuscht zu ihrem Spiel zurück und maulten: «Die von der UCD sind aber schöner.»

Ein Schinkengroßhändler legte das Foto genau unter die fetttriefende Spitze eines aufgehängten Delikateßschinkens, so daß ein dicker Tropfen auf Stuart Pedrells Gesicht fiel. Der Händler machte seine Unachtsamkeit wieder gut, indem er das Fett mit dem Ärmel abwischte. Das Bild war verdunkelt und verwischt, als wären zwanzig Jahre Fotoalbum darauf gefallen. Carvalho verließ den Laden und begann die Portiers zu befragen in den Häusern, die noch nicht das System des automatischen Türöffners eingeführt hatten. Alte, im Halbdunkel weiß gewordene Portiers tauchten vom Grunde ihrer Brunnenschächte auf, die nur das Licht der Fernsehschirme kannten, um zu sagen, nein, sie hätten diesen Mann nie gesehen. Ein Häuserblock. Noch einer. Selbst wenn zwei Wochen bei der Suche draufgehen, sagte er sich, aber er dachte daran, bei Einbruch der Dunkelheit aus San Magín zu fliehen und den logischen Faden in einer anderen Richtung zu verfolgen. Die Portierslogen und ihre Insassen glichen einander, als ginge er immer durch ein und dieselbe Tür in ein und denselben Wohnblock. Plötzlich bemerkte er, daß die Gehwege voller Kinder waren, und der Himmel sah aus, als freue er sich über ihr Lachen, Schreien und Rennen. Irgend jemand hatte auch den schwangeren Frauen Ausgang gegeben, und sie schnatterten auf den Gehwegen wie aufgescheuchte Entchen. Er ging hoch zur Kirche auf der Kuppe des Hügels, an dessen Flanken San Magín erbaut worden war. Eine funktionale Kirche aus zerbröckelndem Material, an dem Wind, Regen und die despotische Sonnenglut ebenso ihre Wut ausgelassen hatten wie die handfeste Pest der Industrieabgase jenseits der Zuckerrohrfelder, die beharrlich die frühere Existenz eines heute toten Bächleins anzeigten. Die Wände der Sakristei bedeckten alte Plakate mit der Forderung nach Amnestie. Eines war dabei, das auf italienisch den Film ‹*Christus kam nur bis Eboli*› ankündigte. Der Pfarrer trug Vollbart und einen saloppen Anzug, der nicht mehr ganz neu war.

«Dieses Gesicht habe ich schon einmal gesehen. Aber es ist schon länger her. Ich weiß allerdings weder, wie er heißt, noch wann ich ihn gesehen habe. Ist er verwandt mit Ihnen?»

Das ganze Mißtrauen der Revolutionäre funkelte aus dem einen Auge, das er mehr öffnete als das andere. Carvalho ging, und dieser durchdringende Blick folgte ihm. Nun mußte er sich entscheiden, ob er in das Labyrinth der Satellitenstadt zurückkehren oder lieber zu ein paar hell erleuchteten Baracken gehen sollte, aus denen Musik drang.

Über der Tür hing ein Schild mit der Aufschrift «Comisiones Obreras von San Magín»*, und aus dem Innern ertönte ein gefühlvolles Lied von Víctor Manuel, das die Liebe zweier Außenseiter besang. Er zeigte das Foto einem Hausmeister, der in der Mitte des Lokals einen Sägespanofen in Gang zu bringen versuchte. Um den Ofen standen zwei Dutzend Stühle verschiedener Herkunft, ein kleiner Eisschrank, eine Tafel und ein Bücherschrank, die Wände hingen voll mit Aufrufen und politischen Plakaten.

«Klar kenne ich den. Vor Monaten kam er oft hierher, als wir das Lokal hier gerade aufgemacht hatten.»

«Wie hieß er?»

«War er nicht ein Verwandter von Ihnen? Dann müssen Sie das selbst am besten wissen. Hier wurde er von allen ‹Der Buchhalter› genannt. Nein, er ist kein Mitglied geworden. Aber er kam oft. Dann blieb er plötzlich weg.»

«War er sehr aktiv? Arbeitete er viel?»

«Was weiß ich. Ich weiß nicht, was er an seinem Arbeitsplatz machte.»

«Hier, meine ich. Ob er hier gearbeitet hat.»

«Nein. Er kam zu Versammlungen, aber diskutierte wenig. Manchmal meldete er sich bei öffentlichen Diskussionen zu Wort.»

«War er ein Hitzkopf?»

«Nein, nein. Gemäßigt. Hier gibt es Leute aller Art, die die Revolution an einem Tag machen wollen. Er gehörte zu den Gemäßigten. Schon von seiner ganzen Art her. Verstehen Sie, ein sehr gebildeter Mensch. Sehr vorsichtig. Er sagte nichts, weil er niemanden verletzen wollte.»

«Kannten Sie seinen richtigen Namen nicht?»

«Antonio. Er nannte sich Antonio, obwohl alle ‹Buchhalter› zu ihm sagten, weil er als Buchhalter arbeitete.»

«Wo?»

«Das weiß ich nicht.»

«War er nicht mit jemand befreundet? Kam er immer mit den gleichen Leuten hierher?»

«Na klar.» Er konnte ein Lächeln nicht unterdrücken.

* Gewerkschaftliche Basisorganisation

«Mit Mädchen?»

«Mit einem Mädchen. Eine von den Metallern, die bei SEAT arbeitet, Ana Briongos.»

«Kommt sie noch hierher?»

«Nein. Ab und zu. Aber sie ist sehr, sehr radikal. Sie war eine von denen, die über die Sache mit dem Moncloa-Pakt sehr empört waren, und sie ist es immer noch. Manche Leute glauben, sie könnten die Dinge über Nacht ändern, man brauche nur zu wollen, daß sie sich ändern. Denen fehlt eine Erfahrung wie der Krieg. Die sollten mal einen Bürgerkrieg mitmachen! Der Mensch ist das einzige Tier, das zwei- oder dreimal über denselben Stein stolpert. Ein sehr hübsches Mädchen, die Briongos. Und Mut hat sie. Sehr engagiert. Aber ungeduldig. Hier auf diesem Posten stehe ich seit 1934, und ich habe alles durchgemacht, hören Sie, alles. Schläge ausgeteilt und Schläge eingesteckt. Na und? Gehe ich jetzt hin und stecke Briefkästen an? Haben Sie mal Solé Tura reden gehört? Die hat mal eine Sache gesagt, über die ich nachdenken mußte. Mal sehen, ob ich es noch zusammenbringe. Die Bourgeoisie brauchte vier Jahrhunderte, um an die Macht zu kommen, und die Arbeiterklasse existiert erst seit hundert Jahren als organisierte Bewegung. Wortwörtlich, ich erinnere mich genau. Die Sache hat Hand und Fuß, oder nicht? Und da gibt es Leute, die glauben, sie brauchen nur mit ihrem Ausweis von den ‹Comisiones Obreras› zum Regierungspalast zu gehen und zu sagen: ‹Los, nach Hause, jetzt gebe ich hier die Befehle.› Drücke ich mich klar aus? Solche Leute gibt es haufenweise. Man muß Geduld haben, Geduld, dann wird uns keiner kleinkriegen. Aber wenn wir blindwütig drauflosschlagen, dann kriegen wir hier wieder alles zurück, denn die schlagen nicht blind zu. Die blicken ein bißchen weiter als eine kurzsichtige Kröte.»

«Wo finde ich die Briongos?»

«Das geht mich nichts an. Von mir bekommen Sie die Adresse nicht. Sprechen Sie mit dem Verantwortlichen, wenn Sie wollen, aber wir geben hier nie Adressen raus. Das ist eine Sache der Verantwortung, wenn Sie verstehen, was ich meine.»

«Wissen Sie auch nicht, wo der Buchhalter arbeitete?»

«Bestimmt nicht. Ich glaube, er arbeitete stundenweise, führte die Bücher einiger Geschäfte für Glas, Flaschen und chemische Apparate. Im Block neun oder so, weil ich ihn manchmal dort gesehen habe. Immer ging er ganz steif. So ging er. Am Anfang trauten wir ihm nicht. Er kam uns fremd vor, und niemand wußte, wo er herkam. Aber daß er mit der Briongos kam, das war eine Garantie. Die war schon auf der Titelseite von *Modelo*, als sie noch Söckchen trug. Ihr Vater wollte sie verprügeln, aber sie ließ sich nichts gefallen. Eine richtige Kämpferin. Es ist schade, wenn Leute resignieren und die Arbeit der ganzen Jahre zum Fenster rauswerfen. Jetzt kommt sie her und sagt, daß sie alles hinschmeißt und die Bourgeoisie sowieso schon alles unter Kontrolle hat. Stellen Sie sich vor. Mich soll die Bourgeoisie unter Kontrolle haben. Und man hört und hört, und schluckt und schluckt, bis man eines Tages den Löffel abgibt. Was hab ich mit der Bourgeoisie am Hut, Donnerwetter noch mal, können Sie mir das erklären?»

«Cifuentes, mach keinen Putz!» rief ihm ein Junge zu und stimmte in das Gelächter seiner Genossen ein.

«Ich bin ja nicht verrückt. Ein bißchen mehr Erziehung, ihr Armleuchter. Ihr seid auch schon Anarchos.»

«Willst du den Schlagstock, Cifuentes?»

«Wie wär's mit 'nem Pariser über den Knüppel?» Und zu Carvalho gewandt fuhr er fort: «Hören Sie die? Das ist die heißblütige Jugend. Man muß mit Vorsicht durchs Leben gehen und auf die besten Kampfbedingungen warten.»

«Die besten Kampfbedingungen ...» Ein fernes Echo von Ideologie in Carvalhos Gedächtnis. Die Bedingungen. Es gab die besten, die objektiven und die subjektiven.

«Plötzlich war der Buchhalter verschwunden und keiner hat sich darüber gewundert?»

«Nein. Er ging, wie er gekommen war, und es ist nicht unsere Sache, uns über so etwas aufzuregen. Wenn wir uns um jeden Sorgen machen würden, der zur Arbeiterbewegung gehört und hier ein und aus geht, wären wir schon lange im Irrenhaus gelandet. Gerade in dieser Zeit!»

«Hau nicht auf den Putz, Cifuentes!»

«Ich rege mich auf, so lange es mir paßt, du Säugling. Wie halten das deine Eltern bloß aus! Ich spreche mit diesem Señor hier und nicht mit dir.»

Er begleitete ihn zur Tür. «Die Jungs sind in Ordnung, aber sie ärgern mich gerne. Wenn es drauf ankommt, geben sie mir ihr letztes Hemd, aber die Sticheleien können sie nicht lassen. So ist es eben. Ich lasse es mir gefallen, weil ich Rente kriege und hier den

‹Comisiones› einen Tagelöhner einsparen kann. Sechsmal war ich im Gefängnis, zum erstenmal 1934 und dann 1958, als wir die ‹Comisiones› neu gegründet hatten, und jedesmal wenn es Putz gab bei den Druckern. Zum Kommissar Creix habe ich eines Tages gesagt: ‹Wenn Sie wollen, ziehe ich hier ein›, und der Zyniker hat gelacht.»

Das Hinterzimmer des gigantischen Kramladens war vollgestellt mit Fünfhundert-Liter-Tanks für irgendwelche Arzneimischungen, Glasballons, Destillierkolben, Reagenzgläser, Glasscheiben, die gelblicher Sägemehlstaub trübte, weiße Holzregale, von Feuchtigkeit und Dunkelheit angegriffen, Wandteppiche, Strohteppiche, nackte Glühbirnen, ein alter Athlet mit Schnauzbart jonglierte mit Pappkartons, ein trauriger Schäferhund beschnupperte den Neuankömmling. Am Ende eines Korridors zwischen gigantischen, toten Glasfiguren saß ein starker, ernster Mann an einer Rechenmaschine, die auf der Tischkante stand, und ein Junge an seiner Seite prüfte den Schliff kleiner Glaszylinder; aus einem Lautsprecher, der im Dunkel unter dem Dach hing, ertönte Alfredo Kraus' *‹Perlenfischer›*. Über den Häuptern hörte man weibliche Absätze auf dem Fußboden der oberen Kammer. Der Mann an der Rechenmaschine fragte: «Sie wünschen?», ohne den Kopf zu drehen; den bewegte er erst, als ihm Carvalho das Bild von Stuart Pedrell unter die Nase hielt. Er zog die Nase kraus, beendete seinen Rechenvorgang, gab ein paar Aufträge für Dinge, die vor Ladenschluß erledigt sein mußten, und setzte sich mit hochgezogenen Schultern und abgespreizten Armen in Bewegung. Er stieg die Holztreppe zur oberen Kammer empor, und Carvalho erblickte ein kleines Büro, in dem ein Mädchen tippte und eine gewaltige Frau mit verkleinerten, traurigen Augen hinter ihrer dicken Brille die Arbeit unterbricht, um auf katalanisch zu telefonieren. Der Chef schickte das Mädchen mit einem Auftrag weg, setzte sich auf einen Bürotisch und lehnte sich an den grauen Aktenschrank aus Blech.

«Hat dieser Mann hier gearbeitet?»

«Ja, fast ein Jahr lang, als Aushilfe. Er machte unsere Buchführung, ein paar Stunden täglich.»

«Er hieß Antonio, und wie weiter?»
«Ich glaube, Porqueres.»
«Glauben Sie oder wissen Sie es?»
«Er hieß Porqueres*. Ich sagte immer Señor Porqueres zu ihm. Er machte seine Arbeit, ich bezahlte ihn, alles war klar.»
«Machte er seine Sache gut?»
«Sehr gut.»
«Wie kam er zu Ihnen?»
«Ich hatte ein Schild an die Tür gemacht, da kam er und stellte sich vor.»
«Und Sie stellen einfach so, mir nichts, dir nichts, einen Buchhalter für Ihr Geschäft ein?»
«Er brachte ein Empfehlungsschreiben mit. Ich weiß nicht mehr genau, von wem. Josefina, weißt du noch, von wem der Señor Porqueres die Empfehlung hatte?» fragte er seine Frau auf katalanisch. Die Frau zuckte die Schulter, ohne den Telefonhörer vom Ohr zu nehmen.
«Ich glaube, sie war von Señor Vila, dem Unternehmer oder Subunternehmer, der hier alle Bauarbeiten macht.»
«Und Porqueres blieb weg, ohne sich zu verabschieden?»
«Er hat sich auf französisch verabschiedet.»
«Und das hat Sie nicht gewundert?»
«Ein wenig schon. Wir haben alles geprüft und alles war in Ordnung. So wie er gekommen war, ist er gegangen. Es mußte eines Tages so kommen. Diese Arbeit, dieser Stadtteil paßten nicht zu ihm.»
«Warum?»
«Was würden Sie von einem Mann halten, der alle Platten von Plácido Domingo auswendig kann und der Ihnen so lebendig die Schlußszene der ‹*Salome*› von Strauss beschreibt, gesungen von der Caballé? Ich bin ein großer Opernfan und habe selten das Vergnügen, einen wirklichen Kenner zu treffen. Er war einer.»
«Haben Sie nur über Opern geredet?»
«Über Opern und das Geschäft. Wir haben uns sehr selten gesehen. Ich leite das Geschäft unten und meine Frau macht das Büro hier oben.»
«Wo wohnte er?»

* «Porqué eres» = Warum existierst du? (Anm. d. Ü.)

«Hier ganz in der Nähe, aber genau kann ich es Ihnen nicht sagen. Ist ihm etwas passiert?»

«Er ist ein Verwandter von mir, und ich suche ihn. Er ist verschwunden.»

«Mir kam die ganze Geschichte sowieso rätselhaft vor. Aber ich mische mich nicht ein in anderer Leute Angelegenheiten. Mir reicht es, wenn sie ihre Arbeit gut machen. Guten Tag, bis morgen. Das ist die ideale Beziehung.»

«Ganz allgemein?»

«Ganz allgemein, mit aller Welt, besonders mit den Angestellten.»

«Wo wohnt der Señor Vila, der ihn empfohlen hat?»

«Am Rand der Trabantenstadt in einem alten Türmchen. Sie können es nicht verfehlen, er hat einen Garten hinter dem Haus. Bekomme ich Schwierigkeiten? Ich sag's noch mal, er war eine Aushilfskraft, arbeitete stundenweise und machte seine Sache sehr gut. Mehr weiß ich nicht.»

Der Besitzer brachte ihn zur Tür, blieb dort stehen und blickte ihm nach. Er mußte an dem Lautstärkeregler gedreht haben, denn die Stimme von Kraus erklang wieder auf der ungeteerten Straße, kroch an den Wänden der bewohnten Schluchten hinauf, klopfte an geschlossene Fensterscheiben und wischte den Staub von den melancholischen Geranien. Die Scheinwerfer der Neonpalmen markierten Lichtkreise, die sich immer weiter entfernten. Sie verstärkten die zunehmende Dunkelheit, in der San Magín versank, während ein kalter, feuchter Wind von Prat heraufkam und in Carvalhos Kopf Sehnsucht nach Decken und flackerndem Kaminfeuer erzeugte. Er sprang nun von Lichtkreis zu Lichtkreis und strebte dem Stadtausgang zu, den schon von weitem eine Inschrift am Himmel anzeigte, extra beleuchtet, als verkünde sie die Nähe des Paradieses: «Sie verlassen San Magín. Auf Wiedersehen!»

Es war eines der Landhäuser, deren architektonischer Vater unbekannt war, Wochenende für Wochenende von einer andalusischen Schwarzarbeiterkolonne hochgemauert. Der Erbauer war wohl ein kleiner Einzelhändler der vierziger Jahre gewesen, der seine ganzen

Ersparnisse in ein Häuschen mit Garten steckte, weit weg von der Stadt, um sich eines Tages von der Hektik der schweren Nachkriegszeit erholen zu können. An der Tür empfing ihn ein vierschrötiger, grauhaariger Mann in einem gesteppten Schlafrock und Pantoffeln, die vorne mit Kaninchenfell besetzt waren. Im Haus roch es nach Béchamelsoße. Man hörte Kinder quengeln und Frauen schimpfen.

Vila führte ihn hinauf in sein Büro, ein kleines Zimmer, in dem alles so sauber aufgeräumt war, als sei es noch nie benutzt worden. Sie versanken in den beiden braunen Skaysofas. Als er das Foto erblickte, rief Vila überrascht aus: «Señor Stuart Pedrell!»

«Kannten Sie ihn?»

«Warum sollte ich ihn nicht kennen? Ich habe die Bauarbeiten des ganzen Viertels geleitet. Anfangs war ich Vorarbeiter eines einzigen Blocks und bin dann zum Bauleiter aufgestiegen, weil ich das Vertrauen von Señor Planas gewonnen hatte. Mit Señor Stuart Pedrell dagegen hatte ich nichts zu tun. Er kam nie in die Nähe der Baustellen. Was für ein schrecklicher Tod! Ich weiß es aus der Zeitung.»

«Sagt Ihnen der Name Antonio Porqueres etwas?»

«Nein!»

«Wie es scheint, haben Sie diesen Herrn an einen Geschäftsmann des Viertels empfohlen.»

«Ach ja. Aber ich habe ihn nie persönlich kennengelernt. Señor Stuart Pedrell hatte mir von ihm erzählt. Eines Tages rief er mich an, sagte, er brauche eine Wohnung und Arbeit für einen Jugendfreund und bat mich, die Sache mit größter Diskretion zu behandeln. Ich habe diesen Señor Porqueres nie zu Gesicht bekommen.»

«Eine Wohnung?»

«Ja.»

«Haben Sie ihm eine beschafft?»

«Ja.»

«Wo?»

«Die Firma hat hier fünf oder sechs Etagen für sich reserviert. Sie werden manchmal von Leuten bewohnt, die für die Firma arbeiten. Eine dieser Wohnungen habe ich Señor Porqueres zur Verfügung gestellt.»

«Ohne ihn gesehen zu haben?»

«Ja. Für mich war der Wunsch von Señor Stuart Pedrell ein Befehl. Die Schlüssel deponierte ich beim Portier. Ich weiß allerdings nicht, ob dieser Herr dort noch wohnt. Señor Stuart Pedrell sagte mir, er würde die Miete direkt an die Zentrale überweisen.»

«Als Stuart Pedrells Tod bekannt wurde, haben Sie nicht nachgefragt, was aus Señor Porqueres geworden ist?»

«Wozu? Was hat denn das eine mit dem anderen zu tun? Außerdem hatte ich die Sache schon vergessen. Ich habe die Probleme von tausend Häusern im Kopf. Wissen Sie, wie viele Rohrleitungen täglich kaputtgehen? Wie viele Klos in einer Woche verstopft sind? Man könnte meinen, diese Häuser seien aus Pappe.»

«Haben Sie sie nicht selbst gebaut?»

«Ich habe nur ausgeführt, was mir aufgetragen wurde.»

«Ich komme im Auftrag von Señor Viladecans und Señora Stuart Pedrell. Ich muß unbedingt die Wohnung sehen, in der Señor Porqueres gelebt hat.»

«Sie können von mir aus zum Portier gehen, oder wenn Sie wollen, ziehe ich mich schnell um und begleite Sie.»

«Danke, das ist nicht nötig.»

«Ich gebe Ihnen ein kurzes Schreiben mit, das vereinfacht die Sache.»

Er begann drei- oder viermal von vorn, bis er eine befriedigende Formulierung gefunden hatte: Señor García, tun Sie, was der Herr verlangt, als hätte ich es selbst befohlen.

«Wenn Sie irgend etwas brauchen, wissen Sie ja, wo Sie mich finden. Wie geht es Seññor Viladecans? Immer unterwegs bei den Gerichten. Ich weiß nicht, wie er das aushält. Jedesmal, wenn es hier Ärger gibt, bekomme ich Depressionen. Und die Señora Stuart Pedrell? Welch ein Schicksalsschlag! Welch ein harter Schicksalsschlag! Ich hatte ja immer nur mit Señor Planas zu tun, hören Sie, der hat Köpfchen. Es sah erst so aus, als hätte er von nichts Ahnung, dabei hatte er alles im Kopf, vom ersten Spatenstich bis zum letzten Sack Zement. Es ist schon ein großes Werk. Man kann alles mögliche daran kritisieren, nicht wahr, aber diese Leute haben vorher in Baracken oder zu Untermiete gewohnt, mehr schlecht als recht, und jetzt haben sie wenigstens ein Dach über dem Kopf. Und die Wohnungen wären nicht so schnell ruiniert, wenn diese Leute richtig damit umgehen würden. Aber sie benehmen sich, als wären sie immer noch in ihren Baracken. Die ganzen Aufzüge sind kaputt, weil sie ständig mit Fußtritten bearbeitet werden. Mit der Zeit nimmt dieses Volk zwar etwas Kultur an, aber was das kostet, was das kostet!»

«Sie haben noch Glück gehabt, daß hier keine Zulus eingezogen sind.»

«Das ist gar nicht so witzig. Es gibt Neger hier, aus Guinea und anderen Ländern. Nicht in den Griff bekommt man das Problem mit den Untermietern. In manchen Wohnungen könnten bequem vier oder fünf Personen gesund leben, aber oft sind zehn oder zwanzig Leute zusammengepfercht. Sie sagen, es sei wegen der Miete, aber es ist genauso ihre eigene Faulheit. Jetzt habe ich den Papierkorb voll anonymer Briefe, die sich über illegale chilenische und argentinische Untermieter beschweren. Wo kommen denn diese Leute alle her? Ich habe die Sache jedenfalls an Señor Viladecans weitergegeben. Meine Geduld ist zu Ende.»

Der Portier García hatte dafür um so mehr Geduld: Er kam aus seiner Portiersloge geschlurft, als müsse er sich erst ganz langsam an Licht und Luft der Außenwelt gewöhnen. Bedächtig nahm er das Schreiben entgegen. Er studierte es wie eine Abhandlung über Gastroenteritis und sagte zu guter Letzt: «Das heißt also ...»

«Das heißt also, daß ich die Wohnung sehen will, in der Señor Antonio Porqueres gewohnt hat. Ist sie wieder besetzt?»

«Sie ist noch genauso, wie er sie verlassen hat. Mir hat keiner etwas anderes gesagt. Ich bin hier blind, taub und stumm, außer, wenn ich Anweisungen von oben bekomme. Kommen Sie herein!»

Der Portier beugte sich über die Schublade seines Tresen, als müsse er seine Wirbelsäule erst um Erlaubnis bitten. Sie reagierte nur zögernd. «Hier ist der Wohnungsschlüssel.»

«Ich möchte auch den für den Hauseingang.»

«Bleiben Sie über Nacht?»

«Ich weiß es noch nicht.»

«Es wird alles sehr schmutzig sein. Meine Tochter hat zwar vor einem Monat mal saubergemacht, aber weil mir doch niemand irgend etwas gesagt hat ... Die Sachen von Don Antonio sind in seinem Zimmer und im Bad. Alles übrige war schon drin, als er es gemietet hat. Gehen Sie allein, ich komme nicht mit. Ich kann mich kaum noch bewegen.»

Der Aufzug war mit Blechstücken geflickt. Er entließ ihn in einen beige gestrichenen Korridor, der von fettigem Staub verdunkelt war. Das Licht der Zwanzig-Watt-Birnen, die hinter den vergitterten Lampenhaltern des Kellergeschosses brannten, machte ihn auch nicht heller. Acht angefaulte graue Holztüren verschlossen die acht Wohnungen. Vor der Nummer 7-H blieb er stehen. Jemand hatte mit einem Schlüssel den Namen Lola in die Farbschicht geritzt. Die Tür verbog sich beim Öffnen wie eine Buchseite. Er riß ein Streichholz an, um den Zähler zu suchen. Er hing direkt in Augenhöhe vor ihm wie ein vollautomatisches Steuerpult. Er macht Licht in dem kleinen Vorflur, einem Nichts mit nackten, fleckigen Wänden. Dann gelangte er in ein Wohn- und Eßzimmer mit einer metallgerahmten Couchgarnitur, auf deren Bezügen schottische Landschaften abgebildet waren. Der schwarze Anstrich war abgeblättert, die schottischen Landschaften fleckig und ausgebleicht. Eine Stehlampe mit Wachspapierschirm und gedrechseltem Fuß. An der einen Wand ein Hufeisen, an der anderen eine valencianische Puppe, die ihren Busen mit dem Fächer bedeckte. Ein Fähnchen mit dem Namen einer Benzinmarke. Eine halbvolle Streichholzschachtel und ein Aschenbecher voller Stummel mitten auf dem Tisch. In einer Vitrine vier Sherrygläser und zwei Bücher: *‹Der Sinn der Ekstase›* von Alan Watts und *‹Die glücklichen Vierziger›* von Barbara Probst-Salomon. In einem Karton neben dem Klappbett entdeckte er noch mehr Bücher: *‹Sozialgeschichte der Psychiatrie›* von Klaus Dörner, *‹Die künstlichen Paradiese›* von Baudelaire, *‹Dialog zwischen Macchiavelli und Montesquieu in der Hölle›* von Maurice Joly, zwölf bis dreizehn Schulungshefte mit den Titel *‹Was heißt Sozialismus ... Kommunismus ... Imperialismus» usw.*, *‹Gesammelte Lyrik›* von Cernuda und *‹Die Struktur der modernen Lyrik›* von Friedrich. Als er das Bett herunterklappte, kamen gefaltete Laken und Decken zum Vorschein, die einen üblen Geruch von Feuchtigkeit verbreiteten. An der Wand des Schlafzimmers hing eine Karte des pazifischen Ozeans und der Küsten Amerikas und Asiens, wobei Asien das Maul aufsperrte, um Amerika in den Hintern zu beißen. Wieder überall Zeitungsausschnitte an den Wänden, vergilbt und fast unleserlich. Im Schrank ein dunkelgrauer Anzug aus einer Schneiderei in Hospitalet, eine Kombination aus derselben Werkstatt, Unterwäsche, eine Krawatte, ein Paar Sommerschuhe aus Segeltuch und Bast. Die Wüste in der Küche bewohnten ein halbes Durtzend Teller, die auf dem Ausguß standen, eine Kaffeekanne mit zwei Tassen, eine Dose mit verklebtem Zucker und eine andere mit gemahlenem Kaffee, der die Farbe verloren hatte. Im ausgeschalteten Kühlschrank war eine Scheibe Schinken wie durch ein Wunder mumifiziert und unversehrt geblieben. Ein Glas französischer Essiggurken mit Pfefferkörnern gab dem Ganzen eine exotische Note. Es stand ganz hinten im Kühlschrank, neben einem halben Pfund ranziger Butter in Stanniolpapier.

Im letzten kleinsten Zimmer der Wohnung fand er einen Karton mit Schuhcreme und Bürsten und einen anderen mit der Grundausstattung einer Hausapotheke: Aspirin, Jod, Tabletten, Wasserstoffperoxid, Alkohol, ein Hornhautschaber. Im Bad ein komplettes Handtuchset, eine Flasche Badeschaum von Legrain, Paris, ein Bimsstein, ein weißer Burnus, orientalisch anmutende Pantoffeln, ein sehr abgenutzter Scheuerlappen. Noch dreimal ging er die ganze Wohnung durch und registrierte alles, was er sah.

Dann verließ er die Wohnung, ohne den Zähler abzuschalten. Auf der Straße suchte er eine Telefonzelle. Die Zellen in der Nähe waren beide demoliert. Er ging in das Lokal mit den Weinen aus Jumilla. Der weiße Besitzer war allein und saß vor einem vollen Glas Likör. Er blickte nicht auf, sagte aber ja, als Carvalho fragte, ob er telefonieren könne. Er rief Biscuter an und bat ihn, nach Vallvidrera hinaufzufahren und Bleda etwas zu fressen zu geben.

«Ich habe nichts für einen Hund.»

«In Vallvidrera findest du genug. Was hast du für mich gekocht?»

«Kabeljau in Cidre.»

«Wo hast du den Cidre aufgetrieben?»

«Der Besitzer des Restaurants an der Ecke ist aus Asturien.»

«Gib ihr Kabeljau in Cidre. Aber entferne die Gräten sorgfältig!»

«Dem Hund? Kabeljau in Cidre für den Hund?»

«Man muß allmählich seinen Gaumen erziehen. Hat jemand nach mir gefragt?»

«Immer dieselbe.»

«Das Mädchen?»

«Das Mädchen.»

«Ich komme morgen frühzeitig ins Büro.»

«Soll ich es ihr sagen, wenn sie wieder anruft?»

«Nein. Paß mir mit den Gräten auf. Nicht daß der Hund eine in die Speiseröhre bekommt!»

«Muß das sein mit dem Kabeljau?»

«Mach, was du willst.»

«Kann ich Sie nicht irgendwo erreichen?»

«Ich habe leider meinen Kompaß nicht dabei, sonst könnte ich dir Längen- und Breitengrade durchgeben.»

Er schnitt Biscuter das Wort ab, als er noch einmal wegen Bledas Futter fragen wollte. Guten Appetit, Bleda. Erhebe dich durch eine gepflegte Küche zu der Welt der zivilisierten Menschen, und wenn ich sterbe, erinnere dich daran, daß ich dir eines Tages das Abendessen gab, das Biscuter mit Liebe für mich zubereitet hatte.

«Was bin ich schuldig?»

«Mir ist keiner etwas schuldig. Ich bin es, der bei aller Welt Schulden hat», antwortete ihm der Mann, vor sich hin starrend.

Carvalho suchte in den Straßen nach einer offenen Bar. Er bekam ein Sandwich mit Thunfisch und verzehrte eine Portion Kartoffeltortilla. Dann erstand er eine Flasche trockenen Weißwein ohne Stammbaum, ging zurück in Stuart Pedrells Wohnung und stellte den Heizlüfter an. Er ging unter die Dusche, seifte sich mit dem Badeschaum von Legrain, Paris, ein und hüllte sich in den muffig riechenden Burnus. Dann ging er in der Wohnung umher, bis er ihre Kälte wahrnahm, die Kälte eines Grabes ohne Leiche. Er prüfte die Sauberkeit der Laken und Decken und machte sich das Bett fertig. Die Flasche Wein leerte er, während er Seite um Seite die Bücher durchging, die Stuart Pedrell von seinem Schiffbruch gerettet hatte. Ihre Auswahl zeugte von einem intellektuellen Hunger, der Carvalho krankhaft erschien. Er fand aber nicht mehr als ein Zettelchen zwischen den Seiten der ‹*Gesammelten Lyrik*› von Cernuda.

Ich erinnere mich, daß wir den Hafen erreichten
Nach langer Irrfahrt und Schiff und Mole verlassend,
durch Gäßchen,
In deren Staub sich Blütenblätter und Fischschuppen mischten,
Gelangten wir zu dem Platz der Basare.
Groß war die Hitze und gering der Schatten.»

Das Gedicht war überschrieben mit ‹*Die Inseln*› und erzählte die Abenteuer eines Mannes, der auf eine Insel kommt, dort mit einer Frau schläft und dann über die Erinnerung und das Verlangen nachdenkt. «Ist nicht die Erinnerung die Impotenz des Verlangens?»

Carvalho schloß das Buch und machte das Licht aus. Er verkroch sich unter den Decken. Aus der Dunkelheit drangen Gerüche von abgestandener Luft auf ihn ein, entfernte Autogeräusche, eine Stimme, der tropfende Wasserhahn im Bad der Nachbarwohnung. Stuart Pedrell verbrachte in dieser Wohnung die Nächte eines langen Jahres. Er hätte nur weniger Kilometer zurückzulegen brauchen, um den Platz wieder einzunehmen, den er 50 Jahre lang eingenommen hatte. Statt dessen blieb er in dieser Dunkelheit, Nacht für Nacht, und spielte die Rolle eines Gauguin, der einem fanatischen Anhänger des sozialistischen Realismus in die Hände gefallen war, einem ignoranten Autor, der ihn für alle Sünden der herrschenden Klasse büßen ließ. Und dieser Autor war er selbst. Er lebte den Roman, den er nicht schreiben, und den Film, den er nicht drehen konnte. Aber für welches Publikum? Wer sollte am Ende applaudieren oder pfeifen? Er selbst. Er ist ein leidender Narziß, hatte der Marqués de Munt gesagt. Es bedurfte schon einer großen Portion Selbstverachtung, um Nacht für Nacht diese anonyme, dumpfe Einsamkeit zu ertragen. Carvalho hatte lange Zeit gebraucht, um einzusehen, daß es sich lohnte, für sich allein zu kochen. Um so schwerer fiel es ihm zu begreifen, wie ein Mensch seine Rolle für sich allein so verfälschen konnte, ohne je einen Zuschauer oder Zuhörer zu haben. «Hast du dich wenigstens im Spiegel betrachtet, Stuart Pedrell?» Er sprang aus dem Bett, ging ins Badezimmer, machte Licht und schaute in einen Spiegel, der von Wasser- und Zahnpastaspritzern bedeckt war. «Wie alt du bist, Carvalho!» Er riß einen Streifen Klopapier ab und ging wieder zu Bett. Er dachte an die Witwe Stuart Pedrell und onanierte hastig, wie früher auf dem Schulabort oder hinter einem Baum. Dann wischte er sich mit dem Klopapier ab, ließ es zerknüllt zu Boden fallen und schlief ein, erfüllt von der Überraschung, wie sehr sich der Geruch von Sperma und der von leeren Gräbern gleichen.

Nach zwei Stunden erwachte er wieder. Es dauerte eine ganze Weile, bis er wußte, wo er sich befand. Er versuchte, wieder einzuschlafen, aber der muffige Geruch und die Steifheit der Laken, die zu lange nicht benutzt worden waren, gingen ihm auf die Nerven. Er stand auf und machte sich Kaffee. Was kann man in San Magín um fünf Uhr morgens machen? Den Bus zur Arbeit nehmen. Als er die Tasse ausgetrunken hatte, fiel ihm ein, daß Ana Briongos bald den Bus zur SEAT-Fabrik nehmen müßte. Er trank den Kaffee aus, überlegte hin und her, schließlich öffnete er das Glas mit den sauren Gurken und probierte eine davon. Widerlich. Der Aufzug kam langsam zu ihm heraufgekrochen wie ein Wurm in seiner Höhle, in die er für immer eingesperrt ist. Die Gehwege waren leer, nur am Ende des Blocks bewegten sich einzelne menschliche Gestalten zielstrebig zum Ausgang des Viertels. Er ging schneller, um die Frühaufsteher einzuholen. Ein Junge mit schwarzer Lederjacke sagte ihm, daß die SEAT-Busse von dem Platz mit dem Obelisken abfahren, jenem Obelisken mit der Inschrift «Eine neue Stadt für ein neues Leben». Dort standen schon zwei blaue Busse, das Licht im Innern beleuchtete die Gesichter der ersten Fahrgäste und umgab sie mit einer häuslichen Wärme, die zu der feindlichen Kälte des frühen Morgens in krassem Gegensatz stand.

«Sie nimmt immer den hinteren», sagte ihm der Fahrer des ersten Busses. «Nein, sie ist noch nicht da. Dieses Mädchen fährt erst mit dem nächsten Bus, der geht in einer Stunde.»

«Wissen Sie vielleicht, wo sie wohnt?»

«Nein, aber sie kommt immer von dort drüben, aus dieser Richtung.»

Schweigend füllten sich die Busse, und Carvalho sah ihrer Abfahrt zu, als sei er der Besitzer von San Magín, der seine Argonauten ausschickt, um ihm das Goldene Vlies zu holen. Sollte er durch erwachende Viertel gehen oder in Stuart Pedrells Wohnung zurückkehren? Er wählte die dritte Möglichkeit und blieb da, wo er war. Aber nach einiger Zeit zwang ihn die Kälte, sich auf die Suche nach einer Bar für die Früharbeiter zu machen. Dies beschäftigte ihn eine halbe Stunde. Umsonst. Immerhin lernte er dadurch ein neues Stück der Vorstadt kennen. Die Betonfronten begannen sich zu beleben. Hier und da gingen Lichter an. Hinter den Blöcken ging die Sonne auf, und ihr Glanz umgab Schultern und Haupt der grauen Giganten mit einer strahlenden Aura.

Er kehrte zu seinem Ausgangspunkt zurück, damit er noch mit Ana Briongos reden könnte, falls sie früh genug kommen sollte. Die leeren Busse warteten. Jetzt kamen Arbeiter in größeren Gruppen an. Durch die Helligkeit ermuntert, unterhielten sie sich und lachten. Ana Briongos kam näher, wuchs und nahm die Gestalt einer kleinen, kräftigen jungen Frau mit großflächigen braunen Gesichtszügen an. Ihr Haar hatte ein Friseur des Viertels verschandelt. Am Aufschlag ihres Mantels steckte eine alte Plakette «Für Meinungsfreiheit» und ein Emblem der Atomkraftgegner. Ruhig erwiderte sie den Blick des Mannes, der sie um sechs Uhr früh fragte, ob sie Ana Briongos sei.

«Ja. Und wer sind Sie?»

«Ich bin auf der Suche nach einem Verwandten, der verschwunden ist. Ich habe die halbe Stadt auf den Kopf gestellt und endlich herausgefunden, daß er hier gelebt hat. Erkennen Sie ihn?»

Sie betrachtete mit einem Auge das Foto, mit dem anderen Carvalho, und wollte weitergehen. «Bedaure. Mein Bus fährt gleich.»

«Erst in zehn Minuten. Ich verstehe, daß jetzt nicht die richtige Zeit ist. Ich würde gerne später mit Ihnen sprechen, vielleicht zur Essenszeit?»

«Ich esse in der Fabrik, wenn die Schicht zu Ende ist.»

«Und dann?»

«Habe ich zu tun.»

«Den ganzen Tag?»

«Ja.»

«Ich werde bei Schichtende auf Sie warten.»

«Ich habe Ihnen doch schon gesagt, daß ich diesen Mann nicht kenne.»

«Vielleicht haben Sie sich das Bild nicht richtig angesehen. Ich habe gehört, daß sie sich kannten und zusammen ausgingen, und ich weiß es von einem alten Gewerkschaftsveteranen, einem Kommunisten von der Sorte, die nicht lügen, außer wenn Moskau es befiehlt.»

«Was bilden Sie sich eigentlich ein? Also gut, ich kenne ihn, und je eher wir diese Geschichte hinter uns bringen, desto besser.»

«Sie verpassen Ihren Bus.»

«Für das, was ich zu sagen habe, reicht die Zeit noch. Dieser Señor heißt Antonio. Er hat hier gewohnt. Wir haben uns kennengelernt, uns ein paarmal getroffen, und eines schönen Tages war er verschwunden. Das ist alles.»

«Er ist von hier verschwunden, aber in einer Baugrube wieder aufgetaucht. Erstochen.»

Sie wandte ihr Gesicht ab, um ihre Tränen zu verbergen, drehte

Carvalho den Rücken zu und begann hemmungslos zu schluchzen. Eine Freundin ging schnell zu ihr hin. «Was hast du?»

«Nichts, ich komme gleich.»

Sie hatte sich wieder umgedreht und blickte Carvalho in die Augen. Die paar Tränen hatten genügt, um ihre Nase zu röten, und ihre vollen Lippen zitterten, als sie sagte: «Heute abend um sieben hier auf dem Platz.» Sie setzte sich im Bus neben ihre Freundin und erklärte ihr etwas, das mit Carvalho zu tun hatte, denn das andere Mädchen hörte zu, nickte und drehte sich aufgeregt nach ihm um. Der Detektiv machte kehrt, überquerte den Platz und ging zum Eingang der U-Bahn, ließ sich vom Strom der Menschen mitziehen, die die ausgetretenen Metallstufen hinabgingen, ausgetreten von Millionen müder Schritte, die belastet waren von der Erkenntnis, daß ein Tag dem andern gleicht.

«Du hättest gleich in einer Bank anfangen sollen, als du noch jung warst. Da hättest du jetzt schon beinahe deinen Rentenanspruch.»

Das hatte ihm sein Vater ein paar Tage vor seinem Tod gesagt und damit das ewige Lamento wiederholt, mit dem er Carvalho seit dem Tag verfolgte, an dem dieser ihm klargemacht hatte, daß er ohne Lorbeerkranz aus der Universität, dem Gefängnis, seinem Land und schließlich aus dem Leben gehen würde. Carvalho hörte sich diese Klagen mit Empörung an, bis er dreißig war, dann mit Gleichgültigkeit und in den letzten Jahren mit Zärtlichkeit. Sein Vater wollte ihm ein Testament mit Sicherheiten hinterlassen. Sicherheit, das hieß zweimal täglich U-Bahn oder Bus fahren, zur Arbeit hin und wieder zurück.

Carvalhos U-Bahn näherte sich dem Herzen der Stadt, er stieg auf dem Paralelo aus, überquerte diese einsame, bucklige Straße und ging weiter zu den Ramblas.

Er begrüßte manche Ecken, die er kannte, als sei er von einer weiten Reise zurückgekehrt. Die häßliche Armut des Chinaviertels besaß eine historische Patina. Sie hatte nichts gemein mit der häßlichen Armut, die serienmäßig hergestellt wurde von serienmäßig hergestellten Spekulanten, serienmäßigen Herstellern der serienmäßig hergestellten Trabantenstädte. Lieber eine schmutzige Armut als eine mittelmäßige. In San Magín lagen keine Betrunkenen vor den Eingängen und wärmten sich an dem Luftzug, der aus finsteren Treppenhäusern kam. Aber das war keine Errungenschaft des Fortschritts, sondern das glatte Gegenteil. Die Einwohner von San Magín konnten sich diese Selbstzerstörung einfach nicht leisten, sie mußten erst einmal das ganze Geld zurückzahlen, das ihre Wohnlöcher in dieser neuen Stadt für ein neues Leben gekostet hatten. Carvalho betrat leise sein Büro. Biscuter schnarchte auf dem Feldbett, das er jeden Abend aufschlug, wenn er die Speisen vorbereitet hatte, mit denen er Carvalho am nächsten Tag überraschen wollte. Er schlief auf der Seite, ein Auge stand offen. Die blonden, schlaffen Haarsträhnen standen von seinem Hinterkopf ab wie mißgebildete Hörner, die ihren richtigen Platz verfehlt hatten.

«Sind Sie's, Chef?» fragte er mehr mit dem offenen Auge als mit dem Mund, der zu schnarchen aufgehört hatte.

«Kein anderer. Du machst ein Konzert! Wie kann man nur so schnarchen!»

«Wenn ich wach bin, Chef ...» Und er schnarchte weiter.

Carvalho stieg über das Bett und wollte Kaffee aufsetzen. Aber Biscuter stand schon neben ihm und rieb sich die wimpernlosen, vorquellenden Augen. Er lächelte ihn an wie ein häßlicher Engel, den man in ein gelbes Pyjamafutteral gesteckt hatte.

«Die ganze Nacht rumgetrieben, Chef? Sie machen es richtig. Die Verrückte hat wieder angerufen, und Charo und eine Dame, die wie eine Dame sprach ... Ich hab ihren Namen auf dem Block notiert.»

Carvalho stellte fest, daß die damenhafte Stimme der Witwe gehörte. Sie lud ihn zu einem Apéritif im *Vía Véneto* ein.

«Was wird gefeiert?»

«Die Wahl von Señor Planas zum Vizepräsidenten der CEOE. Die Señora Stuart Pedrell hat sonst keine Zeit. Vergessen Sie nicht, eine Krawatte anzuziehen. Im *Vía Véneto* sind sie sehr genau.»

Die Sekretärin erinnerte ihn noch einmal daran, daß das Treffen um ein Uhr stattfinden sollte.

«Hast du irgendeine Krawatte, Biscuter?»

«Ja, ich habe eine, meine Mutter hat sie mir vor zwanzig Jahren geschenkt.»

«Die ist gut genug für mich.»

Biscuter kam mit einer länglichen Pappschachtel an. Sie war mit

Mottenkugeln gefüllt, und darunter schlief wie Dornröschen die Krawatte, blau mit weißen Tupfen.

«Sie stinkt.»

«Ich hänge aber daran. Es ist ein Erinnerungsstück.»

«Häng dein Erinnerungsstück lieber vors Fenster und laß es ein wenig auslüften. Wenn ich mit diesem Duft auf die Straße gehe, werde ich sofort ins Krankenhaus gebracht, wegen Ansteckungsgefahr.»

«Solche Sachen halten sich aber nur mit Mottenkugeln.»

Biscuter machte ein Fenster auf, spannte eine Schnur in die Öffnung und hängte die Krawatte daran auf, wobei er sie mit Wäscheklammern mehr liebkoste als festklemmte. Carvalho rief im Hause Stuart Pedrell an.

«Nein, bitte wecken Sie die Señorita Yes nicht. Sagen Sie ihr nur, daß ich angerufen habe. Ich erwarte sie um zwei Uhr im Restaurant *Río Azul* in der Calle Santaló.» Kaum hatte er aufgelegt, begann das Telefon zu klingeln. Die Stimme eines lyrischen Tenors säuselte: «Ist dort ein Privatdetektiv?»

«Jawohl.»

«Ich möchte Sie in einer vertraulichen Sache konsultieren.»

«Hat Ihre Frau Sie verlassen?»

«Woher wissen Sie ...?»

«Intuition.»

«Ich möchte nicht am Telefon darüber sprechen. Es ist eine sehr delikate Angelegenheit.»

«Kommen Sie in mein Büro, jetzt gleich.»

«In einer Viertelstunde bin ich da.»

Biscuter blickte ihn erstaunt an, als er auflegte. «Wie haben Sie das erraten?»

«An der Stimme. Etwa 90 Prozent dieser Stimmen gehören Ehemännern, denen die Frau davongelaufen ist.»

Biscuter ging einkaufen. Carvalho zeichnete geblümte Monster auf ein Blatt Papier. Der Mann klingelte sozusagen unhörbar. Ein zerknitterter Anzug hing um seine nicht weniger zerknitterte Gestalt. Die Glatze war mustergültig, und seine Stimme lag zwischen Tenor und Sopran. Es gibt Menschen, die sehen schon von Geburt an wie ein verlassener Ehemann aus, dachte Carvalho, obwohl, das schlimmste ist, überhaupt wie ein Ehemann auszusehen.

Schon nach der ersten Frage, die Carvalho ihm stellte, kamen ihm die Tränen. Als er herausgebracht hatte, daß seine Frau blond sei und Nuria heiße, brach er zusammen.

«Trinken Sie ein Glas. Es ist Weinbrand.»

«Ich trinke nicht am frühen Morgen.»

«Um diese Zeit schläft man normalerweise noch. Möchten Sie ein Sandwich? Vielleicht habe ich noch Kabeljau in Cidre.»

Der Mann hatte die zum Lüften aufgehängte Krawatte entdeckt und starrte sie mit einem Auge an, während er mit dem anderen Carvalho beobachtete.

«Ich bin ein bescheidener Brotfabrikant. Ich habe eine kleine Fabrik.»

Absolut widerlich. Wie konnte man nur eine Brotfabrik haben?

«Es liegt mir im Blut. Meine Eltern hatten eine Bäckerei in Sants, und ich bin in diesem Metier geblieben. Was soll ich sagen! Es ist mein Leben.»

«Ist Ihre Frau auch Bäckerin?»

«Sie hilft bei der Buchführung. Aber sie stammt aus einer besseren Familie. Ihr Vater war Richter.»

«Wissen Sie, wo sie jetzt ist?»

«Ich habe einen bestimmten Verdacht.»

«Wo?»

«Es ist sehr peinlich für mich.»

«Sie wissen nicht nur, wo, Sie wissen sogar, bei wem sie ist!»

«Ja. Verstehen Sie doch, es ist sehr peinlich für mich. Sie ist in einer der Straßen hier in dieser Gegend. Sie ist mit dem Señor Iparaguirre gegangen, einem baskischen Pelotaspieler, der sich als Werweiß-was aufspielt.»

«Als was?»

«Oh! Fragen Sie nicht! Verrücktes Zeug. Ich weiß nicht, was Frauen an solchen Typen interessant finden.»

«Aber als was spielt er sich auf? Sagen Sie es mir.»

«Als einer von der ETA. Sie verstehen schon. Er wohnte als Untermieter in einer Wohnung des Hauses, in dem sich die Zentrale meiner kleinen Fabrik befindet, und er hat sich immer gern mit mir oder meiner Frau unterhalten. Wenn es wahr ist, daß die Basken so mutig sind, wenn das stimmt, dann stimmt es aber auch, daß sie sich gleich wie Kirk Douglas oder Tarzan fühlen, wenn sie ein paar Bomben geworfen und ein paar Unschuldige getötet haben.» Er lachte weinerlich über seinen Scherz.

«Sie haben Glück, sie hätte auch mit einem von der GRAPO gehen können.»

«Wieso Glück?»

«Mit der ETA ist es etwas besser. Das ist nun schon der zweite Fall, daß ein Ehemann an der Nase herumgeführt wird von einem, der sagt, er sei von der ETA.»

«Und es stimmt nicht?»

«Nein.»

«Was für ein Gesindel!»

«Zum Anbändeln ist jedes Mittel recht. Als ich jung war, brauchte man nur die Stimme etwas zu senken und von Politik zu reden: Schon hatte man Chancen. Heute sind die Frauen anspruchsvoller, sie verlangen stärkere Sensationen.»

«Aber meine Nuria hat sich nie um Politik gekümmert. Und hören Sie, ihr Vater, ein Rechter, ein Ultrarechter, war einer von den Richtern, die die Nationalen eingesetzt haben, und, *madre mía*, was die alles auf dem Gewissen haben. Wie kommt sie denn plötzlich auf so etwas? Ich übrigens auch nicht. Mich interessiert die Politik auch nicht. Ich verdiene mein Brot auf anständige Weise.»

«Nun gut. Sie wissen also, wo sich Ihre Frau befindet und mit wem sie zusammen ist. Was wollen Sie dann von mir?»

«Daß Sie zu ihr gehen und ihr klarmachen, daß sie unrecht tut. Sie hat die Kinder verlassen. Zwei Mädchen.»

Wieder Tränen.

«Ich kann leider erst in ein paar Tagen für Sie tätig werden. Man muß ihr Zeit lassen.»

«Aber wenn wir zu lange warten ...»

«Was dann?»

«Das ist unmoralisch!»

«Das Unmoralische ist schon geschehen. Man muß der Sache Zeit lassen, um die Moral wiederherzustellen.»

«Ich zahle jede Summe.»

«Das hoffe ich.»

«Hier ist mein Personalausweis. Bitte betrachten Sie mich nicht nur als Ihren Kunden, sondern als Freund. Und was soll ich den Kleinen sagen?»

«Was haben Sie ihnen denn bis jetzt gesagt?»

«Daß ihre Mutter nach Zaragoza gefahren ist.»

«Warum nach Zaragoza?»

«Weil sie öfter dorthin fährt.»

«Was macht sie in Zaragoza?»

«Wir kaufen dort bei Großhändlern unser Mehl und verkehren auch privat mit ihnen. Ich weiß nicht recht, ich dachte schon, ich sollte ihnen sagen, daß ... In solchen Momenten passieren einem die unmöglichsten Dinge ...»

«Was wollten Sie sagen?»

«Daß sie tot ist.»

Seine Augen glühten, er blickte Carvalho wild, ja heroisch an, als zeige er ihm gerade den Dolch, mit dem er die Ehebrecherin erstochen hatte.

«Sie wird eines schönen Tages zurückkommen, und die Kinder werden den geringsten Schaden davon haben. Bei den Pelotaspielern dauern die Affären nie lange.»

«Er ist kein Saisonspieler. Ich glaube, er hat einen festen Vertrag mit einem Verein in Barcelona.»

«Das ist ein launisches, flatterhaftes Volk. Sie sagten, sie sind in diesem Stadtteil?»

«Ja.»

«Woher wissen Sie das?»

«Vor zwei Monaten unterhielt sich der Baske plötzlich nicht mehr mit mir, und Nuria kam immer zu spät nach Hause oder ins Büro. Eines Tages hielt ich es nicht mehr aus und folgte ihr. Sie traf sich mit diesem Mann hier ganz in der Nähe. Auf dem Platz mit dem Denkmal. Sie gingen zu einer zwielichtigen Pension und stiegen die Treppe hoch. Ich fragte den Portier, ob der Baske hier wohnte, und er nickte. Ich nehme an, jetzt sind sie beide dort. Ich gebe Ihnen die Adresse und lege mein Schicksal in Ihre Hände, koste es, was es wolle. Ich weiß den Wert guter Arbeit zu schätzen. Wollen Sie einen Scheck? Zehntausend? Zwanzigtausend?»

«Es macht fünfzigtausend.»

«Fünfzigtausend?» wiederholte der Mann und schluckte, aber dann griff er nach seiner Brieftasche.

«Bezahlen Sie später. Eine Woche, nachdem Ihre Frau wieder zu Hause ist, dann können Sie mir das Geld bringen.»

Seine Höflichkeit war jetzt so überschwenglich wie vorher seine Niedergeschlagenheit. Als Carvalho die Tür hinter ihm schloß, sagte er zu sich selbst: Nuria, ich gebe dir noch ein paar Tage zur Erholung. Du hast Ferien von der Ehe verdient. Er vermerkte in seinem Terminkalender den Tag, an dem er die arme Ehefrau aus den Klauen des Terroristen befreien mußte. Dann befreite er die Krawatte von ihrem Galgen und schnüffelte daran. Der Gestank hatte sich etwas verflüchtigt. Biscuter trat in dem Moment ein, als Carvalho mit der Krawatte kämpfte wie mit einer Schlange, die sich um seinen Hals gelegt hatte.

«Biscuter, ich schaff's nicht.»

«Vorsichtig, Chef, vorsichtig, Sie machen sie mir noch kaputt.» Und Biscuter knüpfte ihm den Knoten mit virtuosen Künstlerfingern.

«Schauen Sie sich jetzt im Spiegel an. Sie steht Ihnen hundertprozentig.»

Der Zar war nicht anwesend, aber das Lokal hätte den Ansprüchen des Zaren aller Reußen Genüge getan. 200- oder 300 Männer mit Schlips oder Kragen, die Gesichter kunstvoll modelliert von einem Bildhauer, der sich auf Direktoren und Aufsichtsratsvorsitzende spezialisiert hatte. 50 Frauen, die tagtäglich einen harten, unnachgiebigen Kampf gegen die Zellulitis, die Krampfadern und die Verkehrspolizei führten. Etwa 30 Kellner mit Tabletts servierten Kanapees. Gelangweilte Hände griffen zu, aber die Kinnbacken verschlangen unerbittlich kleine Stückchen vom Paradies, den Quadratmillimeter zu 200 Pesetas: Russischen Kaviar, asturianischen Lachs, Datteln in Schinken gewickelt, Tortilla mit Scampi auf einem Mayonnaisefeld, Ölsardinen aus Kalamata, russisches Flußkrebspüree mit französischer Sauce.

«Alkoholfrei», bestellten die meisten, während sie sich mit einer Hand über die Körpermitte strichen, an der ein Masseur seinen Klassenhaß ausgetobt hatte. Alkoholfreies Bier, alkoholfreien Wermut, alkoholfreien Wein, alkoholfreien Sherry, alkoholfreien Whisky ...

«Einen Whisky mit Alkohol», bestellte Carvalho, und der Kellner holte eine Flasche Whisky mit Alkohol.

«Das ist alkoholhaltiger Whisky», sagte er zu der Witwe, als stellte er ihr einen Fremden vor. Sie trug einen Turban aus malvenfarbener Seide, der ihre Ähnlichkeit mit Maria Montez und Jeanne Moreau unterstrich.

«Ich muß Sie unbedingt sprechen, leider war es zu keiner anderen Zeit möglich.»

«So habe ich Gelegenheit, Señor Planas zu gratulieren.»

«Das ist Ihr Problem. Mein Problem ist, daß ich darauf warte, von Ihnen über den Stand der Dinge informiert zu werden, und Sie lassen nichts von sich hören.»

«Es gibt praktisch nichts zu berichten. Ich kann nicht in ein paar Stunden ein Problem lösen, das seit über einem Jahr besteht.»

«Mit wem haben Sie gesprochen?»

Er verschwieg alles, was mit San Magín zusammenhing. Sie zeigte keine Bewegung, als er die Namen Lita Vilardell und Nisa Pascual erwähnte.

«Sergio Beser? Wer ist Sergio Beser?»

«Er hat sich auf ‹*Die Regentin*› spezialisiert, einen Roman von Clarín. Aber er ist auch ein Kenner der italienischen Literatur.»

«Warum haben Sie ihn aufgesucht?»

«Ich bin nicht allwissend. Lyrik ist nicht meine starke Seite, und Ihr Gatte war ein begeisterter Verehrer der Poesie.»

«Kommen Sie zur Sache. Was hat das Gespräch ergeben?»

«Nichts und auch sehr viel.»

«Wann werden Sie endlich etwas wissen? Ich gehe davon aus, daß Sie mich als erste über alles in Kenntnis setzen. Lassen Sie die anderen Kandidaten oder Kandidatinnen aus dem Spiel, zum Beispiel meine Tochter. Nicht sie, sondern ich habe Sie engagiert.»

«Der Verbrecher kehrt immer zum Ort des Verbrechens zurück.»

Mit diesen Worten schaltete sich Planas in das Gespräch ein.

«Erwartet Señor Carvalho etwa, bei uns das zu finden, wonach er sucht?»

«Ich habe ihn kommen lassen. Es gab keine andere Möglichkeit, mit ihm zu reden.»

«Ich habe Ihnen immer noch nicht gratuliert.»

«Danke. Wie ich schon in meiner Antrittsrede gesagt habe, dies ist ein Amt, dem man dienen muß, nicht eines, dessen man sich bedienen darf.»

«Du brauchst hier keine Rede zu halten.»

«Ich muß es mir so lange wiederholen, bis ich selbst daran glaube.»

Damit ging er wieder dorthin, wo er hergekommen war, ein Glas

Fruchtsaft in der Hand. Er wurde lange und ausgiebig umarmt von dem Marqués de Munt, der in der Admiralsuniform eines Landes ohne Flotte erschienen war. Der Marqués nahm Planas beiseite, um sich lächelnd und säuselnd mit ihm zu unterhalten, wobei der hochgewachsene, greise Marqués dem Wahlsieger die Hände auf die Schultern legte. Während des Gesprächs blickte sich Planas einen Moment lang nach Carvalho um, und der Blick des Marqués bekam eine gewisse kritische Härte, als er den Detektiv entdeckte.

«Man sieht sich nach uns um.»

«Na und?»

«Wenn in einem Film der Held zur Heldin sagt: ‹Man sieht sich nach uns um›, muß sie in ein helles Lachen ausbrechen, ihn bei der Hand nehmen und mit ihm in den Park gehen.»

«Hier sieht sich jeder nach jedem um.»

«Ja, aber nicht offen. Ihre beiden Partner dagegen, Planas und der Marqués de Munt, tun es ganz offen und kommen sogar zu uns herüber.»

«Carvalho, Sie trinken keinen Weißwein? Haben Sie Ihre Marke hier nicht bekommen?»

«Sie trinken ja auch keinen.»

«Nein, ich trinke etwas Heterodoxes, das ich in Portugal entdeckt habe. Einen Portwein mit einem kleinen Eiswürfel und einer Scheibe Zitrone. Das ist besser als jeder Wermut. Seine Königliche Hoheit der Graf von Barcelona, dem ich in seinem Rate zu dienen die Ehre hatte, verriet mir das Rezept während einer dieser endlosen Sitzungen im Estoril. Isidro, du mußt deine Diät absetzen, wenn auch nur für einen Augenblick, und davon kosten. Señor Carvalho, dieser Mann ist unmöglich. Wenn er Diät macht, macht er Diät, und wenn er Gymnastik treibt, treibt er Gymnastik.»

Mit dem Handrücken tätschelte er Planas' Wange, und diese Wange wich mit ebensoviel Natürlichkeit wie Schnelligkeit zurück.

«Mima, du siehst bezaubernd aus. Du wirst von Tag zu Tag jünger. Als ich dich von weitem sah, dachte ich: ‹Wer ist diese strahlende Schönheit?› Wer hätte es anderes sein können?»

«Señor Planas, Señor Ferrer Salat läßt Sie zu sich bitten.»

Es wurde still im Saal. Der Präsident der «Unternehmerpartei» sprach und beglückwünschte sich dazu, einen so effizienten, hartnäckigen und intelligenten Mann wie Isidro Planas an seiner Seite zu haben. Planas lauschte aufrecht, die Hände auf dem Rücken verschränkt, das Haupt hoch erhoben. Zwischendurch ließ er es auf die Brust sinken, vor allem dann, wenn er über Anspielungen oder ironische Seitenhiebe von Ferrer Salat grinsen mußte. Der Applaus war kurz, aber heftig, genau den Gegebenheiten des Ortes und den Umständen angemessen. Planas trat an das Rednerpult, sein Kopf schwankte hin und her, als kämen die Worte über eine hydraulische Pumpe aus seinem Innern.

«Ich werde mich bei niemanden dafür entschuldigen, daß es mich gibt. Wir Unternehmer müssen aufhören, uns für unser Dasein zu entschuldigen. Der größte Teil des Wohlstands, den wir erreicht haben, ist das Resultat unserer Mühe und Arbeit, und dennoch! Was sind das für Zeiten, in denen man das Gefühl hat, man muß sich dafür schämen, daß man Unternehmer war oder ist! Ich wiederhole: Ich werde mich bei niemanden dafür entschuldigen, daß ich geboren wurde, und ich bin zum Unternehmer geboren!»

Applaus. Munt benutzte die Gelegenheit, um sich zu Carvalho hinüberzubeugen und ihm ins Ohr zu flüstern: «Was für ein Demagoge! Sie sind unverbesserlich. Wir werden nie über die Rhetorik hinausgelangen.

Und du, Mima? Willst du nicht für die Wahlen der Vereinigung weiblicher Unternehmer kandidieren?»

Die Augen der Witwe tadelten den Marqués milde. Carvalho fühlte auf seinen Schultern den alten, hohlen Arm des Marqués, roch sein Sandelparfum und fühlte sich verstrickt in ein Netz von Vertraulichkeiten und wohlerzogener Heuchelei.

«Sie sind mein Freund, Carvalho. Sind Sie mit Ihrer Untersuchung vorwärts gekommen? Ich habe noch einmal über unser Gespräch nachgedacht. Vielleicht war es gar nicht so dumm, was ich da über den Plan gesagt habe, an die Universität zu gehen. Mir fiel plötzlich ein, daß Stuart davon sprach, er wolle ein sehr großzügiges amerikanisches Stipendium beantragen, das es ihm erlauben würde, sich nach Belieben in den USA aufzuhalten, um Sozialanthropologie zu studieren, glaube ich. Er war begeistert vom Mittleren Westen. Aber das war vor dem Südseeprojekt. Nicht wahr, Mima?»

«Zwischen dem Stipendium und der Südseegeschichte hatte er noch den Plan, nach Guatemala zu gehen, um die Kultur der Maya zu erforschen.»

«Alle vierzehn Tage eine neue Idee! Aber das mit der Südsee war etwas anderes. Göttlich, Isidro, einfach göttlich!»

Planas ließ sich von dem Marqués auf die Schulter klopfen.

«Essen wir zusammen, Mima, Señor Carvalho? Mit dir rechne ich nicht mehr, Isidro, du wirst mit deinem Chef essen wollen, nehme ich an.»

«Ja, ein Arbeitsessen. Morgen fliegen wir nach Madrid zum Empfang bei Abril Martorell.»

«Dein Kreuzweg beginnt. Und was ist mit euch?»

«Ich habe eine Verabredung.»

«Ich esse mit dir, wenn du mich noch zwei Minuten mit meinem Detektiv allein läßt.»

«Ich darf die Beste aus der Gruppe mitnehmen. Das macht mich ungeheuer glücklich, Mima.»

«Sind Sie immer so?»

«Wie?»

«So verlogen.»

«Lassen Sie jeden sein Spiel spielen, wie er will. Ich möchte, daß Sie alle Ihre fünf Sinne auf das konzentrieren, was Ihre Aufgabe ist. Ich will so schnell wie möglich Ergebnisse sehen. Nichts und niemand darf Sie ablenken.»

«In fünf Minuten bin ich mit Ihrer Tochter verabredet.»

«Das meinte ich unter anderem.»

«Ich dränge mich ihr nicht auf.»

«Es gibt viele Arten, Kontakt zu suchen oder nicht zu suchen, aber nur eine, ihn zu vermeiden. Ich will alle 48 Stunden einen Bericht haben.»

«Über die Sache mit Ihrer Tochter?»

«Spielen Sie hier nicht den Witzbold.»

Yes wartete. Sie saß auf einem Stuhl, der vom Tisch weggerückt war, Knie und Füße zusammen, die Hände umklammerten die Stuhlkanten, und sie wartete auf ein Zeichen, das sie befreite und ihr erlaubte aufzustehen. Dieses Signal war Carvalhos Erscheinen. Sie erhob sich unsicher. Dann stürzte sie hastig auf ihn zu und küßte ihn auf die Wangen. Carvalho nahm sie am Arm, machte sich von ihr los und setzte sich an den Tisch.

«Endlich!» sagte sie, als sei er aus einem langen Krieg heimgekehrt.

«Ich komme gerade von deiner Mutter und ihren Geschäftspartnern.»

«Was für ein Horror!»

«Es gibt Schlimmeres. Deine Mutter hat mich im Verdacht, ein Sittenstrolch zu sein, der dich verführen und im Orient verkaufen will.»

«Und – bist du einer?»

«Nicht mehr. Ich möchte, daß zwischen uns alles ganz klar ist. In einer Woche etwa ist meine Arbeit zu Ende. Ich werde deiner Mutter meinen Bericht abliefern, kassieren und mich mit einem neuen Auftrag beschäftigen, wenn ich einen bekomme. Du und ich werden keine Gelegenheit mehr haben, einander zu sehen. Geschweige denn eine Beziehung aufrechtzuerhalten. Wenn du es gut findest, in dieser Woche ab und zu mit mir ins Bett zu gehen, das würde mir sehr gut gefallen. Aber mehr nicht. Auch in Zukunft nicht. Es gehört nicht zu meinen Aufgaben, mich mit sensiblen Jugendlichen zu beschäftigen.»

«Eine Woche. Nur eine Woche! Ich möchte die ganze Zeit mit dir zusammen sein.»

«Du hast in deinem Leben noch nie etwas Schlimmes erlebt, das merkt man dir an.»

«Und es ist nicht meine Schuld, daß mir nie etwas Schlimmes passiert ist, wie du sagst. Wer ist in deinen Augen überhaupt gut genug? Wen läßt du überhaupt gelten? Die Leute, die von Geburt an leiden? Eine Woche. Dann gehe ich und falle dir nie mehr auf die Nerven, das verspreche ich.»

Sie hatte über den Tisch weg Carvalhos Hand ergriffen, und der Kellner mußte sich räuspern, um ihre Aufmerksamkeit wieder auf die Karte zu lenken.

«Irgendwas.»

«In einem China-Restaurant kann man nicht ‹irgendwas› bestellen!»

«Bestell du etwas für mich.»

Carvalho wählte eine Portion gebratenen Reis, zwei Frühlingsrollen, Abalone, Langusten und Kalbfleisch in Austernsauce. Yes hatte den Kopf auf die Hand gestützt, während sie lustlos im Essen herumstocherte. Carvalho überwand den Ärger, der ihn in Gesellschaft eines lustlosen Essers immer überkam und entschuldigte die innerliche Abwesenheit von Yes.

«Meine Mutter will mich wieder nach London schicken.»

«Ausgezeichnete Idee.»

«Wozu? Ich kann die Sprache, und das Land kenne ich auch gut genug. Sie will mich nur aus dem Weg haben.»

Carvalho aß weiter, als spreche sie nicht mit ihm.

«Sie hat ihn umgebracht.»

Carvalho kaute langsamer.

«Das sagt mir meine Intuition.»

Carvalho kaute wieder schneller.

«Diese Familie ist schrecklich. Mein ältester Bruder ging weit fort, weil er das alles nicht mehr aushielt.»

«Was hielt er denn nicht mehr aus?»

«Ich weiß nicht. Er ging nach Bali, als ich noch in England war. Dieses Getue, als sei sie eine Diva! Ihre Selbstsicherheit ist nur gespielt. Genau das hat sie mit meinem Vater gemacht. Sie hat ihm seine Abenteuer nie verziehen, weil sie zu feige war, selbst welche zu haben. Weißt du warum? Weil sie meinem Vater sonst hätte verzeihen müssen. Nein, nein, lieber blieb sie weiter tugendhaft und schimpfte, forderte, verdammte. Mein Vater dagegen war ein zarter, phantasievoller Mensch.»

«Die Langusten sind ausgezeichnet.»

«Er lernte Klavier spielen, ohne daß er einen Lehrer brauchte, und er spielte so gut wie ich, sogar besser.»

«Dein Vater war genauso egoistisch wie jeder andere auch. Er lebte sein Leben, das ist alles.»

«Nein. Das stimmt nicht. Man kann nicht mit dem Gedanken leben, daß alle Menschen Egoisten sind, daß alle ein Haufen Scheiße sind.»

«Ich habe es geschafft, mit dem Gedanken zu leben. Ich bin überzeugt davon.»

«Bin ich auch ein Haufen Scheiße?»

«Eines Tages wirst du es sein. Ganz bestimmt.»

«Und die Menschen, die du geliebt hast, waren sie auch ein Haufen Scheiße?»

«Das ist eine Fangfrage. Wir müssen freundlich umgehen mit

denen, die mit uns freundlich umgehen. Das ist ein ungeschriebenes Gesetz. Normalerweise leben wir so, als wüßten wir nicht, daß alles und alle ein Haufen Scheiße sind. Je intelligenter einer ist, desto weniger vergißt er das, desto mehr ist er sich dessen bewußt. Ich kenne niemand, der wirklich intelligent ist und die anderen liebt oder ihnen vertraut. Er hat höchstens Mitleid mit ihnen. Dieses Gefühl kann ich gut verstehen.»

«Aber die anderen müssen nicht unbedingt schlecht oder invalide sein. Ist es das, wonach du die Leute einteilst?»

«Es gibt auch noch Dumme und Sadisten.»

«Sonst nichts?»

«Arme und Reiche und noch Leute aus Zaragoza und Leute aus La Coruña. Willst du einen Nachtisch?»

«Nein, danke.»

«Ich auch nicht. Dadurch spare ich 350 oder 400 Kalorien. Planas hat mich mit seiner Diätsucht angesteckt.»

Yes rümpfte die Nase.

«Du kannst Planas nicht leiden?»

«Überhaupt nicht. Er ist das Gegenteil von meinem Vater. Rigide, berechnend.»

«Und der Marqués de Munt?»

«Der ist eine Operettenfigur.»

«Du überraschst mich. Du bist sehr hart mit anderen Menschen.»

«Sie waren Bekannte meines Vaters. Sie haben ihn in diesem mittelmäßigen Leben, in diesem mittelmäßigen Teufelskreis festgehalten.»

«Dein Vater hatte in der letzten Zeit Freundinnen in deinem Alter.»

«Na und? Hat er sie vielleicht bezahlt? Irgend etwas haben sie an ihm gefunden. Du weißt nicht, wie mich das freut!»

«Wer oder was hat deinen Vater getötet?»

«Alle: Meine Mutter, Planas, der Marqués, Lita Vilardell ... er starb an Ekel.»

«Dasselbe könnte deine Mutter empfinden.»

«Nein. Sie ist jetzt glücklich. Alle Welt bewundert sie. ‹Wie intelligent! Wie mutig! Sie macht es besser als ihr Mann!› Klar macht sie es besser. Sie hat nichts, was sie ablenkt. Sie ist wie ein Jäger, der nur seine Beute sieht. Sie weiß nicht, was Leben, was Amüsement ist.»

Sie ergriff Carvalhos Hand, die die Zigarre hielt, und ein Stückchen Asche fiel in den durftenden Jasmintee.

«Nimm mich mit nach Hause zu dir. Einen Tag. Heute.»

«Du bist wie verrückt nach meinem Haus.»

«Es ist wunderbar. Das erste Haus, das ich kenne, in dem meine Mutter sich nicht wohl fühlen würde.»

«Man merkt, daß du noch nie in den Häusern warst, die dein Vater für die anderen gebaut hat. Ich erwarte dich heute nacht bei mir. Aber erst spät!»

«Die Kirchenglocken haben doch gar nicht geläutet. Und du hier! Welche Ehre!» Charo war dabei, sich zu schminken, und konnte ihm die Tür nicht aufmachen. «Ich glaube, wir kennen uns irgendwoher.»

«Läßt du mich jetzt rein oder nicht?»

«Wer könnte es schon verhindern wollen, daß der große Pepe Carvalho eintritt! Ich war halb tot vor Ungeduld, daß der Herr zurückkommt, von einer Expedition zum Nordpol, könnte man meinen. Gibt es viele Eisbären am Nordpol?»

Carvalho nahm das Zimmer in Besitz mit der Automatik langer Gewohnheit. Er hängte sein Jackett an denselben Stuhl wie immer, ließ sich in seine angestammte Sofaecke fallen und zog automatisch den Aschenbecher zu sich heran.

«Seit fünfzehn Tagen haben diese Wände Euer Ehren nicht mehr gesehen. Er wird wohl Papst von Rom geworden sein, habe ich mir gedacht, wo die Päpste doch heutzutage so oft sterben und mein Pepe so ein Jesuit ist. Du bist wirklich ein Jesuit.»

«Charo ...»

«Jesuit ist viel zu wenig. Ein Oberjesuit. Wenn man Charo braucht, läßt man sie kommen. Wenn Charo nicht mehr gebraucht wird, ab mit ihr in die Rumpelkammer. Aber Charo muß immer da sein, immer wenn der Señor gerade etwas braucht. Ich schwöre dir, Pepe, daß es mir bis hier steht. Noch viel höher als bis hier.»

«Entweder hörst du auf mit der Szene oder ich gehe.»

Charo stand breitbeinig da, die Hände in die Hüften gestemmt, die Wut stand in ihrem weißgrundierten Gesicht geschrieben. Sie warf den Kopf in den Nacken und schrie mit geschlossenen Augen: «Geh hin, wo du hergekommen bist! Ich bin an allem schuld, ich Idiot, immer ich!»

Carvalho erhob sich, griff nach seinem Jackett und ging zur Tür.

«Jetzt geht er! Diesem Herrn darf man nicht mal die Meinung sagen, er ist ja so leicht beleidigt. Und ich, darf ich nie beleidigt sein? Wo willst du hin? Glaubst du, du kannst jetzt einfach gehen? Nein, jetzt bleibst du hier!»

Sie stürzte zur Tür und schloß sie ab. Dann begann sie zu schluchzen und suchte Trost bei Carvalho. Obwohl er seine Arme nur zögernd öffnete, barg sie weinend ihren Kopf an seiner Brust.

«Ich bin so allein, Pepe! Immer allein. Ich habe mir Gedanken gemacht, Gedanken, die mir angst machen, Pepe, das schwör ich dir. Du willst nichts mehr wissen von mir, weil ich eine Nutte bin. Ich habe immer befürchtet, daß es mit uns nicht lange gutgeht.»

«Charo, seit acht Jahren sind wir zusammen!»

«Es war aber nie so schlimm wie in letzter Zeit, Pepe. Du hast eine andere. Ich spüre es!»

«Ich hatte immer mal wieder eine andere.»

«Wer ist es? Wieso brauchst du überhaupt noch andere? Ich habe andere Typen, weil ich davon lebe. Aber du?»

«Hör auf mit dem Theater, Charo. Wenn ich das gewußt hätte, wäre ich nicht gekommen. Ich habe einen schwierigen Fall am Hals und bin dauernd unterwegs.»

«Gestern nacht warst du nicht zu Hause.»

«Nein.»

«Hast du dich rumgetrieben?»

«Nein, nicht was du denkst. Ich habe in einer Gruft geschlafen.»

«In einer Gruft?»

«Der Tote war fort.»

«Du bleibst bei mir, Pepe!» Sie lachte unter Tränen.

Pepe machte sich von ihr los und ging zur Tür.

«Ich wollte dich eigentlich fürs nächste Wochenende einladen, aber wenn du nicht willst, vergiß es.»

«Ich und nicht wollen? Ein ganzes Wochenende? Wo denn?»

«Ich habe von einem Restaurant in der Cerdanya gehört. Ein Rentnerehepaar hat es eröffnet, und die Frau kocht ausgezeichnet. Bei der Gelegenheit könnten wir ein wenig wegfahren, nach Frankreich. Ein bißchen Käse einkaufen und Paté.»

«Und ich kaufe mir eine Creme gegen Pickel. Guck mal, wie häßlich ich bin, überall bekomme ich Pickel!»

«Ich ruf dich am Freitag um 12 Uhr an. Wir können abends losfahren.»

«Freitag abend habe ich viel zu tun, das weißt du doch!»

«Also dann Samstag früh.»

«Nein, nein, Pepe, am Freitag. Die Arbeit muß auch mal ruhen.»

Sie küßte ihn auf den Mund, als wollte sie ihn austrinken, und ließ ihn gehen. Dabei streichelte sie ihn fast bis zum letzten Moment, als seine Füße schon auf den Treppenstufen standen. Die Gesichter der Witwe Stuart und ihrer Tochter schoben sich über das von Charo. Auf der Straße begannen die Prostituierten ihre Jagd zu einer Tageszeit, die vor der Krise undenkbar gewesen wäre. Was für ein Markt! Alte, betrunkene Nutten standen neben jungen, die eben erst ihre moralischen Vorurteile über Bord geworfen hatten. Sie hatten mehr Zynismus in den Augen als die alten.

«Ich mach dich glücklich, Süßer, wie wär's?»

Hausfrauen, die gerade ihren Abwasch gemacht hatten und nun für ein paar Stunden auf den Strich gingen, mußten dauernd auf die Uhr sehen, wann es wieder Zeit war, für Mann und Kinder das Abendessen zu bereiten. Sie tarnten sich, indem sie vor Schaufenstern herumstanden, in denen es nichts zu sehen gab. Er hatte Charo vor einem Schaufenster voller Koffer kennengelernt. Sie hatte damals schon den Sprung geschafft von der festen Arbeit im Puff zum Callgirl, das auf eigene Rechnung im Dachgeschoß eines Neubaus mitten im Chinaviertel arbeitete. Carvalho war betrunken und fragte sie nach dem Preis, worauf sie sagte, er sei im Irrtum.

«Wenn ich mich geirrt habe, bin ich bereit, noch viel mehr zu bezahlen.»

Carvalho sah zum erstenmal die Wohnung, die des öfteren sein Zuhause werden sollte, bis 19 Uhr, wenn Charo begann, ihre festen Kunden zu empfangen. Würde eine Wohnung im Barrio Alto nicht besser zu dir passen? Dort war die Miete höher, und den Kunden gefiel diese Mischung aus alltäglichem Dreck und technischem Fortschritt. Chinaviertel und Telefon. Das nächstes Mal ruf mich an. Ich möchte nicht auf der Straße angesprochen werden. Ich bin noch nie auf den Straßenstrich gegangen. Ich bin nicht eine von denen! Carvalho gewöhnte sich an die Schizophrenie des Mädchens, an ihre Doppelrolle einer eifersüchtigen Verlobten bei Tag und einer Telefonhure bei Nacht. Am Anfang schlug er ihr vor, damit aufzuhören, aber sie versicherte ihm, sie tauge zu nichts anderem. «Wenn ich als Tippse arbeite, dann begrabscht mich der Chef genauso, und wenn ich heirate, nimmt mich mein Mann, der Schwager, der Onkel und die ganze Sippschaft. Lach nicht! In meinem Dorf treibt es jeder mit den verheirateten Frauen und die Schwäger am allermeisten. Macht es dir etwas aus, daß ich in diesem Metier arbeite? Nein? Also, dann laß mich. Ich liebe nur dich und basta. Wenn du mich brauchst, dann werde ich keine Müdigkeit vorschützen.» Sie sprach nie von ihrer Arbeit oder ihren Klienten. Carvalho mußte ihr nur einmal aus der Klemme helfen. «So ein alter Bock will mir beim Kacken zusehen, und wenn ich es nicht mache, bedroht er mich mit einer Pistole.» Carvalho wartete an der Treppe auf ihn und goß ihm eine Flasche Urin über den Kopf, als er kam. «Wenn du noch mal kommst, mache ich dasselbe mit Scheiße, aber bei dir zu Hause, vor deiner Frau.»

Es gab in letzter Zeit zu viele Frauen in seinem Leben. Die Witwe, die sich in einer Welt behauptete, in der Männer wie Planas und ihr Gatte das Sagen hatten. Das neurotische Mädchen, das plötzlich die Welt von Schmerz und Tod entdeckt hatte. Charo, die ihm die Rechnung präsentiert hatte für alles, was sie an Sex und gemeinsam verbrachten Stunden investiert hatte. Die nächste würde Ana Briongos sein, der er ihre Geheimnisse von Liebe und Tod Stuart Pedrells entreißen mußte. Und zu guter Letzt Bleda. Die Vorstellung von Bleda, allein im Garten in Vallvidrera, rührte ihn, wie sie Geräusche und Gerüche verfolgte und überall ihr Schnäuzchen hineinsteckte, um den Dingen auf den Grund zu gehen. Sie ist die Schwächste von allen. Er hatte noch über eine Stunde bis zu dem Treffen mit Ana Briongos. Als er im Auto saß, fuhr er automatisch in Richtung Vallvidrera, und auf halbem Weg wurde ihm erst klar, daß er das nur aus Sehnsucht nach dem Hündchen tat, er hatte sogar Lust, sie mit nach San Magín zu nehmen. Du würdest ein schönes Bild abgeben, Pepe Carvalho. Du würdest in die Geschichte eingehen als Pepe Carvalho und Bleda, ähnlich wie Sherlock Holmes und Dr. Watson. Seine Schwäche irritierte ihn, und er kehrte um. Bledas Mandelaugen verfolgten ihn kilometerweit. Ich bin ein Rassist. Für ein menschliches Wesen hätte ich das Opfer gebracht, und schließlich und endlich, wer hat das bestimmt, daß ein Mann und eine Frau menschliche Wesen sind und ein Hund nicht? Er würde sie Abitur machen lassen. Er würde sie auf das Französische Gymnasium schicken und sagen: Machen Sie aus meiner Hündin eine Messedirektorin oder die Vorsitzende der Nationalen Vereinigung der Hunde in leitender Position. Kosmonaut. Bleda könnte Kosmonautin werden, oder zum Bolschoi-Theater gehen, oder Generalsekretärin der PCUS werden. Kein Hund hat je ein San Magín gebaut. Kein Hund hat je einen Bürgerkrieg angefangen.

Das Mädchen wartete auf ihn. Ihre Figur verhüllte ein dicker Mantel und nur ihre kurzen, starken Beine waren sichtbar. Sie mußte ihn gespürt haben, denn sie wandte sich genau in dem Moment um, als Carvalho sein Auto neben ihr zum Stehen brachte.

«Wollen Sie einsteigen?»

Ana Briongos stieg ein, ohne Carvalho anzusehen. Dann saß sie da, im Hintergrund glitt San Magín vorbei, sich selbst immer wiederholend, als sei es eine weltumspannende, unendliche Stadt.

«Unterhalten wir uns hier, in einer Bar. Haben Sie eine Wohnung?»

«Ja, mit zwei anderen Mädchen zusammen.»

«Und Ihre Familie?»

«Meiner Familie geht es gut. Und Ihrer?»

«Entschuldigung. Ich wußte nicht, daß solche Höflichkeiten in der Arbeiterklasse nicht üblich sind.»

«Es gibt vieles , was Sie und die anderen Bullen über die Arbeiterklasse nicht wissen.»

«Ich bin kein Bulle.»

«Die Geschichte von dem verschwundenen Verwandten kaufe ich Ihnen nicht ab.»

«Das ist in Ordnung. Aber ich bin kein Bulle. Die Familie des Toten hat mich mit der Untersuchung beauftragt. Es ist ein Job wie jeder andere. Haben Sie noch nie einen Krimi gelesen?»

«Ich habe andere Sachen zu lesen.»

«Gramsci las Kriminalromane und entwickelte sogar eine Theorie darüber. Kennen Sie Gramsci?»

«Ein Italiener.»

«Sehr gut. Einer der Gründer der KPI.»

«Was geht mich das an, was der gelesen hat?» Sie hatte die politischen Forderungen immer noch am Mantelaufschlag.

‹Atomkraft – Nein Danke› und ‹Meinungsfreiheit›, dahinter ein Gesicht, dem ein roter Strich brutal den Mund verschloß. Es hatte oft darauf geregnet, einige Buchstaben waren schon verwischt.

«Ich kann hier im Auto nicht reden. Gehen wir in Julios Hütte. Bei der Kirche.»

Julios Hütte war ein altes Gartenlokal, das ohne Zweifel aus dem Kulissenvorrat von Metro-Goldwyn-Mayer stammte. Tische mit rotkariertem Wachstuch und die Fußballmannschaften von Barcelona posierten auf Fotos für die Nachwelt. Die Kneipe war erfüllt von den Geräuschen der Dominosteine und Stimmen, die kaum durch den Qualm drangen. Die Regendächer vor der Hütte warteten auf den Sommer, auf den Ansturm der Familien, die der Enge ihrer Behausungen entflohen und die staubige, verschwitzte Frische des Stadtrands aufsuchten. Carvalho bemerkte, daß ein paar Tische weiter die Freundin, die morgens Ana Briongos begleitet hatte, mit einem Mann saß und sie nicht aus den Augen ließ. Ana bestellte einen Kaffee, Carvalho einen Pfefferminzlikör mit Eiswürfeln. Das Mädchen blickte verblüfft auf Carvalhos Getränk.

«Ich dachte immer, das sei nur etwas für den Sommer oder für Frauen, die es an den Eierstöcken haben.»

«Wer hat keine Probleme mit den Eierstöcken? Also, Mädchen, jetzt reden wir klar und deutlich.»

«Warum duzen Sie mich? Also doch ein Bulle. Nur Bullen duzen einen sofort.»

«Du kannst mich auch duzen.»

«Ich sage Sie zu Ihnen und Sie sagen Sie zu mir.»

«Wie hieß Ihr Freund?»

«Meinen Sie Antonio? Das wissen Sie doch schon.»

«Erste Lüge. Weiter: War er Buchhalter?»

«Wieso Lüge? Er hieß Antonio Porqueres und war Buchhalter oder arbeitete als solcher in der Casa Nabuco.»

«Zweite Lüge. Wollen Sie wirklich behaupten, Sie hätten nicht gewußt, wer er in Wirklichkeit war?»

«Wenn er einen anderen Namen hatte, ist mir das auch egal. Ich kannte ihn als Antonio und basta.»

«Wie haben Sie ihn kennengelernt?»

«Bei einem Festakt. Wir feierten den Abschluß einiger Zusatzvereinbarungen zu dem Moncloa-Pakt. Keiner war davon überzeugt, nur wir redeten voller Zuversicht und versuchten, die anderen davon zu überzeugen, daß er auf lange Sicht gesehen der Arbeiterklasse nützen würde und so weiter. Wir sagten eben das, was von uns erwartet wurde. Später wurde klar, daß es ein Schwindel war, wie alles übrige. Ich hielt eine Rede bei einer Veranstaltung im Kino Navia, das ist das Kino hier. Am Schluß kam Antonio zu mir her und diskutierte mit mir. Er war gegen den Moncloa-Pakt. Was lachen Sie?»

«Konnte er Sie überzeugen?»

«Mehr oder weniger. Er war ein Mann, der zuhören konnte, der reden konnte, ohne den anderen zu überfahren. Er war nicht wie die übrigen, die ich kenne. Ich verachte keinen und verstehe mich gut mit meinen Leuten, wiel es eben meine Leute sind. Aber er hatte gute Manieren, Kultur, er war gebildet, hatte Reisen gemacht und viel gelesen.»

«Er war wohl vom Mond gefallen und direkt hier gelandet. Haben Sie ihn nicht danach gefragt?»

«Er erzählte mir, seine Frau sei gestorben und er sei lange Zeit im Ausland gewesen. Er war müde und wollte einfach nur da sein, beobachten und die neue Etappe des Landes miterleben.»

«Sind Sie intim geworden?»

«Wir sind intim geworden.»

«Ganz intim?»

«Was zum Teufel wollen Sie wissen? Ob wir miteinander geschlafen haben? Na klar haben wir das!»

«Und plötzlich ging er fort. Ohne sich zu verabschieden?»

«Genau.»

«Und Sie haben nichts unternommen, waren nicht einmal überrascht?»

«Ganz genau. Er war gegangen, wie er gekommen war.»

«Die Frauen werden es nie lernen. Sie glauben immer noch an den ausländischen Seemann, groß und blond wie Bier.»

«Ich glaube nicht an Seemänner. Ich weiß schon, worauf Sie hinaus wollen. Da täuschen Sie sich. Auch hier in San Magín hat sich einiges geändert. Ein Mann und eine Frau können sich kennenlernen, sich gut verstehen, zusammen leben und genausogut wieder auseinandergehen, ohne Probleme. Sie glauben wohl, diese Freiheit könnten sich nur die Bürgerlichen leisten!»

«Und Sie bleiben dabei, daß er Antonio Porqueres war und niemand anderes?»

«Ich habe Ihnen gesagt, was ich weiß.»

«Sie wissen wenig, so hat es jedenfalls den Anschein. Ihr Freund war in Wirklichkeit Señor Carlos Stuart Pedrell. Schon mal gehört?»

«Ja, schon mal gehört.»

«Wissen Sie, wer das ist?»

«Ein Industrieller. Der Erbauer von San Magín.»

Die Augen von Ana Briongos konnten ihre Überraschung nicht verbergen. Sie wollte etwas sagen, brachte aber kein Wort heraus.

«Sie haben mit einem zusammen gelebt, der für dieses Paradies mitverantwortlich ist.»

«Es ist kein Paradies, aber es geht uns hier besser als in den Baracken. Sie wissen nicht, wie schlimm das war. Ich habe meine Kindheit dort verbracht. Antonio ...»

Sie hatte sich zurückgelehnt, der Mantel öffnete sich und enthüllte eine üppige Brust in einer feinen Wollbluse, darunter wölbte sich fast übergangslos ihr schwangerer Bauch, den der weite Mantel nun nicht mehr verbergen konnte. Sie wollte instinktiv den Mantel schließen, unterließ es aber, denn sie hatte gemerkt, daß es schon zu spät war. Sie sahen einander an. Die Trauer, die aus ihren Augen sprach, beeindruckte Carvalho.

«Wird es ein Mädchen oder ein Junge?»

«Hoffentlich ein Mädchen. Ein Rowdy weniger auf dieser Welt.»

«Und wenn es ein Junge wird?»

Sie zuckte die Schultern und wandte den Blick ab. Sie sah hoch zu den Reihen aufgehängter Schinken, Salamis und Knoblauchknollen, die wie uniformiert aussahen, denn auf allen hatte sich der Staub und der Qualm der billigen Zigaretten niedergeschlagen.

«Ist Señor Stuart Pedrell der Vater?»

«Ich bin die Mutter und der Vater.»

«Kam Ihnen nie der Gedanke, daß Antonio Porqueres jemand anderes sein könnte?»

«Ich habe es immer vermutet, aber es war mir egal.»

«Er ließ Sie immer an seiner rechten Seite gehen, brachte manchmal Blumen mit, hatte mehr gelesen, benutzte zwei- bis dreitausend Wörter mehr als Sie und konnte den Zauber eines Aprilmorgens in Paris beschreiben. Hat er Ihnen nie gesagt, daß der April der grausamste Monat von allen ist? Hat er nie gesagt, er wolle lesen, bis die Nacht einbricht, und im Winter in den Süden fahren?»

«Was wollen Sie mir da unterjubeln? Die Rolle des unschuldigen Mädchens, das geschändet und verlassen wurde? Ich habe ihm erklärt, wofür wir kämpfen. Ich habe erzählt, wie es ist, in einer Kellerwohnung in der Vía Layetana zu leben und wie es im Frauengefängnis in Trinidad zugeht.»

«In Trinidad. Ein seltsamer Zufall. In einem Kellergeschoß im Stadtteil Trinidad wurde seine Leiche gefunden.»

Anas Gesicht zeigte, daß sie ihm nicht glaubte.

«Er hat mehrere Messerstiche bekommen. Wie es aussieht, haben zwei Hände zugestochen. Eine schwach, unschlüssig, die andere gezielt, mörderisch.»

«Es gefällt Ihnen wohl, das so genau zu beschreiben.»

«Sie warfen ihn in den Keller einer verlassenen Baustelle, über den Bauzaun wahrscheinlich. Aber er ist woanders ermordet worden. Man fand ihn ausgeblutet. Um ihn herum war kaum ein Tropfen Blut. Er ist von einem anderen Ort dorthin geschafft worden. Dieser andere Ort ist San Magín. Seine Mörder suchten das andere Ende der Stadt, vielleicht wußten sie nicht einmal, wie sehr ihnen sein falscher Name helfen würde. Oder sie wußten es doch. Sie müssen mir helfen. Ich muß genügend Informationen bekommen, um das alles zu klären.»

«Vielleicht war es ein Raubüberfall?»

«Trug er immer viel Geld mit sich herum?»

«Nein, nicht mehr als nötig. Mit dem wenigen, was er hatte, war er sehr großzügig und überlegte dauernd, was er mir schenken könnte. Blumen, nein. Es gibt keine Blumen in San Magín. Darin haben Sie sich geirrt.»

«Eines Tages erschien er nicht zu Ihrer Verabredung. Was taten Sie?»

«Ich wartete ein paar Stunden. Dann ging ich zu seiner Wohnung. Er war nicht da. Aber alles sah danach aus, als würde er gleich zurückkommen.»

«Hatten Sie einen Schlüssel?»

«Ja.»

«Und am nächsten Tag gingen Sie wieder hin?»

«Und am übernächsten.»

«Und Sie hinterließen ihm keine Nachricht für den Fall, daß er zurückkam?»

«Ja ... nein ... ich hinterließ nichts. Wozu? In den folgenden Tagen wurde mir klar, daß er nicht wiederkommen würde.»

«Wußte er von dem Kind?»

«Ja.»

«Glaubten Sie, daß er wegen des Kindes fortgegangen sei?»

«Zuerst dachte ich nicht daran, weil ich ihm sehr klar gesagt hatte, daß es allein mein Kind sein würde. Aber dann begann ich nachzudenken. Vielleicht fühlte er sich schuldig? Aber was rede ich da! Ich rede, als wäre er fortgegangen, dabei ist er in Wirklichkeit ermordet worden.»

«Sie wissen, was passiert, wenn ich zur Polizei gehe und ihnen von Stuart Pedrells Doppelleben in San Magín erzähle. Sie werden über Sie herfallen. Sie sind die einzige, die etwas Näheres darüber weiß.»

«Damit habe ich Erfahrung. Seit ich vierzehn bin, weiß ich, wie man mit der Polizei umgehen muß. Ich habe nichts zu verbergen.»

«Es gibt immer einen dunklen Punkt, und die Polizei weiß das.»

«Ich kenne meine Rechte. Ich komme immer durch, machen Sie sich keine Sorgen. Gehen Sie ruhig zur Polizei und erzählen Sie ihnen, was Sie wissen. Wenn Sie wollen, gehe ich selbst hin.»

«Das kann ich nicht zulassen. Ich mache rein private Nachforschungen im Auftrag der Witwe.»

«Die Witwe. Was ist sie für eine Frau?»

«Älter als Sie und viel reicher.»

«Haben sie und ihr Mann sich gut verstanden?»

«Nein.»

«Er sah immer traurig aus.»

«Und Sie haben ihm die Freude am Leben wiedergeschenkt.»

«Einen Dreck habe ich. Glauben Sie denn, ich bin blöd? Ich habe das Gefühl, Sie meinen, Sie hätten es hier mit einem Stamm von Wilden zu tun!»

«Letzte Frage für heute: Erinnern Sie sich an gar nichts, was mich auf die Spur des Mörders bringen könnte?»

«Letzte Frage für heute und für immer. Und meine letzte Antwort: Nein.»

«Wir sehen uns noch», sagte Carvalho und erhob sich unwillig.

«Hoffentlich nicht.»

«Und sagen Sie Ihrer Freundin und ihrem Begleiter, sie sollen sich beim nächstenmal besser tarnen.»

«Sie hatten keinen Grund, sich zu tarnen. Sie sind hier, weil sie einfach Lust dazu hatten und ich auch.»

Carvalho fuhr mit dem Auto zu Señor Vila. Der saß im Kreise seiner Enkel vor dem Fernseher und sah sich eine Sendung mit Pferden an. Er erhob sich und bat ihn wieder nach oben in sein Büro.

«Sie haben doch sicher die Daten der Leute hier im Viertel.»

«Nicht von allen. Aber fast von allen.»

«Bestimmt haben Sie auch eine Kartei.»

«Señor Viladecans hat mich beauftragt, eine anzulegen. Es gibt eine Verwaltungskartei und eine mit dem, was man so hört. Die Verwaltungskartei ist praktisch komplett, die andere nicht so sehr.»

«Was hört man denn so?»

«Wenn die Leute in dunkle Geschichten verwickelt sind. Schließlich muß man wissen, woran man ist. Das ist hier ein Dschungel.»

«Ich muß alles über Ana Briongos wissen.»

«Das kann ich Ihnen ohne Kartei sagen. Sie ist eine Rote, macht aber hier keinen Ärger mehr. Seit Monaten nicht mehr. Seit fast einem Jahr sieht man sie kaum noch. Ich habe gehört, sie sei verlobt.»

«Wo wohnt sie, wer sind ihre Freunde, wie sind die Familienverhältnisse? Sagen Sie mir alles, was Sie darüber wissen.»

«Ich will mal nachsehen.»

Ein kleines Schränkchen, das nach Hausapotheke aussah, enthielt mehrere Kartons voller Karteikarten. Vila wühlte darin herum, zog schließlich drei oder vier Kärtchen heraus und hielt sie weit von sich weg, um sie besser lesen zu können.

«Ohne Brille sehe ich gar nichts.»

Die Adressen von Ana Briongos und ihren Eltern.

«Sechs Geschwister. Die Familie stammt aus Granada, der älteste Sohn ist dort beboren, die anderen irgendwo in Barcelona, wo die Zugewanderten wohnen, der Jüngste in San Magín. Der Vater ist Platzanweiser in einem Kino in La Bordeta. Die Mutter Putzfrau in demselben Kino. Der Älteste ist verheiratet, arbeitet in einer Pfeifenfabrik in Vic. Dann kommt Ana, dann Pedro Larios.»

«Warum heißt er nicht Briongos, sondern Larios?»

«Er ist kein richtiger Bruder. Mehr kann ich Ihnen nicht sagen. Ein Mädchen arbeitet als Friseuse in San Magín. Die beiden Kleinen gehen zur Schule.»

Die Karteikarte von Ana enthielt eine lange Liste politischer Aktivitäten, bei Pedro Larios ‹Briongos› stand ein Hinweis auf einen Motorraddiebstahl mit vierzehn Jahren.

«Was wissen Sie noch über diesen Jungen?»

«Das ist keine Kriminalkartei. Ich schreibe hier nur auf, was ich so höre.»

Carvalho notierte sich einige Daten. «Absolute Diskretion!»

«Keine Sorge. Haben sie etwas ausgefressen?»

«Ich glaube nicht. Reine Routine.»

«Es ist mir unangenehm, die Leute zu kontrollieren. Aber heute ist diese Kontrolle nötiger denn je. Das mit der Freiheit ist ja schön, aber es muß eine verantwortliche und vor allem überwachte Freiheit sein. Hat es etwas mit dem Mieter zu tun, nach dem Sie mich neulich gefragt haben?»

«Wahrscheinlich.»

«Ich lehne jede Verantwortung ab. Es war ein direkter Befehl von Señor Stuart Pedrell, er ruhe in Frieden. Ich muß mit Señor Viladecans darüber sprechen.»

«Im Moment bitte nicht. Ich muß ihn selbst informieren.»

«Wie Sie wollen. Trinken Sie ein Gläschen?»

«Was bieten Sie mir an?»

«Was Sie wollen. Magenbitter, Cognac, Anis, Aromas de Montserrat.»

Er trank ein Glas ‹Aromas de Montserrat› und sah sich die traurige Geschichte von der Frau eines mexikanischen Gutsbesitzers an, die verlassen wurde, weil ihrem Mann seine Pferde wichtiger sind.

«Opa, was ist ein ‹Charro›?»

«Ein Cowboy mit einer Pistole.»

«Ein Cowboy aus dem Wilden Westen?»

«Nein, aus Mexiko. Sie wollen alles wissen in diesem Alter, sie fragen nach allem, und man weiß nicht immer eine Antwort auf ihre Fragen.»

«Fast nie.»

«Das ist wahr, was Sie da sagen, sehr wahr.»

«Wie ich höre, hat die Familie Briongos es nicht gern gesehen, daß ihre Tochter in politische Auseinandersetzungen verwickelt war?»

«Stimmt. Weiß der Himmel, warum das Mädchen so geworden ist. Seit sie gehen kann, macht sie Schwierigkeiten. Schon zu Francos Zeit, man sollte es nicht glauben. Und sie bekam Schläge, weil sie gesucht wurde. Eines Tages diskutierte ich mit ihr, als es um die hirnrissige Forderung nach einer Ambulanzklinik ging. Sie sagte, ich sei früher Faschist gewesen. Gar nichts war ich. Ich habe im Bürgerkrieg ein paar Schüsse abgegeben, für die Roten, weil mich der Krieg eben auf dieser Seite erwischt hat, aus keinem anderen Grund. Ich sagte zu ihr, sie sei streitsüchtig, und die Menschen würden sich nur miteinander verstehen, wenn man redet, nicht wenn man schreit. Und da sagt sie mir doch tatsächlich, ich sei ein Faschist. Von Franco habe ich nichts profitiert. Was heißt nichts. Er hat für Ruhe und Arbeit gesorgt. Man kann viel gegen Franco sagen, aber zu seiner Zeit hätte es so etwas nicht gegeben. Keiner will mehr arbeiten. Jeder, der gerade aus dem Süden, aus Almería oder sonstwoher gekommen ist, glaubt, er brauche sich nur zu bücken und ein Stück Papier aufzulesen, und schon hat er 1000 Pesetas verdient. Hören Sie. Ich bin auch nicht für die Diktatur, aber das hier ist ein Chaos, und wenn wir so weitermachen, gibt es eine Katastrophe. Ich habe wie ein Tier gearbeitet, um im Alter meine Ruhe zu haben. Keiner hat mir etwas geschenkt. Meine Kinder sind verheiratet und haben eine gute Arbeit. Prost! Ein bißchen Geld für die Zeit, wenn ich nicht mehr arbeiten kann. Was will ich mehr? Also was kümmern mich die paar Idioten, die den Mond vom Himmel holen wollen? Nein. Die Eltern sind nicht so. Anständige Leute. Fleißig. Ich habe mit dem alten Briongos geredet und gesagt, er solle seiner Tochter Gehorsam beibringen. Mal fordert sie eine Ambulanzklinik, ein andermal sollen Schulen gebaut und die Straßen asphaltiert werden. Kinder, Kinder, hört mir auf! Mein Geld reicht nicht mal für das Nötigste. Außerdem habe ich hier nichts zu sagen. Zum Glück verhält sie sich seit Monaten ruhig. Man sieht, daß die Verlobung ihr gutgetan hat. Ich sage immer: Gott schütze uns vor unbefriedigten Weibern!»

Er zwinkerte Carvalho zu, als wollte er sich für sein anzügliches Wort entschuldigen, und sein Lachen klang mehr wie ein Niesen. Das störte die Enkel, und sie schimpften, weil sie der traurigen Geschichte nicht richtig folgen konnten, der Geschichte von der schönen Mexikanerin, die wegen ein paar Pferden verlassen wurde.

Der Señor Briongos roch nach Tortilla und sah aus wie ein Croupier auf einem Mississippidampfer. Er mußte mindestens ein Magengeschwür haben. Ausgelaugt, kahlköpfig, große Augen wie seine Tochter. Er sprach mit weit ausholenden Gesten, als empfange er Carvalho in einem rieseigen Schloß und befehle seiner Familie und der Dienerschaft, sich auf ihre Gemächer zu begeben. Das Zimmer war das Ebenbild des Wohn- und Eßzimmers von Porqueres. Es war kaum noch Platz zwischen dem Fernseher mit Zimmerantenne, dem neoklassischen, schwülstigen Eßtisch, den Stühlen, dem Büfett mit Vitrine und den zwei großen grünen Skaysesseln, in denen drei Kinder saßen.

«Macht den Fernseher aus und geht in euer Zimmer. Ich habe mit diesem Señor zu sprechen.»

Der drohende Blick des Vaters erstickte jeden Protest der Kinder im Keim. Die mexikanische Schönheit hatte beschlossen, reiten zu lernen, um so ihren Mann, den ‹Charro›, begleiten zu können. Die dicke Frau des Hauses begann das schmutzige Geschirr vom Tisch zu räumen, ihr graumeliertes Haar war nachlässig zu Zöpfen geflochten.

«Ist das Mädchen wieder in Schwierigkeiten? Ich muß Ihnen gleich sagen, ich habe nichts damit zu tun. Sie lebt ihr Leben und ich das meine.»

«Ach Gott, ach Gott», klagte die Frau, ohne ihre Arbeit zu unterbrechen.

«Diese Tochter hat uns nur Kummer und nie Freude bereitet. Es liegt nicht daran, daß wir ihr nicht den rechten Weg gezeigt hätten. Was kann man denn mehr verlangen von Eltern, die so viele Kinder haben und alle beide arbeiten müssen?»

«Zu viele Bücher und schlechte Gesellschaft», schrie die Frau aus der Küche herüber.

«Lesen ist nicht schlecht, es kommt darauf an, was man liest. Aber mit der schlechten Gesellschaft hat sie recht. Los, was hat sie getan, sagen Sie es schon! Ich bin auf das Schlimmste gefaßt.»

«Keine Bange, sie hat nichts getan. Ich wollte nicht direkt über sie sprechen, sondern über einen Freund von ihr, mit dem sie letztes Jahr zusammen war.»

«Sie hat jede Menge Freunde gehabt, so viele, daß ich rot werde vor Scham. Ich weiß nicht, wofür ich mich mehr schäme, daß sie sich dauernd in politische Streitereien einläßt oder daß sie mit jedem ins Bett geht, der ihr gefällt, seit sie herausgefunden hat, daß das Ding da nicht bloß zum Pissen gut ist. Verzeihen Sie, aber meine Tochter bringt mich noch zur Verzweiflung.»

«Er war schon älter. Ein Mann namens Antonio Porqueres.»

«Ach so, der Musiker! Er fragt nach dem Musiker, Amparo!»

«Ach so, der Musiker!» schrie Amparo aus der Küche.

«War er Musiker?»

«Wir nannten ihn so, weil er eines Tages hier auftauchte und die ganze Zeit von Musik quatschte. Ich hatte mir eine Platte von Marcos Redondo gekauft, er sah sie und fing an, von Musik zu reden. Als er ging, war der Teufel los. Sole, das Mädchen, das vorher hier saß, ist ein großer Witzbold. Sie fing an, alles durch den Kakao zu ziehen, was er gesagt hatte. Wir haben uns bepißt vor Lachen, bepißt! Das war ein komischer Vogel! Sie brachte ihn mit, weil sich ihre Mutter nicht mehr traute, aus dem Haus zu gehen, denn das ganze Viertel fragte: ‹Hat sie jetzt einen festen Verlobten?›, und sie hatte ihn noch nie nach Hause mitgebracht. Ich bin zur Bushaltestelle gegangen und habe ihr die Meinung gesagt: Bring den Mann wenigstens einmal mit zu uns, wenn es auch nur deiner Mutter zuliebe ist! Und eines Tages brachte sie ihn mit. Dann verschwand er und hinterließ ihr das, was er ihr nun hinterlassen hat.»

«Wissen Sie denn, was er ihr hinterlassen hat?»

«Ich hab ja Augen im Kopf.»

«Ach Gott, ach Gott!» jammerte Amparo in der Küche.

«Ich bin noch einmal zur Bushaltestelle gegangen und habe ihr die Meinung gesagt: Du mußt jetzt allein zurechtkommen. Ich will nichts damit zu tun haben. Mit Pedrito habe ich schon genug durchgemacht.»

«Wer ist Pedrito?»

«Mein Sohn. Es ist eine lange Geschichte. Als Ana schon geboren war, ging ich eine Zeitlang auf Montage nach Valencia. Meine Familie blieb zu Hause und dann, Sie wissen schon, wie das eben so geht.»

«Der Señor muß überhaupt nicht wissen, wie das so geht. Es gibt auch Männer, die wissen, was ihre Pflicht ist.»

«Halt den Mund und kümmere dich um deine eigenen Sachen. Also, ich hatte ein Verhältnis mit einem Mädchen dort, und sie starb mir nichts dir nichts im Kindbett. Das ganze Dorf war gegen mich, und ich mußte das Kind mitnehmen. Dabei war sie mit allen Männern dort im Bett gewesen. Ich kam also nach Hause mit dem Jungen, und Amparo – sie ist eine Heilige! – hat ihn aufgenommen. Eine Schande, daß er so ein Nichtsnutz geworden ist. Schlechter Samen. Weiß der Himmel, wer sein Vater ist, von mir ist er nicht, das sehe ich immer deutlicher. Aber lachen Sie nur über das mit dem Samen. Ana ist ganz bestimmt von mir, und Sie sehen ja, was aus ihr geworden ist! Weder Ana noch Pedro haben jemals Gehorsam gelernt. Nicht daß es an Schlägen gefehlt hätte! Schließlich haben wir Pedrito ins Erziehungsheim gegeben, Amparo wollte es so, es ging einfach nicht mehr mit ihm. Wir konnten nicht mehr. Er ist sofort ausgerissen, wir haben ihn wieder hingebracht, er ist wieder ausgerissen, und so geht es bis heute.»

«Wohnt er bei Ihnen?»

«Nein!» schrie die Frau aus der Küche mit schneidender Stimme. «Das kommt nicht in Frage, solange ich da bin.»

«Er ist nicht wirklich böse, er hat keine schlechten Gefühle, der Junge.»

«Er hat überhaupt keine Gefühle, weder gute noch schlechte.»

«Übertreib nicht.»

«Ich will nichts mehr von diesem Bastard hören, sonst sehe ich rot, das weißt du!» Sie stand drohend in der Tür, als wolle sie sich gleich auf ihn stürzen und ihn erdrücken.

«Kann ich mit Ihrem Sohn sprechen?»

«Wieso?»

«Wieso?» wiederholte die Frau, die jetzt resolut im Zimmer stand.

«Vielleicht hatte er ein anderes Verhältnis zu diesem Mann.»

«Er hatte gar kein Verhältnis zu ihm. Er hat ihn nicht einmal gesehen, als er hier war.»

«Fragen Sie Ana, die sagt Ihnen das gleiche.»

«Fragen Sie Ana.»

Ihr habt Angst. Ich weiß nicht, ob es diese Angst vor allem Unbekannten ist, die jeder hat, der sich sein Leben lang durchschlagen mußte. Jedenfalls habt ihr Angst.

«Pedro hat mit keinem von uns Kontakt.»

«Mit keinem.»

«Wir haben ihn seit Monaten nicht gesehen. Ich könnte Ihnen nicht mal sagen, wo er wohnt.»

«Er lebt sein eigenes Leben. In dieser Familie lebt jeder sein eigenes Leben, nur wir nicht. Wir hängen noch an den anderen. Stimmt's, Amparo?»

Die Frau ging mit finsterem Blick in die Küche, und er erhob sich. Das Gespräch war beendet. Carvalho gab ihm ein paar Telefonnummern.

«Wenn Ihr Sohn hier auftauchen sollte, sagen Sie ihm bitte, daß ich ihn sprechen möchte.»

«Der kommt sowieso nicht. Da bin ich fast hundertprozentig sicher.»

Er begleitete ihn zur Tür. «Man glaubt, man hat das Beste für seine Kinder getan, und dann gibt es zwei Möglichkeiten: Entweder sie danken es einem nicht oder man hat etwas falsch gemacht. Ich bin schon mit der Tochter nicht fertig geworden. Was sollte ich mit dem Sohn machen? Er ist ein Rebell. Er machte Front gegen mich, sobald er entwöhnt war. Als ich ihm ein paar klebte, blickte er mich nur trotzig an. Ich klebte ihm noch ein paar, und er blickte mich immer noch trotzig an. Mit Amparo war er noch schlimmer. Eines Tages warf er ein eingestecktes Bügeleisen nach ihr, dieser Bastard! Ihn ins Heim zu stecken war vielleicht nicht das richtige. Aber was sollten wir denn tun? Aus dem Heim sind sehr ordentliche Männer hervorgegangen. Er hatte dort vielleicht eine Chance, sich zu bessern und später mal eine Familie zu gründen. Es stimmt nämlich nicht, daß er im Innern böse ist. Im Grunde liebt er uns. Als ich ihn das letzte Mal rausgeworfen hatte, kam er heimlich her und brachte den Kleinen Bonbons. Vielleicht wird doch noch etwas aus ihm.»

Wenn er das Glück hat, daß sein Sohn seinem Blick nicht trotzig standhält, wenn er ihn schlägt.

«In seinem und in Ihrem eigenen Interesse, richten Sie ihm aus, daß er sich bei mir melden soll.»

«Was soll das heißen?»

«Finden Sie ihn.»

Er telefonierte mit Biscuter, um ihm mitzuteilen, daß er direkt nach Vallvidrera fahren wollte, und erwischte dann, nach einer langen Verfolgung per Telefon, Viladeçans endlich im Büro von Planas.

«Ich möchte noch einmal mit dem Polizisten reden, den Sie mir geschickt haben.»

«Benutzen Sie diesen Kontakt nicht zu oft.»

«Es ist nicht zu oft. Ich muß ihn unbedingt sprechen.»

«Mal sehen, was ich tun kann. Seien Sie morgen zwischen zehn und elf Uhr in Ihrem Büro. Wenn ich ihn erreiche, schicke ich ihn um diese Zeit zu Ihnen. Warten Sie, Señor Planas will Ihnen noch etwas sagen.»

«Carvalho, hier Planas. War es unbedingt nötig, den ganzen Hühnerstall in San Magín aufzuscheuchen?»

«Sie haben ja sehr zuverlässige Mitarbeiter. Niemand hat mir verboten, in San Magín Nachforschungen anzustellen.»

«Im Moment wäre jede Beziehung zwischen Stuart Pedrells Tod und unseren Geschäften sehr nachteilig für uns. Ich möchte persönlich mit Ihnen darüber sprechen. Paßt es Ihnen morgen? Wir könnten zusammen essen. Um zwei Uhr im *La Oca Gourmet*.»

Yes war über den Gartenzaun geklettert. Sie saß auf der Treppe und zog Bleda spielerisch an den Ohren.

«Zieh sie nicht an den Ohren. Sie sind sehr empfindlich, und ich will nicht, daß sie geknickt werden und schlapp nach unten hängen», sagte Carvalho zu ihr, bevor er die Tür öffnete. Bleda leckte seine Schuhe sauber und wollte dann mit den Hosenbeinen weitermachen, aber Carvalho hob sie hoch, hielt sie in Augenhöhe und fragte sie, was sie den ganzen Tag getrieben habe. Das Tier streckte zur Antwort die Zunge heraus.

«Ich bin auch noch da.»

«Ich hab dich schon gesehen.»

«Schau mal, was ich zum Essen mitgebracht habe.»

«Das kann ja schrecklich werden. Was hast du gekocht? Eine Vichysoße mit Kokain?»

Yes hielt ihm einen Bastkorb hin, als wolle sie ihn anlocken. «Es sind wunderbare Sachen darin. Vier Sorten Käse, die du bestimmt noch nie probiert hast, Hühnerleberpaté von einer alten Frau aus Vic, die du nicht kennst, und Wildschweinwurst aus dem Tal von Arán.»

«Wo hast du das alles her?»

«Jemand hatte mir neulich von einer Fromagerie in der Calle Muntaner erzählt. Hier habe ich dir die Adresse aufgeschrieben.»

Carvalho schien den gastronomischen Teil des Abends zu billigen und ließ das Mädchen eintreten. Er entfachte das Kaminfeuer, und als er sich umdrehte, entdeckte er, daß Yes den Tisch hergerichtet hatte.

«Das Kokain fehlt noch.»

«Das kommt später. Es wirkt viel besser nach dem Essen.»

Carvalho holte eine Flasche roten Peñafiel.

«Erkläre mir, was es mit der Wildschweinwurst auf sich hat.»

«Der im Laden hat es mir gesagt. Sie heißt auf katalanisch *xolis de porc senglar*. Sie ist sehr selten und schwer zu bekommen, es war die einzige, die er hatte.»

Cabrales, Schafskäse aus Navarra, Chester und ein Frischkäse aus Valencia. Yes freute sich über Carvalhos Lob. «Wir hatten ein Dienstmädchen, die sagte immer: Wer für eine Sache taugt, taugt zu allem.»

«Dieses Dienstmädchen war dumm.»

«Jetzt, nachdem du gegessen hast und das Raubtier in dir satt ist, will ich dir erzählen, was ich vorhabe. Wenn du mit deiner Arbeit fertig bist, wenn du sie fertig machen willst, setzen wir uns ins Auto und fahren weg. Italien, Jugoslawien, Griechenland, Kreta. Die Insel kann im Frühling herrlich sein. Wenn es gut läuft, überqueren wir den Bosporus und fahren weiter in die Türkei, nach Afghanistan ...»

«Wie lange?»

«Das ganze Leben.»

«Für dich ist das zu lange.»

«Wir mieten uns irgendwo ein Haus und warten.»

«Warten worauf?»

«Daß etwas geschieht. Und wenn etwas geschieht, reisen wir weiter. Ich möchte ganz gern meinen Bruder in Bali besuchen. Er ist ein guter Junge. Aber wenn du dazu keine Lust hast, fahren wir nicht nach Bali, oder wir fahren hin, ohne ihn zu besuchen.»

«Und wenn wir ihm auf der Straße begegnen?»

«Dann tue ich so, als ob ich ihn nicht kennen würde. ‹Yes! Yes!› – ‹Sie verwechseln mich mit jemand!› – ‹Bist du meine Schwester Yes?› – ‹Nein, nein, ich habe keine Geschwister.›»

«Dann behauptet er, daß seine Schwester eine Narbe unter der linken Brust hat und will sofort nachsehen.»

«Das wirst du nicht zulassen.»

«Und Bleda?»

«Nehmen wir mit.»

«Und Biscuter?»

«Nein! Wie schrecklich! Den lassen wir hier.»

«Und Charo?»

«Wer ist Charo?»

«Praktisch meine Frau. Sie ist eine Nutte, und wir sind seit acht Jahren zusammen. Wir haben an diesem Tisch gegessen und in diesem Bett gevögelt. Erst vor ein paar Tagen.»

«Es war nicht nötig, mir zu sagen, daß sie eine Prostituierte ist.»

«Es stimmt aber.»

Yes erhob sich. Ihre Begeisterung war verflogen. Sie ging in Carvalhos Zimmer und schloß sich ein. Der Detektiv ging zum Plattenspieler und legte die *‹Regenhymne›* auf. Die Flammen versuchten vergeblich, den Kamin hinauf zu entfliehen. Carvalho lehnte sich im Sofa zurück und schaute ihnen zu. Nach einiger Zeit legten sich die Hände von Yes auf seine Augen. «Warum wirfst du mich immer hinaus?»

«Weil du gehen mußt, je schneller desto besser.»

«Warum muß ich gehen? Warum je schneller desto besser? Ich will doch nur mit dir zusammen sein.»

«Du willst ein Leben lang unterwegs sein mit mir.»

«Ein Leben lang, das kann eine Woche sein, zwei, fünf Jahre. Wovor hast du eigentlich Angst?»

Er erhob sich, um die *‹Regenhymne›* noch einmal aufzulegen.

«Diese Musik paßt sehr gut.»

«Es ist die passendste, die ich habe.»

Er entkleidete sie Stück für Stück und drang in sie ein, als wolle er sie auf den Teppich nageln. Sie umschlang ihn zärtlich. Ihre vom Feuerschein geröteten Körper ermatteten in der Hitze und Feuchtigkeit, und als sie sich voneinander lösten, war jeder wieder allein mit seinem Stückchen Geborgenheit und seiner Sehnsucht.

«Ich hatte schon immer eine ungeheure Angst davor, zum Sklaven meiner Gefühle zu werden, weil ich genau weiß, daß ich soweit kommen kann. Ich bin nichts für Experimente, Yes. Du mußt dein eigenes Leben leben.»

«Was für ein Leben hast du für mich ausgesucht? Muß ich einen Erben heiraten, einen reichen natürlich? Kinder kriegen? Den Sommer in Lliteras verbringen? Ein Liebhaber? Zwei? Hundert?

Warum kann ich mein Leben nicht mit dir zusammen verbringen? Wir müssen ja nicht unbedingt reisen. Wir können immer hier bleiben. In diesem Zimmer.»

«Als ich vierzig wurde, dachte ich darüber nach, was mir noch bevorsteht: Meine Schulden abzuzahlen und die Toten zu begraben. Ich habe dieses Haus abgezahlt und meine Toten begraben. Du kannst dir nicht vorstellen, wie müde ich bin. Jetzt muß ich entdecken, daß ich keine größeren Schulden mehr machen kann. Ich könnte sie nicht mehr zurückzahlen. Der einzige Tote, den ich noch begraben muß, bin ich selbst. Ich habe kein Interesse daran, eine *amour fou* mit einem Mädchen zu leben, die zwischen Liebe und Kokain keinen Unterschied macht. Für dich ist das wie Kokain. Schlaf heute nacht hier. Morgen früh gehst du und kommst nie wieder.»

Yes erhob sich. Vom Boden aus sah Carvalho die exakten Linien und Rundungen ihres Körpers und die sanfte Feuchtigkeit ihres Geschlechts, an dem ein gefräßiges Tier geleckt hatte. Ihre wunderbaren Hinterbacken entfernten sich zur Tür. Einen Moment lang wandte sie sich um und strich ihr Haar hinters Ohr zurück. Dann betrat sie das Zimmer und machte die Tür hinter sich zu. Carvalho wartete ein wenig, dann ging er ihr nach und fand sie, wie sie gerade eine Prise Kokain schnupfte. Sie lächelte ihm zu aus den Tiefen eines weißen Traums.

«Können Sie mich nicht endlich mit der Sache in Ruhe lassen? Ich hatte Ihnen doch gesagt, daß ich mich nicht exponieren möchte.»

«Ich muß unbedingt mit Ihnen sprechen.»

«Ich bin doch kein Knecht. Ich tue es nur für Viladecans. Er hat mir einmal einen Gefallen getan, und ich revanchiere mich dafür. Ein Polizist ist kein Knecht.»

Er ging nervös in Carvalhos Büro auf und ab.

«Es wäre mir sehr unangenehm, wenn einer meiner Kollegen erfahren würde, daß ich mit einem ‹Hosenschlitz-Schnüffler› zu tun habe. Ich will Sie nicht beleidigen, aber so nennen wir Leute aus Ihrer Branche.»

«Ich weiß, ich weiß. Also, ganz kurz: Ich nehme an, daß Sie bei der

Untersuchung der Umstände von Stuart Pedrells Tod als erstes die *navajeros*, die Messerbanden, unter die Lupe genommen haben.»

«Wir haben getan, was wir konnten. Es heißt, daß in dieser Stadt auf jeden Einwohner eine Ratte kommt. Genauso kommt auf jeden Einwohner ein *navajero*. Wir haben ein paar Banden registriert, aber jeden Tag entstehen neue.»

«Haben Sie keinen Tip aus der Szene bekommen?»

«Wir haben den Hinweis bekommen, daß keine der bekannten Banden mit seinem Tod zu tun hat. Das brachte uns natürlich nicht viel weiter. Ich sage Ihnen doch, es gibt jeden Tag neue Banden. Man macht es ihnen ja leicht. Wissen Sie, daß der Richter, der darüber entscheidet, ob jemand gemeingefährlich ist, ein Roter ist? Sobald wir sie zu ihm schicken, läßt er sie laufen. Er nimmt sie nicht mal unter die Lupe. Dieser Job kotzt mich mit jedem Tag mehr an. Jetzt darf nur noch in Anwesenheit eines Anwalts verhört werden. Wie wollen Sie aus einem Gauner überhaupt etwas herausbekommen, ohne ihm ein paar Ohrfeigen zu verpassen? Die da oben, die die Gesetze machen, sollten mal mit diesem Pack zu tun haben. Immerhin haben die Anwälte mehr Angst als Pflichtgefühl und lassen sich bei uns kaum blicken.»

Seine Stimmung hatte sich gehoben, und er war etwas ruhiger geworden. Hinter der Sonnenbrille blickten seine Augen hämisch auf Carvalho: «Sie wollen doch nicht etwa, daß ich den Fall für Sie aufkläre? Jetzt sind Sie dran!»

«Haben Sie alle Stadtteile unter die Lupe genommen?»

«Vor allem Trinidad und Umgebung. Dann mobilisierten wir überall unsere Gewährsleute. Es war schwierig, der Sache auf den Grund zu gehen, gegen den Druck der Familie. Wir durften zum Beispiel das Foto von Stuart Pedrell nicht veröffentlichen. Viladecans hat da oben einen langen Arm. Es ist alles nicht mehr das, was es einmal war. Ich sage Ihnen im Vertrauen, ich mache diesen Job nicht mehr lange mit. Aber bevor ich gehe, lege ich noch ein paar Rote um, und dann können sie mich suchen, solange sie wollen. Die schaffen ja eine Gesellschaft von Krüppeln. Sehen Sie her.» Er zog einen Packen Geldscheine aus der Tasche.

«Vierzigtausend Eier. Ich habe sie immer griffbereit, falls es mich packt. Das reicht, um nach Paris zu fliegen und ein paar Tage auszuhalten, bis ich bei einer Söldnertruppe angemustert bin. Wenn es mich packt, schlage ich zu und dann auf nach Rhodesien.»

«Rhodesien hat inzwischen eine schwarze Regierung.»

«Rhodesien auch? Alles löst sich auf. Dann gehe ich nach Südafrika, die haben es noch im Griff, dort läuft so etwas nicht.»

«Was meinen Sie denn persönlich zu dem Fall Stuart Pedrell?»

«Ich will Ihnen einen guten Rat geben: Verbrennen Sie sich nicht die Finger. Denken Sie sich irgendeine plausible Erklärung aus, liefern Sie die der Familie und kassieren Sie ab. Die haben nicht das geringste Interesse daran, zu erfahren, was wirklich los war. Die wollten den Typ loswerden, das rieche ich. Alle.»

Er ließ seine Zunge von innen gegen die Wange schnalzen, rückte seine Sonnenbrille zurecht und ging.

«Ich weiß nicht, wie Sie so etwas aushalten, Chef. Wie Sie solche Typen überhaupt ertragen können.»

«Er ist ganz in Ordnung. Es wird nicht lange dauern, dann liegt er da, durchlöchert wie ein Sieb. Der bringt es nie zum Generaldirektor.»

«Er will es ja nicht anders. Jetzt will er Neger umlegen, weil er an die Roten nicht rankommt. Der hat sie nicht alle.»

«Biscuter, ich habe eine Aufgabe für dich.»

«Zu Befehl, Chef.»

«Die chinesische Küche ist die gesündeste von allen. Schmeckt gut und macht nicht dick. Ich möchte, daß du alles tust, um gut chinesisch kochen zu lernen.»

«Soll ich auch Ratten und Schlangen braten?»

«Nein, die kannst du weglassen. Jeden Morgen gehst du ein paar Stunden ins Restaurant *Cathay*. Der Chef dort ist mein Freund, er bringt dir alles Nötige bei.»

«Jetzt, wo ich endlich die Spezialitäten von Rioja im Griff habe!»

«Die chinesische Küche ist die Küche der Zukunft.»

«Danke, Chef, es ist mir eine Ehre und ein Ansporn. Man darf im Leben nicht stillstehen. Seit ich für Sie koche, habe ich bemerkt, daß ich zu etwas nütze bin, und ich will gerne meine Kenntnisse erweitern.»

«Wenn du deine Sache gut machst, kann es durchaus sein, daß ich dir einen Aufenthalt in Paris bezahle, damit du lernst, wie man Saucen macht.»

«Ich kann Sie doch hier nicht alleinlassen!»

«Wer sagt denn, daß ich allein hierbleiben will? Ich könnte auch nach Paris fahren und mich dort eine Zeitlang niederlassen.»

«Junge, Junge, das wär schon was, Chef. Ich kann heute nacht bestimmt nicht schlafen, wenn ich daran denke!»

«Schlaf, Biscuter, schlaf ruhig. Was zählt, ist, daß wir einen Plan haben, der unser ganzes Leben ändern kann.»

«Und Charo?»

«Kommt mit nach Paris.»

«Und der Hund?»

«Sowieso.»

«In eine Stadtwohnung? Wissen Sie, daß der Hund dann viel zu fett wird?»

«Wir mieten ein Häuschen außerhalb, an einem Flußufer, an einer Schleuse, und schauen zu, wie die Kähne vorüberziehen.»

«Wann, Chef, wann?»

«Ich weiß es noch nicht. Aber du bist der erste, der es erfährt!»

«Es stört Sie doch hoffentlich nicht, daß ich mich Ihrer Verabredung angeschlossen habe!»

Der Marqués de Munt trug eine Tweed-Kombination und unter seinem Kinnbart ringelte sich ein wildgewordenes Halstuch. An seiner Seite saß Planas und schwenkte in seinem Glas ein Getränk, das bestimmt keinen Alkohol enthielt.

«Isidro hat mich darum gebeten.»

Planas schaute ihn überrascht an.

«Ein Essen zu zweit artet immer in einen doppelten Monolog aus. Erst die Anwesenheit eines Dritten ermöglicht ein wirkliches Gespräch.»

«Ich dachte, Sie seien heute in Madrid zur Audienz bei einem Minister?»

«Dort war ich schon.»

«So ist unser Isidro. Eines Tages hatten wir morgens um neun Uhr vereinbart, uns zum Mittagessen zu treffen. Wir trafen uns, und ich erfuhr, daß er in der Zwischenzeit in London gewesen war.»

«Señor Carvalho, ich will direkt zur Sache kommen.»

«Isidro, Isidro. Man kommt erst beim zweiten Gang zu geschäftlichen Dingen.»

«Ich will aber jetzt sofort zur Sache kommen.»

«Dann warte zumindest, bis wir den Apéritif genommen haben. Schließen Sie sich meinem Vorschlag an? Klar. Wie sagte doch Bertolt Brecht: Erst kommt das Essen und dann kommt die Moral.»

Carvalho begrüßte nicht nur diesen Vorschlag des Marqués, sondern auch die Tatsache, daß er zum Apéritif einen Weißwein bestellte. Zwei Kellner gratulierten Planas zu seiner Ernennung. Er antwortete ihnen mit einem mißmutigen *«Gracias»*, ohne die finstere Miene zu verändern, mit der er Carvalho empfangen hatte.

«Einen grünen Salat und frischen Fisch *a la plancha**.»

«Isidro, warum bestellst du nicht Salat *a la plancha* und einen grünen Fisch? Du hättest die gleiche Menge Kalorien und würdest unsere visuelle Phantasie nicht so irritieren!»

«Jedem Irren sein Thema.»

«Er ist ein unmöglicher Mensch. Jetzt tut er alles, um sich die Jugendlichkeit seiner Muskulatur und seiner Eingeweide zu erhalten. Haben Sie ihn schon mal nackt gesehen? Ein griechischer Athlet. Jeder Muskel zeichnet sich genau ab. Und seine inneren Organe sind noch viel besser. Er hat ein Leberchen, so zart wie eine junge Ziege.»

«Mach dich ruhig lustig. Wer zuletzt lacht, lacht am besten.»

«Was du da sagst ist kaum amüsant und noch weniger sachdienlich. Ich mit meinen 74 Jahren bin noch sehr gut erhalten, und ich habe auf keinen Genuß verzichtet.»

Carvalho bestellte sich eine Scampi-Crème und der Marqués begann mit Schnecken in Burgunder.

«Jetzt, wo Ihr Magen etwas gefüllt ist, kann ich wohl beginnen. Es war mir sehr unangenehm, erfahren zu müssen, daß Sie in San Magín herumgeschnüffelt haben. Wenn Sie unbedingt etwas finden müssen, finden Sie es von mir aus überall, ich wiederhole, überall, nur nicht in San Magín.»

«Niemand hat mir dieses Gebiet verboten. Weder Viladecans noch die Witwe.»

«Ich hatte es dir doch gesagt. Viladecans läßt es in letzter Zeit sehr an Anstand fehlen. Gestern wollte er mir doch tatsächlich Vorwürfe machen, weil ich mich rundweg weigere, San Magín abreißen zu lassen. Was glaubt der Junge eigentlich?»

«Ich habe kaum das Mißvergnügen, ihn zu kennen. Das ist deine Sache.»

* D. h.: Vom Backblech

«Aber wenn es Komplikationen gibt, betrifft es dich genauso. Carvalho, wir sind an einem kritischen Punkt angekommen. Die Revision der Gebäude von San Magín konnten wir verhindern, ebenso die Versuche einiger Journalisten, einen sogenannten ‹Immobilienskandal› dazu zu benutzen, um meinen Aufstieg zu behindern. Ich habe einen verantwortungsvollen Posten erreicht, auf dem ich mir keinen Skandal leisten kann.»

«Ich schließe mich dem an, was Isidro gesagt hat, Señor Carvalho. Wenn ich ein Städteplaner wäre, würde ich den Abriß von San Magín empfehlen. Aber das ist leider nicht möglich. Ein Skandal würde nur dazu dienen, Señor Planas und mir zu schaden. Ich habe damals meinen ganzen Einfluß geltend gemacht und vom Präsidenten der Área Metropolitana fast unmögliche Genehmigungen erhalten. Ein klarer Fall von Spekulation, den ich nicht verbergen will, dessen ich mich auch nicht schäme. Das Wirtschaftswunder der Franco-Zeit war ein Bluff. Wir haben alle mit dem einzigen spekuliert, was wir hatten: Grund und Boden. Weil es unter diesem Boden keine Bodenschätze gibt, lohnt es sich nicht, ihn zu erhalten. Unser Land ist unglücklich. So viel Land und so wenig Bodenschätze. Und jetzt beginnt auch noch das Meer zu verfaulen. Haben Sie den Nachgeschmack bemerkt, den dieser Fisch hat? Erdöl.»

«Ich gebe Ihnen einen guten Rat, Carvalho, und wenn ich jemand einen guten Rat gebe, dann ist es mehr als nur ein Rat.»

«Isidro.»

«Unterbrich mich nicht. Ich rede jetzt nicht vom Essen, sondern von der rauhen Wirklichkeit. Schließen Sie so bald wie möglich Ihre Nachforschungen ab und geben Sie der Witwe eine plausible Erklärung. Ich zahle Ihnen dieselbe Summe wie sie ... Sie können doppelt kassieren.»

«Isidro! Das sagt man erst beim Kaffee oder nach einigen Gläsern Marc de Champagne!»

«Hätten Sie mir dasselbe gesagt?»

«Im Prinzip ja. In einem anderen Ton und selbstverständlich nach dem Marc de Champagne! Aber die Schlüsse aus dem, was ich gesagt hätte, wären denjenigen ohne Zweifel sehr nahe gekommen, die Sie jetzt gerade ziehen.»

«Haben Sie das mit der Witwe abgesprochen?»

«Nein, wir müssen unter uns drei einig werden. Die Witwe ist nur an einer Erklärung interessiert, die es ihr erlaubt, in Ruhe Stuart

Pedrells Erbe anzutreten. Glauben Sie, daß Ihre Erklärung beruhigend ausfallen wird?»

«Wahrscheinlich.»

«Dann gibt es nichts mehr zu besprechen. Señor Carvalho hat kein Interesse daran, sich selbst und uns das Leben schwerzumachen, solange er das mit seiner Berufsehre vereinbaren kann. Oder irre ich mich?»

«Nein. Nein, Sie irren sich nicht. Ich fühle mich verpflichtet, meinem Klienten die Wahrheit mitzuteilen, die ich herausgefunden habe und die er braucht. Alles, was darüber hinausgeht, interessiert mich nicht.»

«Siehst du, Isidro?»

«Aber die Sache ist heiß. Was hatten Sie in San Magín zu suchen? Wer ist Antonio Porqueres? Hat er etwas mit dem Verschwinden von Stuart Pedrell zu tun?»

«Ja. Mehr sage ich nicht. Ich werde es zu geeigneter Zeit meiner Klientin mitteilen.»

«Vergessen Sie das Angebot nicht, das ich Ihnen gemacht habe. Ich könnte auch Ihr Klient werden.»

«Ein Detektiv, der ein doppeltes Spiel spielt, Señor Carvalho. Würde Sie so etwas nicht reizen?»

«Nein.»

«Das hatte ich erwartet, Isidro. Gib dich mit Señor Carvalhos Versprechen zufrieden, daß alles in der Familie bleibt.»

«Ich habe kein Vertrauen zu Versprechungen, die gratis gemacht werden.»

«Isidro Planas, wie er im Buche steht.»

«Was man gratis bekommt, kommt einen am Ende teuer zu stehen. Und du hörst auf zu lachen. Gestern abend hast du nicht gelacht. Du hast dich genauso aufgeregt wie ich.»

«Das war gestern.»

«In Wirklichkeit willst du allen und jedem überlegen sein. Mich führst du nicht hinters Licht, indem du den gelangweilten Aristokraten spielst.»

«Isidro, Isidro ...»

Der Marqués tätschelte ihm den Rücken. Planas erhob sich abrupt und schleuderte die Serviette auf den Tisch, daß ein Glas zerbrach. Er beugte sich zu dem Marqués herab, damit seine erstickte Stimme an den Nachbartischen nicht zu hören war.

«Ich hab die Schnauze voll von dir, kapiert? Bis hier oben!»

«Sag nichts, was du bereuen könntest!»

«Ich war immer derjenige, der sich exponiert hat. Du tust so, als wärst du jenseits von Gut und Böse und wendest dich mit angewiderter Miene ab. Immer, wenn es etwas Schmutziges zu erledigen gab, mußte ich es tun. Wer hat denn geschuftet wie ein Pferd?»

«Du, Isidro. Aber vergiß nicht, daß das so abgemacht war. Du warst ein armer Teufel, der es ohne unser Geld im Leben zu nichts gebracht hätte. Du würdest heute noch Scheuerlappen verkaufen!»

«Mir allein habt ihr doch euren Reichtum zu verdanken! Nur mir! Und nun bin ich endlich so weit, daß ich euch zum Teufel jagen kann. Ich brauche euch nicht mehr!»

Er ging zur Tür und hörte nicht mehr, wie der Marqués hinter ihm herrief:

«Könntest du wenigstens das Essen bezahlen? Ich habe kein Geld bei mir.»

Der Marqués entschied sich für ein Champagnersorbet zum Nachtisch. Carvalho wählte Birnen in Wein.

«Er ist äußerst erregt. Das ist die Nähe der Macht. Heute morgen ist er nicht von einem Minister empfangen worden, sondern von einem Superminister. Sein Drang nach Macht kann ihn noch ruinieren. Es ist die Achillesferse jedes Kämpfers. Aber nehmen Sie das ernst, was er gesagt hat. Im Prinzip schließe ich mich dem an. Ich bin eitel, was meinen Ruf angeht, und es wäre mir sehr unangenehm, wenn die Zeitungen mein Paßfoto bringen würden mit der Überschrift: ‹Bande von Immobilienspekulanten›.»

Auf einmal stand Planas wieder am Tisch. Zerknirscht murmelte er: «Verzeih mir.»

«Du kommst im richtigen Moment, wie immer, Isidro. Ich habe kein Geld bei mir. Du mußt bezahlen oder es von deinem Konto abbuchen lassen.»

Die Sozialisten und Kommunisten hatten die ganze Nacht gearbeitet, die Ramblas und ihre Nebenstraßen waren übersät von Wahlplakaten. «Diesmal kannst du gewinnen», versprachen einige, «Du bist das Zentrum der Stadt», verkündete die Regierungspartei,

«Der Wiederaufbau Kataloniens geht über die Demokratisierung der Rathäuser», behauptete ein bärtiger Parteiführer auf der Titelseite einer Zeitschrift. Aber keine Partei versprach, das abzureißen, was der Faschismus aufgebaut hatte. Es ist der erste politische Führungswechsel, der die Ruinen respektiert. Jedes Jahrhundert produziert seine eigenen Ruinen, und unseren ganzen Bestand an Ruinen verdanken wir Franco. Deine Muskeln sind zu schwach, um so viele Ruinen abzutragen. Über Nacht müßte ein Wunder geschehen. Die Stadt würde erwachen, von der Korruption befreit, mit ein paar Lücken mehr, die Vorstädte wären eine herrliche Schutthalde und die Bürger könnten den Neuaufbau auf den Ruinen des Alten beginnen. Vielleicht hätte Yes dann nicht die Sehnsucht, die Welt zu umrunden wie ein einsamer Satellit, Charo wäre mit ihrer Arbeit zufrieden, Biscuter glücklich mit seinen Kenntnissen der Küche von Rioja, und ihm selbst würde es gefallen, seiner täglichen Routine nachzugehen, zu arbeiten, zu sparen, zu essen, zwei- bis dreimal täglich die Ramblas auf und ab zu gehen und sich nachts nutzlos an der Kultur zu rächen, die ihn vom Leben getrennt hatte ...

Auch heute war Charo wieder dabei, sich zu schminken. Sie umarmte ihn und lächelte zufrieden, als Carvalho sich auf das Sofa fallen ließ und durch seine Haltung zeigte, daß er Zeit hatte. Sie sagte ihm, sie sei in einer Minute mit Schminken fertig, dann könnten sie miteinander schlafen.

«Heute nicht. Spar dir deine Energien lieber fürs Wochenende auf.»

«Dieses Wochenende wird herrlich. Ich darf gar nicht daran denken. Wir gehen nicht aus dem Zimmer. Den Schlüssel werfen wir zum Fenster hinaus, wie im Kino.»

«Ich möchte in dem Restaurant essen, von dem ich dir erzählt habe.»

«Du darfst fünf Mahlzeiten am Tag zu dir nehmen, aber zwischen den Mahlzeiten kommst du ins Bett!»

Sie nahm seine Hände und legte sie sich auf Gesicht und Schultern, damit er sie streichelte. Carvalho streichelte sie lange genug, bis sie zufrieden war.

«Du bist traurig. Was ist mit dir los?»

«Die Verdauung.»

«Ach, das kenn ich. Nach dem Essen wird mir kalt und ich ärgere mich über mich selbst, weil ich wieder zu viel gegessen habe. Manchmal fange ich sogar an zu heulen.»

Als sie wieder ins Badezimmer ging, nutzte er die Gelegenheit, um sich zu verabschieden. Sie kam wieder heraus, an einem Auge hatte sie falsche Wimpern.

«Gehst du schon?»

«Ich muß die Arbeit zu Ende bringen. Ich möchte den Fall morgen abgeschlossen haben und dann in Ruhe wegfahren.»

«Es ist gefährlich.»

«Nein.»

In der Zwischenzeit war ein Anruf gekommen. Biscuter hatte es auf dem Notizblock notiert und dazugeschrieben, er habe erfahren, daß seine Mutter in den Mundet-Heimen sei, und er wolle sie besuchen. Carvalho hatte nicht einmal gewußt, daß Biscuters Mutter noch lebte.

Auf dem Notizblock stand: «Señor Briongos sagt, daß sein Sohn heute um neun Uhr am Eingang des Kinos Navia in San Magín auf sie wartet. Die Tochter von Señor Briongos hat auch angerufen und gesagt, Sie sollten nicht hingehen. Sie sollen sich mit ihr in Verbindung setzen.»

Carvalho nahm sein Messer aus der Hosentasche. Er drückte die Feder und die Klinge fuhr heraus. Das Messer und Carvalho belauerten einander. Es wartete auf den Befehl zum Angriff. Der Mensch hatte Angst vor ihm. Er klappte es wieder zusammen und steckte es ein. In einer Schachtel schlief der Revolver wie ein kaltes Reptil. Carvalho nahm ihn heraus und prüfte ihn. Er zielte auf die Wand. Dann nahm er die Patronen aus einer anderen Schachtel und lud ihn sorgfältig. Als er die Trommel einrasten ließ, war das schlafende Reptil wach, kampfbereit, tödlich. Er sicherte es, um seiner Mordlust Zügel anzulegen, und steckte es in die Tasche mit dem ausdrücklichen Befehl, sich ganz ruhig zu verhalten. Aus dem nächsten Karton holte er einen eisernen Schlagring und schob ihn über die Finger. Er schnellte den Arm vor gegen einen unsichtbaren Feind. Dann nahm er den Schlagring wieder ab und steckte ihn in die Jackentasche. Fertig. Die unbesiegbare Armada. Er nahm den Weißwein aus dem Kühlschrank, besann sich aber und ging auf die Suche nach dem Weinbrand. Davon leerte er zwei Gläser. Mit den Fingern aß er ein wenig Stockfisch mit Knoblauch aus der Kasserolle. «Bis gleich!» sagte er zu den vier Wänden, ging langsam die Treppe hinab, hörte hier das Klopfen des Bildhauerhammers, dort den Lärm des Friseursalons und die schallgedämpfte Trompete des Jungen in Lila. Zwei junge Homosexuelle begegneten ihm, sie waren wie Knaben gekleidet, die zur ersten Kommunion gehen, oder wie schwule Knaben, die zur ersten Kommunion gehen. Romeo und Julia mit Schnurrbart auf der Flucht vor den Capulets.

Ana Briongos kam mit dem blauen Bus und atmete auf, als sie Carvalho an der Haltestelle entdeckte. Sie sprang als erste heraus und eilte zu ihm.

«Danke, daß Sie gekommen sind.»

Sie begann zu gehen. Man konnte beinahe die Worte in ihrem Kopf rumoren hören, die sich angesammelt hatten. Sie sah Carvalho an und wartete auf ein Zeichen, anzufangen, aber Carvalho schlenderte nachdenklich neben ihr her, als hätte er noch den ganzen Nachmittag und den ganzen Abend Zeit, spazierenzugehen und zu schweigen.

«Warum waren Sie bei meinen Eltern?»

«Das ist nun schon das zweite Mal an diesem Tag, daß ich mir Vorwürfe anhören muß und alles wegen diesem Stadtteil. Schreibt doch an den Eingang: San Magín, verbotene Stadt.»

«Sie wissen gar nicht, was Sie mit diesem Besuch angerichtet haben und noch anrichten können.»

«Der Schaden war schon angerichtet.»

«Meine Eltern sind zwei arme Irre, die sich wegen jeder Kleinigkeit vor Angst in die Hosen machen. Sie hatten schon immer Angst.»

Carvalho zuckte die Schultern.

«Treffen Sie sich nicht mit meinem Bruder.»

«Wieso?»

«Es lohnt sich nicht.»

«Das weiß ich erst, wenn ich mit ihm gesprochen habe.»

«Mein Bruder ist kein normaler Junge. Er ist unberechenbar wie ein Kind, wie ein gewalttätiges Kind. Sein ganzes Leben lang hat er nur Schläge bekommen. Ohrfeigen eingesteckt, Ohrfeigen ausgeteilt. Meine Mutter hat ihn schon immer gehaßt. Sie ist böse, so richtig kleinlich böse, wie arme Leute es sein können. Etwas anderes kennt sie gar nicht. Das ist das einzige, was ihr Charakter, Persönlichkeit verleiht. Und mein Vater hat sich sein ganzes Leben lang von ihr unter Druck setzen lassen. Er mußte dafür büßen, daß Pedro unehelich ist.»

«Was Sie nicht sagen!»

«Mit sieben Jahren kam er zum erstenmal ins Heim. Er hatte eine Nachbarin beklaut, um sich irgendeinen Blödsinn zu kaufen. Zwei Jahre später kam er zurück und war noch schlimmer als vorher. Mit neun Jahren! Die Regale der Buchhandlungen sind voll von Büchern, die die Erwachsenen auffordern, ihre Kinder mit Respekt zu behandeln. Mit neun Jahren war mein Bruder die Zielscheibe des Riemens meines Vaters und der Schuhe oder Besen meiner Mutter. Mit elf Jahren wurde er wieder ins Heim gesteckt. Ist Ihnen das Fürsorgeheim Wad Ras ein Begriff?»

«Ich gehöre zu einer anderen Generation. Uns wurde damals mit der Besserungsanstalt Durán gedroht.»

«Und trotz allem hat er die Familie immer sehr geliebt. Er hat sich immer als einen von uns betrachtet. Die paar Pesetas, die er hat, gibt er für meine Eltern oder für meine Geschwister aus. Er ist jetzt achtzehn Jahre alt. Erst achtzehn!»

«Nur vier oder fünf Jahre jünger als Sie.»

«Er ist ein ganz anderer Mensch als ich. Lassen Sie ihn in Frieden. Er mag getan haben, was er will. Sein ganzes Leben rechtfertigt ihn.»

«Was hat er denn getan?»

«Was suchen Sie? Sie sind ein mieser Knecht der Reichen und stecken Ihre Nase in eine Welt, die nicht die Ihre ist.»

«Wie Stuart Pedrell. Wie Ihr Antonio Porqueres. Er hat auch die Nase in eine Welt gesteckt, die nicht die seine war.»

«Ich bekomme keine Bezahlung dafür, daß mir Antonios Tod weh tut. Und es tut weh. Hier.» Sie zeigte auf ihren Bauch. «Aber es war Schicksal.»

«Was geschah?»

«Warum gehen Sie nicht fort? Für Sie ist es ein leichter Sieg über ein paar schwache Opfer. Finden Sie das gut?»

«Ich bin der Knecht meiner Herren, genauso wie Sie auch, aber es gefällt mir nicht, daß es Opfer gibt, schwache oder starke. Die Opfer sind eben die logische Konsequenz.»

«Sie sind Personen, Menschen, die ich liebe. Die man kaputtmachen kann. Manchmal erinnere ich mich an Pedro, wie er noch klein war und nicht wußte, daß die Demütigungen meiner Mutter seine Schuld waren. Ich erinnere mich an sein Kindergesicht. Plötzlich verändert es sich und wird entstellt von der ganzen Brutalität, mit der er behandelt worden ist.»

«Mein Zusammentreffen mit Ihrem Bruder ist ein Teil der Logik. Ich folge ihr bis zum Ende. Jeden Fall löse ich bis zum Ende. Bis zu meinem Ende. Ich schließe den Fall ab und dann entscheidet mein Klient. Die Polizei übergibt sie dem Richter. Der Richter ist mein Klient.»

«Eine hysterische Alte, die jede Menge Geld hat und nicht weiß, was Schmerz ist.»

«Sie hat zwar Geld, aber alt ist sie nicht. Und jeder weiß, was Schmerz ist. Sie reden und haben viele Vorteile auf Ihrer Seite. Sie gehören zu der sozialen Klasse, die recht hat, und das lassen Sie die ganze Welt spüren.»

«Ich wollte ihm gute Ratschläge geben. Pedrito, mach dies nicht! Pedrito, mach das nicht! Sobald ich aus dem Haus war, wurde ich unruhig. Was macht Pedro? Und wenn ich zurückkam, hatte er immer etwas angestellt. Sie haben immer einen Grund, einen Vorwand gefunden, um ihn zu beschimpfen und in die Enge zu treiben. Ich holte ihn von der Schule ab, damit er sofort nach Hause kam und unterwegs nichts anstellte. Als die Polizei kam und ihn wegen des Motorrads abholte, was glauben Sie, wie die ihn behandelt haben? Wissen Sie, wie sie auf der Polizeiwache und im Knast mit normalen Delinquenten umgehen?»

«Ich habe diese Welt nicht erschaffen, auch nicht diese Gesellschaft. Ich will nicht das schlechte Gewissen des Ganzen sein. Diese Rolle ist ein paar Nummern zu groß für mich. Ich nehme an, Sie haben mich nicht hierher bestellt, nur um mir die traurige Geschichte Ihres Bruders zu erzählen.»

«Ich wollte verhindern, daß Sie mit ihm zusammentreffen.»

«Das schaffen Sie aber nicht!»

«Sie wissen, was dann passiert.»

«Ich kann's mir denken!»

«Reicht es Ihnen noch nicht? Können Sie die Sache nicht abschließen? Erzählen Sie Ihrer Klientin, was Sie wollen. Sie hat auch ein Interesse daran, daß ich schweige.»

«Das können Sie untereinander ausmachen.»

Sie packte seinen Arm und schüttelte ihn.

«Seien Sie doch nicht dumm! Etwas Schreckliches kann passieren! Ich könnte selbst mit ihr sprechen, ihr alles erzählen ... Würden Sie dann hierbleiben und nicht zu meinem Bruder gehen?»

«Ich will, daß er mir alles erzählt. Es ist seine Sache. Seien Sie nicht dumm. Er hätte immer Gewissensbisse.»

Carvalho ging weiter, und sie blieb, zur Salzsäule erstarrt, an der Kreuzung stehen, eine Hand nach Carvalho ausgestreckt, die andere in der Manteltasche zusammengekrampft. Dann rannte sie los, um Carvalho einzuholen. Schweigend gingen sie nebeneinander her.

«Wie leicht wäre es, einfach von hier wegzugehen!»

«Dieses Viertel und seine Bewohner würden Sie begleiten. Jede Schnecke schleppt ihr Haus mit sich.»

«Ich will gar nicht weg von hier. Auch wenn es wie eine Lüge klingt, ich würde mich in einer anderen Umgebung nicht zurechtfinden.»

«Wenn es ein Junge wird, seien Sie nicht verzweifelt. Es gibt auch Männer, die Großes geleistet haben. In Zukunft werden die Männer besser sein als die Frauen. Ganz bestimmt.»

«Mir ist es egal, ob Mädchen oder Junge. Ich werde es auf alle Fälle lieb haben.»

Er trug Jeans und eine schwarze Kunststoffjacke voller versilberter Beschläge: Ringe, Zahnstangen, mondförmige Nieten, Mondsicheln. Er hatte Stiefel mit hohen Absätzen, um seinen nervösen Körper größer erscheinen zu lassen, die Hände in den schräg geschnittenen Jackentaschen, hochgezogene Schultern und den Kopf vor der gefährlichen Umwelt geduckt, kurze, dünne, glänzende Haare um sein junges Pferdegesicht. Er sah Carvalho an, neigte den Kopf zur Seite, als gefalle es ihm gar nicht, was er da sah. Mit der Schulter deutete er Carvalho an, ihm zu folgen.

«Hier können wir nicht reden. Gehen wir zu einem ruhigen Platz.»

Er ging hastig, ruckartig, jeder Schritt war wie ein Peitschenhieb.

«Sie können ganz beruhigt sein, es ist nicht weit.»

Carvalho antwortete nicht. Pedro Larios drehte sich ab und zu nach ihm um und grinste.

«Wir sind gleich da.»

Als sie um die Ecke bogen, standen sie plötzlich in der Dunkelheit und Verlassenheit der Rückseite von San Magín. Gegen den Mond zeichnete sich die Silhouette der Kirche ab. Aus einem Musikautomaten in der Nähe ertönte die Stimme von Julio Iglesias. Carvalho und Pedro Larios blieben im Lichtkegel einer Straßenlaterne stehen, die leicht im Wind schaukelte. Pedro hatte die Hände immer noch in den Taschen. Grinsend blickte er nach rechts und nach links, zwei Jungen kamen aus der Dunkelheit und nahmen Carvalho in die Mitte.

«In Gesellschaft redet es sich leichter.»

Carvalho taxierte die gedrungene Gestalt zu seiner Linken. Er blickte ihm in die Augen. Sie waren dunkel, als wolle er nicht sehen, was er sehen mußte. Mit den Händen wußte er auch nicht wohin. Der andere war fast noch ein Kind. Er schaute ihn an und zog die Nase kraus wie ein Hund vor einer Beißerei.

«Können Sie nicht reden? Zu Hause bei meinem Vater, da konnten Sie reden. Viel zuviel.»

«Haben die beiden dir geholfen?»

«Geholfen wobei?»

«Den umzubringen, der mit deiner Schwester gegangen ist.»

Pedro blinzelte unsicher und sah vom einen zum anderen.

«Darüber rede ich nicht.»

«Paß bloß auf, Alter, was du sagst!» zischte der Kleine.

«Also, ich weiß nicht, was mein Vater dir gesagt hat, aber das, was ich dir sagen will, ist endgültig. Ich hab was gegen Schnüffler. Und du bist ein ganz großer Schnüffler!»

«Er hat 'ne richtige Schnüffelnase!» bestätigte der Kleine.

«Los, macht Schluß», stieß der Große abrupt hervor.

«Ich hab was gegen Typen, die ihre Nase in Sachen reinstecken, die sie nichts angehen. Meine Kumpels hier auch.»

Sie kamen zwei Schritte auf ihn zu. Carvalho war in ihrer Reichweite, er stand mit dem Rücken vor der Wand eines halbfertigen Kellers. Der Kleine zog als erster das Messer und fuchtelte damit vor Carvalhos Gesicht herum. Dann zog Pedro sein Messer, das ihm sozusagen schon in der Tasche aufgegangen war. Der Große ballte die Fäuste, nahm die Schultern zurück und zog den Kopf ein. Der Kleine stieß nach Carvalhos Gesicht. Der wich aus, indem er einen Schritt zurück machte, der Große stürzte sich auf ihn, während Pedro sich zurückhielt. Die Faust des Großen streifte sein Gesicht. Carvalho gab dem Kleinen einen Fußtritt, daß er sich überschlug und aufheulte. Mit den Händen wehrte er den Großen ab und stieß ihn gegen Pedro, der jetzt näher kam. Seine Hand erreichte den Revolver nicht mehr. Der Kleine ging fluchend und blind vor Wut mit dem Messer auf ihn los. Da packte er ihn an einem Arm und drehte so lange daran, bis man ein Knacken hörte und den Schmerzensschrei.

«Das Dreckschwein hat mir den Arm gebrochen!»

Die anderen sahen den langen, schlaff herabhängenden Arm des Kleinen. Pedro griff blitzschnell an und ritzte mit seinem Messer Carvalhos Wange auf. Der Große nahm seinen ganzen Mut zusammen und griff als nächster an. Carvalho konterte mit beiden Fäusten auf einmal. An seinen Knöcheln glänzte der Schlagring. Platzwunden erschienen auf dem eckigen Gesicht. Carvalho stürzte sich auf ihn und schlug ihm mit beiden Händen ins Gesicht und auf den Kopf. Im Fallen umklammerte der Junge Carvalhos Beine und riß ihn mit.

«Bring ihn um! Mach ihn fertig!» schrie der Kleine.

Pedro suchte in dem Knäuel der beiden Körper die geeignete Stelle für sein Messer. Carvalho gewann die Oberhand, faßte von hinten den Hals des Großen und hielt ihm sein Messer vors Gesicht. «Bleibt weg oder ich massakriere ihn!»

«Mach ihn fertig, Pedro, bring ihn um!»

Der Große versuchte zu sprechen, aber Carvalho drückte ihm den Hals zu.

«Der Kleine soll abhauen. Los, Hosenscheißer, mach daß du wegkommst.»

Pedro winkte ihm zu gehorchen. Der Kleine verschwand aus dem Lichtkreis und begann aus der Dunkelheit mit Steinen zu werfen.

«Du triffst doch uns, blöder Hund!»

Die Steinwürfe hörten auf. Carvalho lockerte seinen Griff, gab dem Jungen einen Stoß, daß er sich um sich selbst drehte, und als er ihn von vorne hatte, schlug er ihm mit voller Wucht ins Gesicht, auf die Brust und in den Magen. Er ging in die Knie, und Carvalho drosch mit den Fäusten auf seinen Kopf ein, bis er am Boden lag.

Dann nahm er sich Pedro vor. Der hielt ihn mit seiner Waffe auf Distanz und wich zurück, während der Detektiv auf ihn zuging. Er warf den Schlagring weg, als er vorrückte, holte den Revolver aus der Tasche, stellte sich breitbeinig hin, hob den rechten Arm mit dem Revolver, unterstützte ihn mit der linken Hand und zielte Pedro mitten ins Gesicht.

«Auf den Boden! Wirf dich auf den Boden, oder ich schieß dir die Rübe ab! Wirf das Messer hierher. Mach jetzt keinen Fehler!»

Das Messer löste sich aus Pedros Hand. Dann warf er sich zu Boden, stützte sich aber auf die angewinkelten Arme, um Carvalho beobachten zu können.

«Los, runter auf den Boden, Säugling. Arme und Beine auseinander.»

Pedro lag da wie ein dunkles X unter dem Lichtkegel. Der Große versuchte, kriechend in die Dunkelheit zu entkommen. Carvalho ließ es zu. Er ging langsam näher zu Pedro. Dabei versuchte er, tief durchzuatmen und die rote Wolke zwischen seinen Schläfen zu durchdringen. Er stieß ihn mit dem Fuß an.

«Beine weiter auseinander.»

Der Besiegte gehorchte. Carvalho begann, ihn wie rasend mit Fußtritten zu bearbeiten. Der andere wich zuckend aus, wie ein elektrisiertes Tier, aber die Fußtritte trafen seinen Magen, prasselten auf seine Nieren und suchten mit Vorliebe sein Gesicht. Pedro hörte das Keuchen eines erschöpften, gereizten Tieres aus Carvalhos halbgeöffnetem Mund. Ein Fußtritt an die Schläfe betäubte ihn, und dann fühlte er, wie die Tritte schwächer wurden, er hörte auf, sich zu verteidigen, wieder einmal seinem Unglück ausgeliefert. Carvalho zog seinen Kopf an den Haaren hoch, bis er auf die Knie kam und schließlich aufstand. Er sah das Gesicht des Detektivs mit dem Blut auf der Wange ganz nahe vor sich. Der packte ihn von hinten am Jackenaufschlag und stieß ihn vorwärts bis zur Wand. Dort gab er ihm einen Stoß, der ihn gegen die Ziegel schleuderte. Hinter sich hörte er wieder den Detektiv wie ein erschöpftes Tier keuchen, als schreie die Luft beim Atmen vor Schmerz auf. Pedro hörte, wie er hustete und sich übergab. Er versuchte, sich umzudrehen, aber sein Körper gehorchte ihm nicht. Seine Beine zitterten und sein Gehirn sagte ihm, daß er verloren hatte. Wieder fühlte er die feuchte Hitze, die von Carvalhos Körper ausging. Die Stimme des Detektivs klang nun fast heiter.

«Los, jetzt gehen wir zur Wohnung deiner Schwester. Denk an meinen Revolver. Es ist sowieso ein Wunder, daß ich dich nicht kaltgemacht habe, du Idiot!»

Pedro setzte sich in Bewegung. Als sie belebte Straßen erreichten, lief er auf Carvalhos leisen Befehl dicht an den Hauswänden entlang, aber auch aus eigenem Antrieb. Er mußte übel zugerichtet sein. So sollte ihn keiner sehen.

«Es ist nicht tief.» Ana Briongos zog Carvalhos Verletzung mit Merkurochrom nach. Ihre Wohngenossinnen hatte sie weggeschickt. Pedro ließ sich auf ein offenes Klappbett fallen. Carvalho sagte dem Mädchen, sie solle ihn nicht einschlafen lassen. Sie beugte sich über ihren Bruder, um zu hören, was er sagte. Als sie seine Fingergelenke prüfte, heulte er auf.

«Diesen Finger hat er gebrochen, und er hat überall blaue Flecke. Das alles haben Sie ganz allein fertiggebracht? Kunststück, gegen einen Jungen.»

«Er hatte seine Komplicen dabei.»

Ana wußte nicht, wo sie anfangen sollte. Sie betupfte die Schwellungen in seinem Gesicht mit Wasserstoffperoxid. Als sie ihm die Jacke ausziehen wollte, weigerte er sich stöhnend. Die Tür ging auf und der Vater trat ein.

«Pedro, Junge, was haben sie mit dir gemacht!»

Er blieb verdutzt stehen und sagte, als er Carvalho entdeckte:

«Guten Abend.»

Mit erstickter Stimme klagte er:

«Pedro, Mensch, ich hab's dir gesagt! Ich hab's dir gesagt!»

Ihm kamen die Tränen, und er blieb mitten im Zimmer stehen, als könne er nicht beides gleichzeitig, weinen und weitergehen.

«Deswegen hättest du nicht kommen müssen, Papa.»

«Ist er verletzt?»

«Er hat nur eine Tracht Prügel bezogen. Er wollte es ja nicht anders.»

Der Vater sah Carvalho an wie einen Gott, von dem sein Schicksal abhing.

«Was haben Sie mit ihm vor?»

Carvalho setzte sich. Die ganze Szene rückte einen Moment lang weit von ihm weg. Ana sah aus wie eine Krankenschwester, die einen Verletzten versorgte, mit dem sie nichts zu tun hatte. Der alte Briongos stand an der Tür einer fremden Wohnung und wagte nicht zu fragen, ob er eintreten dürfe. Carvalho hatte Durst und hörte plötzlich seine eigene Stimme um Wasser bitten. Ana brachte es ihm. Es war kalt, schmeckte aber nach Chlor.

«Gib dem Señor einen Schnaps. Dann kommt er wieder zu Kräften.»

Der alte Briongos wartete immer noch auf seinen Richterspruch. Carvalho erhob sich, nahm einen Stuhl, ging damit zu dem Bett, auf dem Pedro lag, und setzte sich zu ihm.

«Wenn du nicht sprechen kannst, dann hör mir zu, und sag nur ja oder nein.»

«Wenn ich will, kann ich sprechen.»

«Um so besser. Ihr drei habt euch also Stuart Pedrell vorgeknöpft und umgebracht. Du und deine beiden Kumpels.»

«Wir wußten nicht, daß er so hieß.»

«Ihr habt ihn euch also geholt und getötet. Warum?»

«Haben Sie nicht gesehen, was er meiner Schwester angetan hat?»

«Du Schwachkopf! Du Idiot!» schrie Ana verzweifelt.

«Sie wollten es nicht. Sie wollten nicht soweit gehen», vermittelte der alte Briongos.

«Wir wollten ihm nur einen Denkzettel verpassen. Aber der Typ spielte sich auf. Er legte mir seine Hand auf die Schulter, das Ekel, und fing an, mir gute Ratschläge zu geben. Quisquilla, der Kleine, dem Sie den Arm gebrochen haben, stach zuerst zu. Mir rutschte plötzlich die Hand aus, und ich stach noch einmal zu.»

Der alte Briongos hatte sein Gesicht mit den Händen bedeckt und zitterte. Ana blickte ihren Bruder an: «Du Schwachkopf! Wer hat dich darum gebeten, das zu tun?»

«Du bist meine Schwester.»

Mit ausgebreiteten Armen schien der alte Briongos diese Geschwisterliebe in ihrer ganzen Unermeßlichkeit umfassen zu wollen.

«Wenn er sich nicht so aufgespielt hätte, wäre ihm nichts passiert. Aber er fing an zu schwafeln. Daß ich dies tun sollte, daß ich das tun sollte. Daß meine Schwester ein freier Mensch und er nicht der einzige Mann in ihrem Leben sei. Das hat er gesagt, Ana. Ich schwör's dir!»

«Na und, Idiot! Stimmt das etwa nicht?»

«Und ihr habt alles gewußt und euch zu Komplicen eines Mörders gemacht?»

«Ich kann doch meinen eigenen Sohn nicht anzeigen!»

«Und Sie?»

«Es nützte ja sowieso nichts mehr!»

Der alte Briongos nahm seinen letzten Mut zusammen und sagte:

«Er war ein Eindringling. Er gehörte nicht hierher.»

«Sei still, Papa.»

«Und ihr habt ihn auf den Boden eines Kellers geworfen und liegengelassen, am anderen Ende der Stadt.»

«Niemand hat ihn in irgendeinen Keller geworfen.»

Carvalho blickte erstaunt von Pedro zu den beiden anderen, die seine Worte zu bestätigen schienen.

«Sag das noch mal!»

«Niemand hat ihn in einen Keller geworfen und dort liegengelassen. Er war schwer verletzt, aber er ging selbst weg.»

«Pedro kam nach Hause und sagte, er hätte Antonio schwer verletzt. Mein Vater und ich haben ihn die ganze Nacht überall gesucht und nicht gefunden.»

«Klar. Er hat die U-Bahn genommen, weil er lieber in Trinidad sterben wollte. Das soll ich glauben?»

«Sie brauchen überhaupt nichts zu glauben. Aber das ist die reine Wahrheit.»

In Briongos' Augen leuchtete eine letzte Hoffnung auf.

«Finden Sie heraus, was dann geschah!»

«Stuart Pedrell starb an den Messerstichen von diesen beiden Metzgerlehrlingen. Du bringst es nicht weit, Junge. Der Kleine ist ein Verrückter, der tötet aus Lust am Töten, und der Große ist ein Feigling, der sofort den Schwanz einzieht. Al Capone hatte bessere Leibwächter.»

«Dein schlechter Umgang, Pedrito. Was hat dir dein Vater immer gepredigt?»

Pedro blieb liegen und starrte zur Decke. Als ihre Blicke sich trafen, sah der Detektiv in seinen Augen einen kompromißlosen Haß, einen tödlichen Haß, das Versprechen einer Rache, die ihn sein Leben lang verfolgen würde. Carvalho verließ das Zimmer, gefolgt von Ana und ihrem Vater.

«Señor, bitte. Bringen Sie nicht noch mehr Unglück über unsere Familie. Ich werde versuchen, alles in Ordnung zu bringen. Ich schicke ihn zur Fremdenlegion. Dort werden sie einen Mann aus ihm machen. Er wird Gehorsam lernen.»

«Halt deinen Mund, Papa. Red nicht noch mehr Blödsinn.»

Briongos blieb zurück, und Ana begleitete Carvalho zur Tür.

«Woran denken Sie?»

«Was tat der Mann mit zwei Messerstichen im Leib? Er konnte nicht lange zu Fuß gehen. Ein Auto hatte er nicht, und ein Taxi konnte er nicht nehmen, weil er nicht wollte, daß jemand die Wunde sah. Warum bat er niemand, ihm zu helfen und ihn in ein Krankenhaus zu bringen?»

«Vielleicht dachte er, er könne mir auf diese Weise helfen.»

«Wer brachte ihn zu dem unbebauten Gelände und warf ihn in die Baugrube wie einen toten Hund?»

Carvalho erwartete keine Antwort. Er stand auf der Straße. Die feuchte Nachtluft kühlte die brennenden Stellen in seinem Gesicht und auf seinem Körper. Er verließ die Betoninseln jener Südsee, in der Stuart Pedrell die andere Seite des Mondes gesucht hatte. Er war auf einige verhärtete Eingeborene gestoßen, genauso hart wie jene, die Gauguin auf den Marquesas vorfand. Die Eingeborenen hatten begriffen, daß die Welt ein einziger großer Markt ist, auf dem sie selbst dauernd verkauft werden.

Er überquerte die Grenze und raste die Abhänge des Tibidabo hinauf zu seinem Haus. Vor dem erloschenen Kaminfeuer blieb er in Gedanken versunken sitzen. Er kraulte Bledas Samtohren und ihren Bauch, während sie, wie ein wildgewordener Radfahrer, mit einer Pfote zuckte. Zu wem war Stuart Pedrell in jener Nacht gegangen? Er hatte wohl den sichersten Hafen seines alten Reiches aufgesucht. Also gewiß nicht sein Zuhause. Von Nisa konnte er auch keine effektive Hilfe erwarten. Er hatte nur die Wahl zwischen seinen Geschäftspartnern und Lita Vilardell.

Um drei Uhr früh rief er bei Lita Vilardell an. Ein Mann nahm den Hörer ab. An der Stimme erkannte er den Anwalt Viladecans.

«Fragen Sie die Señorita Vilardell, ob sie morgen Klavierstunden hat.»

«Und deshalb rufen Sie um diese Zeit an?»

«Fragen Sie sie!»

Sie kam ans Telefon. «Was wollen Sie?»

«Ich will Sie morgen besuchen, möglichst früh.»

«Hätten Sie nicht ein wenig warten und im Laufe des Vormittags anrufen können?»

«Nein. Ich will, daß Sie die ganze Nacht darüber nachdenken, worüber wir morgen wohl sprechen werden.»

Die Frau entfernte sich vom Telefon. Sie tuschelte mit Viladecans. Dann kam er an den Apparat.

«Könnten Sie nicht jetzt gleich kommen?»

«Nein.»

Carvalho legte auf und ging zu Bett. Er schlief unruhig, zuckte immer wieder zusammen und warf sich im Bett hin und her. Wenn er zwischendurch wach wurde, tröstete er sich mit dem Gedanken, daß er nicht der einzige war, der in dieser Nacht keine Ruhe fand.

Sie hatten eben geduscht. Leger fragten sie Carvalho, ob er mit frühstücken wollte. Der Detektiv lehnte mit einer Handbewegung ab. Also machten sie weiter, bestrichen Toastscheiben mit Butter und verteilten die Marmelade mit kindlicher Begeisterung darauf. Tranken ihren *café con leche* wie ein Lebenselixier. Atmeten die frische Morgenluft ein, die durch die halbgeöffnete Balkontür kam, und seufzten zufrieden.

«Möchten Sie nicht wenigstens einen Kaffee trinken?»

«Ja, einen schwarzen Kaffee. Ohne Zucker. Danke.»

«Sind Sie Diabetiker?»

«Nein. Eine Jugendliebe von mir war verrückt nach Kaffee ohne Zucker. Aus Liebe und Solidarität übernahm ich diese Gewohnheit.»

«Was ist aus dem Mädchen geworden?»

«Sie hat einen Österreicher geheiratet, der ein Sportflugzeug besaß. Jetzt lebt sie in Mailand mit einem Engländer, sie schwärmt für Engländer und schreibt surrealistische Gedichte, in denen ich manchmal vorkomme.»

«Sieh mal an, was für ein interessantes Leben dieser Mensch führt!»

Viladecans lächelte ausgiebig, während er sich genüßlich eine Zigarre anzündete und das ganze Zimmer mit einem solchen Qualm vernebelte, als wolle er die Zigarre in einem Zug aufrauchen.

«Machen Sie Ihre Termine immer nachts um drei Uhr aus?»

«Ich hielt dies nicht für eine unpassende Zeit. Um diese Stunde kommt man nach Hause oder man hat das Liebesspiel beendet.»

«Sie sind aber sehr konventionell. Mir ist die Zeit nach dem Essen lieber.»

«Mir auch.»

Viladecans hatte sich nicht am Gespräch beteiligt. «Ich weiß eigentlich nicht, was ich hier soll!» sagte er schließlich.

«Das werden Sie gleich erfahren. Es betrifft Sie wahrscheinlich mehr, als man auf den ersten Blick meinen würde. Jetzt, wo Ihr Magen gefüllt ist, will ich Ihnen mein Problem darlegen. Señor Stuart Pedrell bekam vor drei Monaten in der Vorstadt San Magín zwei Messerstiche verpaßt. Er war schwer verletzt, unter Umständen tödlich und suchte Hilfe. Wahrscheinlich überlegte er kurz, wer ihm am ehesten helfen würde und wandte sich dann an Sie. Nicht umsonst hatten Sie acht Jahre lang eine leidenschaftliche Beziehung zueinander gehabt.»

«Leidenschaftlich ist ein großes Wort.»

«Es war Leidenschaft. Egal. Fest steht, daß er sich an Sie gewandt hat. Er bat Sie, zu kommen und ihn abzuholen. Er brauchte Sie, er war verletzt. Sie suchten vielleicht Ausflüchte, vielleicht auch nicht, aber schließlich fuhren Sie hin und holten ihn ab. Sie brachten ihn irgendwohin. Hierher? Wahrscheinlich. Ohne Zweifel riefen Sie jemand zu Hilfe. Vielleicht mußten Sie auch gar nicht rufen, denn dieser Jemand war schon hier. Irre ich mich in der Annahme, daß Sie das waren?»

Viladecans blinzelte unsicher lächelnd. «Absurd.»

«Wenn Sie es nicht waren, dann war es der mit der Harley Davidson.»

«Von welcher Harley Davidson reden Sie?»

«Sie verstehen mich schon. Gut. Sie mußten feststellen, daß Stuart Pedrell sterben würde. Sie stellten das so lange fest, bis er hier starb. Dann packten Sie und Viladecans oder der Motorradfahrer die Leiche ins Auto. Sie suchten einen Ort weit weg von der Stadt. Ein Ort, an dem man ihn nicht so bald finden würde. Sie entschieden sich für den Keller auf einem verlassenen Bauplatz. Dieser Keller und dieser Bauplatz dürften Señor Viladecans bekannt gewesen sein, er ist doch Bevollmächtigter bei einigen Firmen. Sie fuhren also hin, hoben die Leiche über den Bauzaun, gaben ihr einen Stoß und hörten sie den Abhang hinunterpoltern. Sie dachten, es würde Wochen dauern, bis er gefunden würde, aber leider flüchtete ein kleiner Autodieb schon am nächsten Tag genau in diesen Keller, die Polizei erwischte ihn und entdeckte die Leiche. Stuart Pedrell muß gesprochen haben, bevor er starb. Vielleicht erzählte er zusammenhanglos ein paar Dinge über den Ort, wo er die ganze Zeit gewesen war. Dieses Jahr seiner Abwesenheit wurde zu einem gefährlichen Loch in der Zeit. Ob jemand davon wußte, daß er bei seiner ehemaligen Geliebten Zuflucht gesucht hatte? Bei jener Frau, mit der er sich einmal um vier Uhr nachmittags im Hyde Park in London verabredet hatte? Oder im Tivoli in Kopenhagen, am Brunnen des Lachens.»

«Sie sind über Carlos erotische Phantasien sehr genau informiert.»

«Ich sagte Ihnen doch schon, man weiß alles über Sie. Sie mußten herausbekommen, wohin Stuart Pedrell gegangen war. Welche Südsee er erreicht hatte. Sie mußten es genauso wissen, wie seine Witwe und seine Geschäftspartner.»

«Ich habe niemanden mit Nachforschungen beauftragt. Das war allein Mimas Idee. Mehr noch: Es kam mir absurd vor, von Anfang an. Aber als Rechtsanwalt konnte ich nicht nein sagen.»

«Als Rechtsanwalt, der außerdem in die Sache verwickelt ist. Ich bin kein Moralist und will Ihnen keine Vorwürfe machen, daß Sie versucht haben, sich die Leiche vom Hals zu schaffen. Vielleicht war Ihre Vorgehensweise etwas unmenschlich. Aber der Wert der Menschlichkeit ist und bleibt eine Konvention. Vielleicht hätten Sie etwas tun können, um ihm das Leben zu retten.»

«Da war nichts mehr zu machen.»

«Lita!»

«Laß gut sein. Was nützt es, weiter Katz und Maus zu spielen? Er weiß alles und nichts. Sein Wort steht gegen unseres. Er hat sich in nichts getäuscht. Es war nicht der mit der Harley Davidson, es war dieser Freund hier. Wir waren zusammen, im Bett, um das Bild zu vervollständigen. Und da rief er an. Wenn er mich aus dem entferntesten Winkel der Südsee angerufen hätte, wäre mir dieser Anruf nicht weiter entfernt, nicht absurder vorgekommen. Zuerst wollte ich nicht fahren. Aber seine Stimme klang alarmierend. Wir fuhren beide hin und holten ihn ab. Er wollte nicht in ein Krankenhaus. Wir boten ihm an, ihn dort an der Pforte abzusetzen und uns unauffällig zu entfernen. Er wollte nicht. Er wollte einen befreundeten Arzt. Aber er ließ uns keine Zeit, darüber nachzudenken, wen wir rufen sollten. Er starb.»

«Von wem stammte die Idee, ihn dort hinabzuwerfen?»

«Das ist unwichtig. Wir stellten uns die Situation vor: Die Leiche Stuart Pedrells taucht im Appartement seiner Geliebten auf, die zu dieser Zeit ein Verhältnis mit seinem Anwalt hat. Eine Reportage in *Interviu* prangerte die Schlechtigkeit der Reichen an und brachte nebenbei allerhand über die ganzen Projekte, an denen Carlos beteiligt war ... Wir hatten keine andere Wahl.»

«Sie hätten ihn vor die Tür seiner Villa legen können. In der Haltung eines Menschen, der mit letzter Kraft klingeln will und es nicht mehr schafft. Der Vagabund kehrt heim, um im Kreise seiner Familie zu sterben.»

«Darauf sind wir nicht gekommen. Ich hatte noch nie eine literarische Phantasie. Du auch nicht, stimmt's?»

«Ich bin nicht damit einverstanden, was du gesagt hast. Ich gebe nichts zu. Ich habe nichts gesagt.»

«Du könntest noch hinzufügen, daß du nur in Gegenwart deines Anwalts sprechen willst, der du selbst bist.»

«Mach dich ruhig über mich lustig, wenn du willst. Aber jetzt kommt es darauf an, wie Mima reagiert.»

«Was soll sie schon unternehmen? Die Flagge ihrer verwundeten Liebe hissen? Stuart war ihr noch weniger wichtig als mir. Was meinen Sie, Señor Carvalho? Können wir hoffen, daß die Geschichte gut ausgeht?»

«Ich habe den Eindruck, Sie wollen eigentlich wissen, ob sie ohne Ärger ausgeht.»

«Genau!»

«Das hängt nicht von mir ab. Die Witwe hat das letzte Wort.»

«Ich möchte Ihnen nahelegen, Señor Carvalho – und ich gebe weiterhin nichts zu –, daß sich diese Sache ganz sicher zur vollen Zufriedenheit aller Beteiligten lösen läßt. Könnten Sie uns aus der Geschichte heraushalten? Ich bin bereit, Sie für diesen Dienst fürstlich zu entlohnen.»

«Nicht einen Céntimo. Mach keine Dummheit. Was haben wir zu verlieren?»

«Meine Rechnung für die Witwe wird hoch genug ausfallen. Ich glaube, ich werde gut genug bezahlt. Außerdem hatte ich die Gelegenheit, eine exemplarische Geschichte kennenzulernen, die mich beinahe zu einem Anhänger des Fatalismus gemacht hat. Es gibt Dinge, die gegen die Natur sind. Dem eigenen Alter, der eigenen sozialen Stellung entfliehen zu wollen, führt zur Tragödie. Denken Sie immer daran, wenn Sie in die Versuchung kommen, sich in die Südsee abzusetzen.»

«Wenn ich eines Tages dorthin reise, dann nur mit einer Kreuzfahrt. Aber es reizt mich nicht. Meine Schwester war schon dort, und es stimmt, es ist alles sehr hübsch, aber man kann nicht mal den großen Zeh ins Wasser stecken. Es gibt dort zwar keine Seeschlangen, aber es wimmelt von Haien. Das Mittelmeer oder die Karibik sind mir lieber. Das sind die einzigen zivilisierten Meere der Welt.»

«Wenn Sie mit Mima sprechen, denken Sie an mein Angebot! Kein anderer, auch keine Zeitschrift, die sich auf Diffamierung spezialisiert hat, zahlt Ihnen so viel wie ich!»

Der Anwalt hatte es plötzlich sehr eilig. Er wurde schon seit einer Stunde im Gerichtssaal erwartet. Carvalho fühlte sich nicht angesprochen, auch nicht, als der Anwalt an der Tür stand und offensichtlich darauf wartete, daß er vor ihm gehe. Lita Vilardell gab Viladecans durch ein Zeichen zu verstehen, er solle gehen. Carvalho blickte in ihre Augen, aus deren das Erbe des letzten europäischen und des ersten katalanischen Negerjägers sprach. Allmählich löste sich die ironische Starre ihres Gesichts, und sie sah zu, wie die Blätter der Bananenstaude im Wind schaukelten.

«Der Wind ist die Rettung dieser Stadt.»

Schließlich gab sie sich einen Ruck und stellte sich dem Blick Carvalhos.

«Es überrascht Sie vielleicht, aber es ist für die Geliebte demütigender, als für die eigene Frau, wenn sie wie eine alte Konkubine im Harem vergessen wird.»

Carvalho wollte sich auf die Schnelle betrinken. Während er seinen Bericht fertigstellte, leerte er eine Flasche Ricard und das ganze kalte Wasser, das Biscuter im Kühlschrank hatte. Als sich sein Magen in ein Meer aus Anis-Wasser verwandelt hatte, brauchte er tonnenweise Essen, um die Flüssigkeit zu absorbieren. Der Stockfisch mit Knoblauch wurde verzehrt, ebenso die Kartoffeltortilla mit Zwiebeln, die Biscuter improvisiert hatte, und obendrein brauchte er noch ein Sandwich mit marinierten Sardinen. Die Marinade war eine Spezialität Biscuters, er gab etwas mehr Oregano als Lorbeer dazu. Er telefonierte mit Charo, um zu sagen, daß es mit dem Wochenende klappte, und fragte sie, wann er sie abholen solle.

«Was ist denn mit dir los? Du sprichst wie einer, der Verstopfung hat!»

«Ich bin besoffen.»

«Um diese Zeit?»

«Welche Zeit ist denn die beste?»

«Hoffentlich bist du nicht das ganze Wochenende betrunken!»

«Ich mache das, wozu ich Lust habe.»

Er legte auf und beruhigte seine Gewissensbisse mit den flambierten Bananen, die Biscuter zubereitet hatte. Carvalhos plötzlicher Anfall von Gefräßigkeit hatte ihn etwas aus der Fassung gebracht.

«Biscuter, geh die Ramblas runter und bestelle einen Blumenstrauß für Charo. Sie sollen ihn heute noch hinbringen!»

Er machte den Bericht fertig, steckte ihn in einen Umschlag und schob ihn in die Tasche. Dann nahm er ein neues Blatt Papier und schrieb darauf: «Vielleicht solltest Du wirklich diese Reise machen, aber allein oder in besserer Begleitung. Such Dir einen liebenswerten Jungen, dem Du mit dieser Reise eine Freude machen kannst. Ich rate Dir zu einem sensiblen Menschen mit einer gewissen Bildung und nicht viel Geld. Diese Sorte Mensch findest Du haufenweise in der Universität bei Geisteswissenschaftlern. Ich lege Dir die Adresse eines Freundes bei, der dort Professor ist. Er wird Dir bei der Suche behilflich sein. Bleibe mindestens bis Katmandu mit ihm zusammen und sorge dafür, daß er genug Geld für die Rückreise hat. Du selbst wirst weiterreisen und nicht zurückkommen, bis Du müde oder alt bist und nicht mehr kannst. Dann kommst Du immer noch rechtzeitig, um festzustellen, daß hier alle entweder mittelmäßig oder verrückt oder alt geworden sind. Es gibt nur diese drei Möglichkeiten, in einem Land zu überleben, das die industrielle Revolution nicht rechtzeitig mitgemacht hat.»

Er schrieb Namen und Adresse von Yes auf einen Umschlag,

steckte die Botschaft und die Anschrift von Sergio Beser hinein, nebst einigen Hinweisen und Erläuterungen zur Mentalität der Leute aus Valencia. Er befeuchtete die Briefmarke mit einer Unmenge alkoholisierter Spucke und ging auf die Straße hinaus. Dabei hielt er den Brief wie eine Fahne hoch, als wolle er den Verkehr umleiten. Er stürzte ihn in die Abgründe eines Briefkastens, blieb davor stehen und starrte ihn an, als sei er gleichzeitig ein nicht identifizierbarer Gegenstand und das Grab eines geliebten Wesens. Auftrag erledigt, sagte er zu sich selbst, aber irgend etwas ließ ihm keine Ruhe, und plötzlich, als er an der Stelle vorbeikam, wo im Jahr zuvor der Ballspielplatz Jai Alai gewesen war, fiel es ihm ein: Die Bäckersfrau! Er blickte in sein Notizbuch und stürzte sich ins abendliche Gewimmel der Gassen, die schon belebt waren von den eben erwachten Schönen der Nacht. Pension *Piluca*.

«Ist die Señora Piluca da?»

«Señora Piluca ist meine Mutter und schon vor Jahren gestorben.»

«Verzeihen Sie. Ich suche einen Basken, er heißt so ähnlich wie fast alle Basken. Er wohnt hier mit einer Frau.»

«Sie sind gerade ausgegangen. Sie gehen immer in die Bar an der Ecke.»

«In dieser Straße wimmelt es von Bars und Ecken.»

«Die Bar *Jou-Jou.*»

Ein finsteres Loch, das mit gutem Beispiel voranging und so viel wie möglich an elektrischer Energie sparte, damit der Fliegendreck auf den *tapas* * und der Salami aus Hundefleisch nicht so auffiel. Der Baske und die Bäckersfrau saßen an einem Ecktisch und aßen ein Sandwich.

«Sie erlauben.»

Er setzte sich, bevor sie reagieren konnten.

«Ich komme von der ETA.»

Der Mann und die Frau blickten sich an. Er war stark und braun, sein Bart war ein blauer Rasen auf seinen starken Kinnbacken. Sie war eine hellhäutige, rundliche Dame mit blonden Locken, die an den Wurzeln kastanienbraun nachwuchsen.

«Wir haben erfahren, daß du dich hier als Terrorist aufspielst, und das haben wir nicht gern.»

* Kleine pikante Beilage zum Wein

«Daß ich was?»

«Du spielst dich hier als Terrorist auf, um an Frauen wie diese hier heranzukommen und sie ins Bett zu kriegen. Wir sind informiert und haben dich auf die Liste gesetzt. Du weißt, was das heißt. Es gibt Leute, die sind schon wegen viel weniger zum Nordpol gerannt. Du hast zwei Stunden Zeit, um deine Koffer zu packen. Und sei vorsichtig, daß sie dir nicht beim Packen in die Luft fliegen!»

Carvalho lehnte sich zurück, damit sich sein Jackett öffnete und der Baske seinen Revolver sehen mußte, den er im Hosenbund stecken hatte. Der Baske war aufgestanden. Er blickte auf die hellhäutige Dame, die am Boden zerstört war, und auf Carvalho.

«Zwei Stunden», wiederholte er.

«Gehen wir.»

«Du gehst. Sie bleibt. Wollen Sie mit diesem Pappterroristen mitgehen?»

«Ich wußte nicht ...»

«Ich rate Ihnen sehr, hier zu bleiben. Wenn er sich ruhig verhält, passiert ihm nichts. Aber wenn er in nächster Zeit noch einmal mit diesem Schwindel anfängt, würde ich Sie nicht gerne an seiner Seite wissen, wenn wir ihn in die Luft jagen müssen.»

Der Mann kam hinter dem Tisch hervor.

«Bezahl ihr dieses widerliche Sandwich, bevor du gehst. Laß die Sachen der Frau oben, sie holt sie, wenn du weg bist.»

«Ich habe nicht mehr mitgenommen, als ich anhabe.»

«Um so besser. Dann nimm das, was noch da ist, zur Erinnerung mit.»

Carvalho blickte ihm nicht nach, als er ging. Die halbe Arbeit war getan. 25000 Pesetas. Jetzt hieß es, die anderen 25000 zu verdienen. Die Frau saß völlig aufgelöst und panisch auf dem schmierigen Stuhl.

«Seien Sie ganz ruhig, Ihnen wird nichts geschehen. Wir kennen den Typ schon länger. Es ist das dritte oder vierte Mal, daß er uns anschmiert. Er ist kein schlechter Kerl, aber die Betrügerei gefällt ihm zu gut.»

«Wie konnte ich nur so verrückt sein!»

«Nein, ich glaube, es war sehr gut, daß Sie sich einen Urlaub gegönnt haben. Ihrem Mann wird es auch gut bekommen.»

«Er wird mich verstoßen. Und die Kinder! Meine Tochter!»

«Aber, aber, er wird Sie mit offenen Armen empfangen. Wer

soll denn die Buchführung machen? Die Kinder versorgen? Und den Haushalt machen? Wer soll nach Zaragoza fahren und Mehl kaufen? Nutzen Sie die Reisen nach Zaragoza besser aus oder verlassen Sie ihn wieder, aber suchen Sie sich nächstes Mal einen besseren Begleiter.»

«Nie wieder!»

«Das kann man nie wissen!»

«Mein Mann ist so ein guter Mensch.»

«Ehemänner müssen gut sein, vor allem dann, wenn sie sonst nichts sind.»

«Und er ist sehr fleißig.»

«Gut, das ist schon was anderes. Das sind schon eine Menge Qualitäten. Gehen Sie wieder zu ihm zurück. Ich bin sicher, er erwartet Sie.»

«Woher wissen Sie das alles? Sie wissen so viel!»

«Haben Sie noch nie von unserer Informationsabteilung gehört? Wir sind über alles informiert, besser als die Regierung. Wir haben diesen Komiker in Ihrem Haus ausfindig gemacht und einen unserer Leute auf ihn angesetzt.»

«Ich habe aber kein neues Gesicht auf der Treppe bemerkt, außer vielleicht ein paar Aushilfsarbeiter. Die kommen und gehen.»

«Sehen Sie!»

«Woher weiß ich, daß er mich wieder aufnehmen will? Begleiten Sie mich?»

«Rufen Sie ihn an!»

Während sie telefonierte, aß Carvalho das Sandwich auf, das der Baske liegengelassen hatte. Es war mit Salami belegt, aber nicht aus Hundefleisch – sie mußte aus Ratten und Eidechsen gemacht worden sein und statt Paprika war Mennige zum Würzen verwendet worden, damit nichts rostet. Sie kam tränenüberströmt, aber strahlend vom Telefon zurück. «Ich darf zurückkommen. Ich muß mich beeilen. Er hat mir gesagt, wir würden zusammen die Kinder von der Schule abholen. Danke. Vielen, vielen Dank. Ich bin Ihnen unendlich dankbar.»

«Sagen Sie Ihrem Mann, er soll mich nicht vergessen.»

«Wir werden Sie nie vergessen, weder er noch ich. Wie komme ich jetzt nach Hause? Ich fürchte mich, allein durch dieses Viertel zu gehen.»

Carvalho begleitete sie bis zur Plaza del Arco del Teatro, rief ihr ein Taxi und ging dann die Treppe hinunter zu einem Pissoir, um ausgiebig zu pinkeln und seinen Körper vom Alkohol zu erleichtern, denn er fühlte sich schwer, wie ein Sack voll Sand.

«Hier habe ich alles für Sie aufgeschrieben. Man wird alt. Früher konnte ich meine Berichte auswendig vortragen und die Kunden waren immer zufrieden.»

Die Witwe Stuart Pedrell hatte die Schubfächer ihres Schreibtischs weit geöffnet, ebenso ihre Augen, und kratzte sich nachdenklich mit einem Stift an der Schläfe. Eine halblange kastanienbraune Perücke verdeckte ihr schwarzes Haar. Ihr wohlgeformter Körper, der auf dem Direktorensessel ruhte, war gekleidet mit der Würde einer Frau in leitender Stellung, die die letzten Jahre vor dem Alter noch in vollen Zügen genießen will. Sie blätterte in Carvalhos Bericht, ohne ihn zu lesen. «Viel zu lang.»

«Ich kann Ihnen eine mündliche Zusammenfassung geben, aber vielleicht vergesse ich das eine oder das andere dabei.»

«Das kann ich riskieren.»

«Ihr Gatte wurde von ein paar *navajeros* im Stadtteil San Magín ermordet. Ein Ehrenhandel. Er hatte die Schwester eines der Mörder geschwängert und versucht, eine ganze Familie, ein ganzes Stadtviertel zu erlösen. Es war zu viel. Vor allem, wenn man bedenkt, daß Ihr Gatte einer der Erbauer dieser traurigen Trabantenstadt war. Das Mädchen bekommt ein Kind, sehr wahrscheinlich von Señor Stuart Pedrell, aber seien Sie unbesorgt! Sie will absolut nichts von Ihnen. Sie ist ein modernes Arbeitermädchen, ziemlich links. Ein Glück für Sie. Für Sie und Ihre Kinder. Aber der Fall ist hier noch nicht zu Ende. Ihr Gatte, tödlich verletzt, suchte Zuflucht im Hause einer seiner Geliebten, der Señora oder Señorita Adela Vilardell. Sie war eben aus dem Bett gestiegen, in dem sie mit Rechtsanwalt Viladecans gelegen hatte. Ihr Mann starb sozusagen in Viladecans' Armen. In Panik, weil er quasi ein vom Tode Auferstandener war, deshalb vernichtete das Liebespaar alle seine Papiere bis auf die verwirrende Notiz ‹Mich bringt keiner mehr in den Süden› und brachte ihn auf ein unbebautes Grundstück am Stadtrand. Das war eine Tat, die von der Vorsehung geleitet war, denn durch eine falsche Annahme über die Lage des unbebauten Geländes geriet ich auf die richtige Spur ... aber das erfahren Sie alles aus dem Bericht. Sie weinen doch nicht?»

Aus der Frage Carvalhos klang schlecht verhehlte Ironie. Die Witwe fauchte ihn zähneknirschend an: «Sie gehören also auch zu den Leuten, die glauben, wir Reichen hätten keine Gefühle.»

«Sie haben welche. Aber weniger dramatische. Ihre Leiden kosten sie weniger, oder sie bezahlen jedenfalls weniger dafür.»

Sie hatte ihre Fassung wiedergewonnen und musterte den Bericht wie eine Ware. «Wieviel?»

«Auf der letzten Seite befindet sich eine aufgeschlüsselte Rechnung. Alles in allem 300000 Pesetas. Dafür haben Sie die Gewißheit, daß niemand auch nur einen Céntimo des Erbes antasten kann.»

«Ein gutes Geschäft, vor allem, wenn das Mädchen die Vaterschaft meines Mannes nicht geltend macht.»

«Das wird sie nicht tun. Es sei denn, Sie würden diesen Bericht der Polizei übergeben und ihr Bruder würde gesucht werden. Das wäre ein Grund für sie, alles bekanntzumachen.»

«Das heißt also ...»

«... daß Sie dieses Verbrechen ungesühnt lassen müssen, wenn Sie in Ruhe das Prestige und das Vermögen genießen wollen.»

«Auch wenn das mit dem Mädchen nicht gewesen wäre, hätte ich keinen Finger dafür krummgemacht, daß die Polizei den Mörder findet.»

«Sie sind amoralisch.»

«Ich will mich erholen. Seit einem Jahr spiele ich Geschäftsfrau und bin immer im Einsatz. Ich habe Erfolg gehabt. Jetzt gehe ich auf Reisen.»

«Wohin?»

Carvalho konnte die Antwort aus dem ironischen Funkeln ablesen, das ihre tiefschwarzen Pupillen noch größer erscheinen ließ.

«In die Südsee.»

«Eine sentimentale Pilgerfahrt? Ein Akt der Buße?»

«Nein. Eine Reise der persönlichen Ratifizierung. Wie Ihnen wohl schon von meiner Tochter mitgeteilt wurde – mit der Sie ja anscheinend sehr intim geworden sind –, gibt mein ältester Sohn auf Bali das Geld aus, das ich ihm schicke. Ich werde die Reise dazu benutzen, ihn zu besuchen und dann weiterreisen.»

«Auf der Route, die Ihr Gatte auf der Karte hinterlassen hat.»

«Und bei einem Reisebüro. Die Route war sehr gut ausgearbeitet. Ich habe erreicht, daß die Tickets auf mich übertragen wurden und auf diese Weise die Anzahlung gerettet.»

«Und das taten Sie in den Wochen nach dem Auftauchen Ihres Mannes?»

«Ja. Ich ließ die Tickets bei dem Reisebüro stornieren.»

Die Witwe hatte sich erhoben. Sie ging zu einem Tresor, der hinter einem Bild von María Girona in die Wand eingelassen war, öffnete ihn, füllte einen Scheck aus, riß ihn ab und händigte ihn Carvalho aus.

«Sie bekommen 50000 Pesetas Trinkgeld.»

Carvalho pfiff anerkennend durch die Zähne, ganz der Privatdetektiv, der in Santa Mónica seine Dollars von einer kapriziösen Klientin im Empfang nimmt.

«Ich möchte, daß das alles unter uns beiden bleibt.»

«Sie müssen die Gruppe erweitern: Viladecans, die Señora oder Señorita Adela, das Mädchen von San Magín, Ihre Familie ...»

«Sie haben doch hoffentlich meiner Tochter nichts davon erzählt!»

«Nein. Und ich werde das auch nicht nachholen können, weil wir uns nicht mehr sehen.»

«Das freut mich.»

«Damit hatte ich gerechnet.»

«Ich bin keine besitzergreifende Mutter. Aber Yes hat durch den Tod ihres Vaters ein Trauma erlitten. Sie sucht einen Vaterersatz.»

«Ich werde zwar alt, aber dieses Alter habe ich noch nicht erreicht, in dem die Päderastie von dem Wunsch überlagert wird, selbst noch einmal jung zu sein oder umgekehrt.»

Carvalho war aufgestanden. Er hob die Hand zum Abschied und wollte gehen. Aber an der Tür hielt ihn die Witwe auf. Sie schlug ihm vor: «Fahren Sie doch mit mir zusammen in die Südsee!»

«Auf Ihre Kosten?»

«Von dem, was Sie jetzt kassiert haben, könnten Sie sich gut eine Reise leisten. Aber das wäre kein Problem.»

Aus der Entfernung wirkte sie kleiner, zerbrechlicher. Seit einiger Zeit versuchte Carvalho, in den Erwachsenen die Gesichtszüge und Gesten ihrer Kindheit und Jugend zu entdecken. Das machte ihn gefährlich nachgiebig. Die Señora Stuart Pedrell mußte ein

Mädchen gewesen sein, die zu aller Begeisterung der Welt fähig war. Sie hatte immer noch sehr ausdrucksvolle Augen, und ihre herben Gesichtszüge verwandelten sich in Carvalhos Vorstellungen in das Gesicht eines Mädchens voller Hoffnung und Optimismus, das noch nicht wußte, wie kurz die Krankheit war, die die Geburt vom Alter und vom Tod trennt.

«Ich bin zu alt für einen Gigolo.»

«Sie sehen aber auch in allem etwas Schmutziges: Entweder Päderast oder Gigolo.»

«Das ist eine Berufskrankheit. Ich würde mit Vergnügen mit Ihnen fahren. Aber ich habe Angst.»

«Vor mir?»

«Nein, vor der Südsee. Ich habe Verpflichtungen: Eine Hündin, die erst ein paar Monate alt ist, und zwei Menschen, die mich zur Zeit brauchen, oder wenigstens glauben, daß sie mich brauchen.»

«Die Reise wird nicht lange dauern.»

«Früher las ich Bücher, und in einem davon hatte jemand geschrieben: Ich möchte einen Ort erreichen, von dem ich nie mehr zurückfahren will. Alle suchen diesen Ort. Ich auch. Es gibt Leute, die haben den Wortschatz, um Sehnsüchte auszudrücken, und andere haben das Geld, um sie zu befriedigen. Aber das ist nur die Spitze des Eisbergs: Es sind Millionen und aber Millionen, die vom Süden träumen.»

«Adiós, Señor Carvalho.»

Carvalho hob wieder die Hand und ging, ohne sich noch einmal umzusehen.

Carvalho hatte Feuer gemacht, die Füße in die Hausschuhe gesteckt, die vom langen Gebrauch schon fast durchsichtig waren. Er hantierte in der Küche auf der Suche nach der richtigen Zusammensetzung eines Schmorgerichts, das gerade in seiner Vorstellung Gestalt annahm. Plötzlich wurde ihm bewußt, daß Bleda noch gar nicht gekommen war, um ihn zu begrüßen. Er wärmte ihr ein wenig Reis mit Gemüse und Leber auf, schüttete alles in ihren Teller und ging in den Garten hinaus, um sie zu rufen. Sie kam nicht. Zuerst dachte er, sie könnte mit der Putzfrau ins Freie gelangt und entlaufen sein, oder sie sei über die Gartenmauer gesprungen oder in ein Zimmer eingesperrt worden. Aber eine dunkle Ahnung trieb ihn, in allen Winkeln des Gartens nach ihr zu suchen, bis er sie fand. Sie lag wie ein leeres Stofftier in einer Pfütze ihres eigenen Blutes. Ihre Kehle war durchschnitten und ihr Kopf baumelte herab, als Carvalho sie hochhob, um sie zu untersuchen. Das Blut war auf dem Fell verkrustet und gab ihr das Aussehen einer dunklen, ausgestopften Gliederpuppe. Sie hatte ihre Mandelaugen halb geschlossen und die Zähnchen in einer rührenden Geste nutzloser Tapferkeit gebleckt. Ihr Körper war ausgestopft, ihr Bellen und Heulen für immer verstummt. Das Messer hatte ihr mit einem tiefen und langen Schnitt den Hals geöffnet, um den Kopf vom Rumpf abzutrennen.

Die Stadt schimmerte in der Ferne, und ihre Lichter begannen in Carvalhos Augen Pfützen zu bilden. Er holte einen Spaten aus dem Keller und machte sich daran, neben Bleda eine Grube auszuheben. Er ließ den leblosen Körper in die Tiefe der feuchten Erde gleiten. Warf vorsichtig die Freßschüssel aus Plastik, die Shampooflasche, die Bürste und das Desinfektionsspray hinterher, das nutzlos war, angesichts dieser endgültigen Wunde, und schüttete Erde nach. Zuletzt schüttete er auch Erde auf Bledas Kopf und auf den schwachen Glanz ihrer halbgeschlossenen Augen. Die Erde bedeckte er wieder mit dem Kies, den er weggeräumt hatte und warf den Spaten weg. Dann setzte er sich auf die Gartenmauer und klammerte sich mit den Händen an den Kanten der Ziegel fest, um sein Schluchzen zu bekämpfen. Seine Augen brannten, aber er empfand eine plötzliche Erleichterung im Kopf und in der Brust. Während er die Lichter der Stadt betrachtete, murmelte er:

«Dreckige Schweine! Dreckige Schweine!»

Er leerte eine ganze Flasche Weinbrand und erwachte um fünf Uhr morgens, hungrig und durstig.

Manuel Vázquez Montalbán

Carvalho und der tote Manager
rororo thriller 2680

Tahiti liegt bei Barcelona
rororo thriller 2698

Carvalho und der Mord im Zentralkomitee. rororo thriller 2717

Carvalho und die tätowierte Leiche
rororo thriller 2732

Die Vögel von Bangkok
rororo thriller 2772

Der Pianist
Barcelona 1936: Der Bürgerkrieg teilt Spanien in zwei Lager. Doria und Rosell, zwei befreundete Musiker, sehen sich vor die Entscheidung ihres Lebens gestellt – der eine engagiert sich für die Freiheit der Republik, der andere lehnt es ab, seine Karriere den politischen Umständen zu opfern. Fünfzig Jahre später treffen sie sich wieder . . .
Ein Roman über Kunst und Macht, ein Panorama der jüngeren Geschichte Spaniens.

Deutsch von Maralde Meyer-Minnemann
384 Seiten. Gebunden

rororo

C 2304/1

Fred Breinersdorfer

Reiche Kunden killt man nicht
(2517)

Das kurze Leben des K. Rusinski
(2538)

Frohes Fest, Lucie
(2562)

Noch Zweifel, Herr Verteidiger?
(2621)

Das Netz hat manchmal weite Maschen
(2642)

Der Dienstagmann
(2685)

Notwehr
(2750)

Schlemihl und die Narren
(2792)

thriller rororo

C 1098/5

Klugmann/Mathews

«Da werden endlich wieder Geschichten erzählt, die so intelligent wie spannend sind, die zum Zittern und zum Lachen bringen. Allererste Empfehlung: die subtil anarchistischen Polizeikomödien der beiden Hamburger Norbert Klugmann und Peter Mathews» LUI

Beule oder wie man einen Tresor knackt
(2675)

Ein Kommissar für alle Fälle
(2700)

Flieg, Adler Kühn
(2734)

Die Schädiger
(2771)

Herausgegeben von Klugmann/Mathews:

Schwarze Beute
thriller-Magazin 1 (2753)
Neues von Georges Simenon, Maj Sjöwall, Ruth Rendell, Janwillem van de Wetering, Martine Carton, Michael Molsner, Friedrich Glauser und andere Stories, Fälle, Täter und Autoren

Schwarze Beute
thriller-Magazin 2 (2802)
Neues von Dashiell Hammett, Raymond Chandler, Per Wahlöö, Irene Rodrian, Richard Hey, Felix Huby, -ky und anderen

thriller rororo

C 2307/1

Serientäter

Colin Dexter
Eine Messe für all die Toten (2764)
Der letzte Bus nach Woodstock (2718
. . . wurde sie zuletzt gesehen (2726)
Die schweigende Welt des Nicholas Quinn (2748)
Die Toten von Jericho (2782)
Das Rätsel der dritten Meile (2806)

Henry Farrell
Was geschah wirklich mit Baby Jane? (2727)
Scheußlich, die Sache mit Allen (2736

B. M. Gill
Zündstoff für das Parlament (2767)
Der zwölfte Geschworene (2738)
Seminar für Mord (2775)
Herzchen (2818)

Ross Macdonald
Camping im Leichenwagen (2361)
Anderer Leute Leichen (2436)
Reiche sterben auch nicht anders (2496)
Triff mich in der Leichenhalle (2594)
Tote ertrinken nicht (2640)

Peter Schmidt
Die Regeln der Gewalt (2686)
Ein Fall von großer Redlichkeit (2701
Erfindergeist (2719)
Der EMP-Effekt (2765)
Die Stunde des Geschichtenerzählers (2743)
Der Agentenjäger (2784)
Mehnerts Fall (2774)
Die Trophäe (2809)

thriller rororo

C 2115/8